有爱的青春陪伴者

叹西茶 / 著

你不知道的事

BUS

spring stat

sersons of r

天津出版传媒集团

天津人民出版社

图书在版编目（ＣＩＰ）数据

你不知道的事 / 叹西茶著. -- 天津：天津人民出
版社，2024.7
ISBN 978-7-201-20507-6

Ⅰ.①你… Ⅱ.①叹… Ⅲ.①长篇小说－中国－当代
Ⅳ.①I247.5

中国国家版本馆CIP数据核字(2024)第111231号

你不知道的事
NIBUZHIDAO DE SHI

叹西茶　著

出　　　版	天津人民出版社
出 版 人	刘锦泉
地　　　址	天津市和平区西康路35号康岳大厦
邮政编码	300051
邮购电话	022-23332469
电子信箱	reader@tjrmcbs.com

责任编辑	玮丽斯
特约编辑	雪　人
装帧设计	颜小曼　孙欣瑞
封面绘制	果果卿

制版印刷	天津睿和印艺科技有限公司
经　　　销	新华书店
开　　　本	880毫米×1230毫米　1/32
印　　　张	9
字　　　数	240千字
版次印次	2024年7月第1版　2024年7月第1次印刷
定　　　价	42.80元

-第一话-
又见

　　"荆州之地盘虬卧龙，地势天然为之优，北有峻峭断崖为屏，南有巍然荆山为障，易守难攻，齐王将百八千将士，率千乘之兵常年盘踞于此，对此处地形了如指掌，若要强攻，恐难下城，反伤自身。依妾身之见，此地不可强攻，只可智取。"

　　"卿卿可有妙计？"

　　伊妍看着剧本掩鼻巧笑一声，笑声里媚态十足："妾身不才，但有一计，能保君上取荆州如探囊取物。"

　　"哦？速速说来。"

　　……

　　配音工作进行得很顺利，很快导演孟哥就喊了收工。

　　录影棚里响起了一阵清嗓子的声音。

　　陈墨钦转头去看一旁的伊妍，笑着说："这次也配得不错。"

　　陈墨钦就是刚才和她一起配对手戏的"君上"，两人算是老搭档了。

　　伊妍也对他笑了笑："你也不赖啊！"说完，她拿起自己的水杯缓缓地喝了口泡好的菊花茶润嗓子。

伊妍的声音稍亮，这次配音的角色是一个"红颜祸水"。为了表现角色的性格，她需要全程压着嗓子缓慢发声方有魅惑之态，如此一个下午下来，喉咙就紧得很。

"辛苦了，这一集大家都配得很好。"孟哥冲大伙招了招手，笑着说，"明天周末，今晚一起去放松一下怎么样？"

"孟哥请客吗？"陈墨钦笑问。

孟哥把手中剧本一卷，指着他笑骂："你小子就知道占我便宜。行了，请就请。"

录音棚里一阵欢呼，纷纷收拾了东西准备出去撮一顿。

"伊妍，你还站着干吗啊，走啊！"陈墨钦喊她。

伊妍犹豫了下，有些为难地说："我和我妈说好了今晚回家的，就不和你们一起去了。"

孟哥听了她解释，爽快地拍了下她的肩："既然和阿姨说好了那就赶紧回去吧，和我们几个什么时候都能再约，不差今天一天。"

陈墨钦也理解，问她："需要我送你吗？"

伊妍摆摆手："不用啦，你们去吃饭吧。回家而已，我自己还是能做到的。"

"好吧，那你路上小心。"

"知道啦，拜。"

从录音楼里出来，伊妍看了眼时间，已经比平时下班晚了，回去不知道又要被怎么念叨。

她叹口气，招了一辆出租车，和司机说了地址后就靠在窗边休息。

这个时间点，意料之中的堵车。出租车在塞拥的马路上以龟速缓慢地挪动着，半小时后，马路还不见畅通。

"堵得很啊！"

司机说了句，从后视镜中看了眼乘客。见她眯着眼倚靠在车窗边，紧抿着嘴，脸色有些不好，遂问道："姑娘，你是不是身体不舒服？"

伊妍按住自己的胃揉了揉，对着司机笑了下："我没事。"

手机铃声在这时响起，伊妍不用猜就知道是谁打来的。

"妈，您别念，我已经在路上啦。"她接通后先下一招。

伊母顿了下，不满道："怎么才在路上啊，不是早就下班了？"

"堵车了。您和爸爸别等我了，先吃饭吧。"

"那怎么行，今天特地炖了养胃的汤等着你回来。"

伊妍心里一暖，应道："好啦，我尽快。"

挂了电话，出租车也渐渐开始提速，等到了自家的小巷口下了车，时间已近晚上八点。

伊妍熟门熟路地走进小巷，绕了几个弯后就在一幢独栋的两层老居民房前停了脚，她掐了掐自己的脸，又咬了咬唇，企图让自己的脸色好看一点。

推门走进去，还未到客厅，伊母闻声从厨房走出来，见到她先是轻训道："这么迟。"

伊母又说："赶紧进来，先吃饭。"

"好。"伊妍亲昵地挽着伊母往里走，见着伊父端着汤放在饭桌上，粲然一笑，"爸爸。"

"小妍回来啦，快坐下先吃饭，一会儿胃又痛了。"

坐定后，伊母先给她舀了碗汤，递过去的时候开口问道："最近有没有好好吃饭？"

伊妍的眼珠子骨碌碌转了转："有的，有的。"

伊母眉一竖："撒谎。"

伊妍干干地笑："哪有。"

另一边伊父温和地问："胃病还犯吗？"

伊妍觑了伊母一眼，咳了下说："偶尔。"

"我看你在外面住，三餐不继的，还不如搬回家里来。"伊母说。

"家里离公司太远了，我上班来不及的。"伊妍喝着汤含糊地说道。

"把工作换了好了。"

伊妍听她这么一说，立刻把碗放下，撒娇似的喊了她一声："妈妈。"

伊母叹口气，折中道："不搬回来也行，周一你请个假跟我去医院看病，我已经预约好医生了。"

伊妍嚅了嚅唇想说什么，最后在伊母的逼视下又咽了回去。

她这胃病从高中开始就有了，已然多年，偶尔发作，她也习惯了，只要不大疼，吃几颗胃药忍忍也就过去了，委实不太想兴师动众去医院。复又想到母亲近来多次欲带她去医院检查，几番均被她以工作忙没时间推托了，这次要是再推可真不允许她外住了。

伊妍思索了下，点点头应道："好啦，就听您的。"

伊母这才满意地笑了，给她夹了几箸菜："快吃饭。"

伊妍在家过了周末。两天里，伊母变着法地给她熬养胃汤，她也乐得三餐都能吃到爽口的饭菜。她在外和友人合租，两人皆不擅庖厨，往往都是叫外卖凑合。

因为答应了伊母要去医院，伊妍向孟哥请了半天假，周一早上没有配音任务。他知道她是去医院看病后，自是欣然应允。

一大早，伊母就掀了尚在酣眠的伊妍的被子，拍了拍她说："快起床，去医院。"

伊妍迷瞪着眼坐起身，嘟囔道："这才几点啊，医院上班了吗？"

"都快八点了。"

伊妍脑袋往后一仰又倒回枕头上，翻了个身："这么早。"

"你赶紧起来，给你预约的是最早的时间，迟了就取不到号了，快点。"

伊妍在母亲的生拉硬拽中从床上下来，抓着头发进了盥洗室，刷完牙洗了把脸之后才清醒了些。

"快过来，先吃饭。"伊母招手。

伊妍应了声，坐下后拿起一块三明治啃着，脸上还不是很精神。

伊母见她眼底下两圈乌黑，问她："昨晚不是很早就让你去睡觉了吗？怎么还这么困？"

伊妍想起昨日在游戏中厮杀到深夜，心虚一笑："做噩梦，没睡好。"

伊母目光含疑，但是也没再问，只催促道："快吃，吃完了换个衣服出门。"

伊妍喝了口热牛奶："妈，您给我点时间，我化个妆。"

"别化了，去医院看病涂一层白粉，医生都看不出你的脸色，判断不了你的病情。"

伊妍一想，也有道理，反正在医院也碰不着熟人。

吃完早餐，她换了套便装，白色短T配牛仔短裤，素着一张脸就被伊母拎着出门了。

市医院离家不远，打个车十分钟就到了。

伊母在院前台询问了下消化内科的楼层后就拉着她直奔门诊部三楼，在自助机器上取了号，之后就拉着她坐在了候诊区。

"我跟你说，今天预约的这个医生是你小姨推荐的，她说是个年轻的男医生，态度很好，很亲切。"

伊妍低头看着手机，不以为意地说："医生又不是服务行业，态度好算什么评价。"

"人家从国外学医回来的，据说还拿过国家级别的奖，医术肯定好，不然也不会年纪轻轻就当上主治。"

伊妍哼一声，这年头可不是什么职业从国外回来都能被镀上一层金，至于含金量那就更不用说了。

伊母拿起手中的小纸条眯着眼看："这医生叫什么名字来着……"

"请 07 号伊妍到 3203 诊室就诊……"

还未待伊母说出那个医生的名字，广播就喊了伊妍的名字，伊母立刻拉起伊妍往诊室走。到了诊室门口，上一个病人还没离开，她们就站在门外候着。

等候期间，伊母小心地问道："你胃病这么多年了，要不这次就做个胃镜看看到底什么情况？"

听到"胃镜"两个字，伊妍就想起上次小姨述说她做胃镜的恐怖经历，想到一根管子要穿过她的宝贝喉咙她就发怵，坚决道："打死都不做！"

"你……"

这时诊室的门被拉开，上一个病人拿着病历本出来，伊母没能再劝，忙拉着她进了诊室。

诊室内坐着一名身着白袍的男医生，听到动静后立刻抬眼看来。他平静温和的目光穿过透明镜片，就像是风过树梢，了无痕迹，只留下一阵轻微的沙沙声。

伊妍看到他的那刻就愣住了，定定地站着不动，目光呆滞。

奚原看了眼电脑，问道："伊妍？"

"啊……对对对。"伊母推了把女儿，"傻站着干吗，快坐下。"

"哦。"伊妍傻傻地应了声，呆呆地坐下，只觉脑袋里像是突然洪水漫灌，一阵缺氧似的空。

奚原被病人盯着看也不是第一次，此时倒也没多大的不适，问道："哪里不舒服？"

一阵静默。

伊母在暗处拍了下女儿的后背，见她还没反应，只好朝医生歉意地笑了笑应道："她胃不好，经常胃痛。"

奚原把视线转向伊母，问："您是病人的……"

"妈妈。"

奚原点点头，对上伊妍的视线又问："最近痛过吗？"

伊妍还是怔怔地不吭声。

"小妍！"伊母喊了她一声。

"啊……什么？"伊妍回神，眼底除了呆滞又爬上了慌张的情绪。

奚原耐心地又问了一遍："最近胃痛过吗？"

"痛……晚上，昨天。"

简单的一句话被她颠三倒四地说出来，奚原却听懂了，接着问："怎么个痛法能形容一下吗？"

"就是……"伊妍对上他的眼后又是一阵惊慌，磕磕巴巴地回答，"一阵阵的……也不是很痛……有时又很痛……"

奚原闻言站起身，指了指诊室里的床示意她："躺上去。"

"啊？"

伊母见伊妍又傻了，直接把她从座位上拉起来，催道："医生让你躺着，快。"

伊妍被推着走到了床前，触上奚原的视线时又有些慌张，眼神里的不安难以掩饰。

"别紧张，我只是初步检查一下。"

"我……没……没紧张。"伊妍说着坐到床沿上，后又跳了下来，小心地问他，"需要脱鞋吗？"

伊母不明白一向机灵的女儿今天是怎么回事，怎么从进了诊室开始就魂不守舍、木木呆呆的。她在一旁提醒道："当然要了。快，把鞋脱了躺上去。"

"哦。"

伊妍忙弯腰解了凉鞋的鞋扣，蹬了鞋坐上床，偷瞄了站在边上的奚原一眼后缓缓地躺下，整个身体绷得紧紧的，像是一块木板。

奚原笑了："放松，双腿稍微屈起来。"

伊妍照他说的做了，但浑身的肌肉还是绷紧着。

"把上衣撩上去，露出肚子。"

"啊？"

伊母比医生还急，直接上手把她的短 T 撩上去，露出她莹白色的肚皮，再转头对奚原说："你检查。"

奚原哑然失笑，走上前去伸手在伊妍胃部的地方按了按，侧头问她："痛吗？"

伊妍只觉得脸上火烧火燎的，浑身发烫，隐隐颤抖。

她从没想过有一天他的手会触到她的皮肤，何况是肚皮，她在梦中也不敢这样想。

"不……不痛。"

奚原又换了个位置按了按："这儿呢？"

伊妍微微摇头。

"这儿？"

"好像有点。"

"这儿？"

伊妍点头。

奚原连着按了几个位置后说道："可以了。"

伊妍立刻从床上弹起把上衣拉下。

奚原走到一旁洗了手后又坐回位置上，伊妍穿上鞋后也重新坐定，只是怎么也不敢直视他的双眼。

"胃病几年了？"他问。

伊妍怔怔道："高中的时候就开始痛了。"

"嗯？"

伊妍咬了下唇，敛下眼睑，隐去淡淡的失落。

"有十年了吧。"

"那挺久的了。"

伊妍失神讷讷道："是很久了。"

奚原见她神情有些异样，以为她是担心自己的病，遂出声安慰道："老胃病，仔细养养，没事的。"

伊妍垂下脑袋，心想要是养养能没事就好了。

奚原又问："一般什么时候会胃痛？"

"太饿的时候。"

"平时饮食规律吗？"

"偶尔……不太规律。"

伊妍一说完，旁边伊母就投来了斥责的目光，但是她此刻一点都没察觉到。

奚原又问："排便呢？"

伊妍涨红了脸，支支吾吾地回答道："挺……挺正常的。"

奚原点点头，看着她说："初步判断是慢性浅表性胃炎，如果想知道确切诊断，建议做个胃镜检查一下。"

伊妍盯着他，抿抿嘴有些失神地问道："做了胃镜，拿了结果之后还来找你吗？"

奚原尽职地点头："当然。"

"那……那就做吧。"

伊母惊得瞪圆了双眼，满脸不可思议。

伊妍胃病这么些年，以前伊母不知几次劝她做个胃镜仔细查查病因，这样心里好歹有个底，也能安心些，她却说怕影响声带，打死也不做，拧得很。

今天这是开窍了？

"好。"奚原应声，写了一张检查申请单签了字后递给伊妍，"等下去五楼预约一下检查时间。"

伊妍接过那张单子盯着他的签名看，字迹俊秀，比之高中的时候更加飘逸，她却觉得分外熟悉，眼底竟有些微微湿润。

奚原没注意她的异常，敲着键盘说："我先给你开点药吃着，等报告出来你再来找我。"

"……好。"

门诊就算是到了尾声。伊妍看着他的脸呆呆的，倒是伊母看了眼女儿问了句："医生，做胃镜会影响声带吗？我女儿是个配音演员，怕……"

奚原恍然，看了伊妍一眼说："不会的，很安全，不用担心。"他说完突然笑了，对她说了句，"你的声音很好听。"

伊妍愣了下，随即闪躲开眼神："谢谢。"

伊母见伊妍还呆坐着，一把拉起她，笑着对医生说："麻烦你了。"

"不客气。"

直到走出医院，伊妍才回神，转头问道："妈，刚才那个医生是叫……奚原吗？"

"是啊。"

伊妍的睫毛颤了下："我刚刚……很傻吗？"

"你也知道？"伊母连番说道，"你今天怎么回事，怎么魂不守舍的？医生问你话都答不上来，你平时不这样啊……"

伊妍突然用双手捂住自己的脸，懊恼地喊道："我就说要化妆的！"

从医院回来，伊妍就去上班了，下午又是满满当当的配音任务。她近来有一个电视剧配音和几部动漫配音，角色不一，要求声音的表现方式也不一样，还需要调动自身情绪才能让说出来的台词有感情。因此，即使是待在录音室内，时间一久，到底还是累的。

配音演员这个职业就是这样，工作的时候不断开口说话，声情并茂，以至于结束后连话都不再想说，只想保持沉默。

回到住处时，路雨文还没回来，伊妍估摸着她今天又加班了。

伊妍把中午伊母给她煲的汤热了热，又把打包上来的饭菜拿盘子分装好，方罢手就听到公寓门外传来了动静。

路雨文开门后把鞋子一蹬，径直扑到客厅的沙发上，撑着脑袋喊了声："妍宝贝，今天要萝莉音！"

伊妍还没来得及解下围裙，听她这么一喊，干脆戴着围裙走出去，恭敬地站在沙发边上，微微躬身，掐着嗓子道："雨文，您回来啦，今天的工作还顺利吗？真是辛苦您了。"

可爱的嗓音一出，一点都不显矫揉造作，反倒像是她本来的音色一般。

路雨文满意地眯眯眼，侧过脑袋看她，故意问："饭做好了吗？"

"做好啦，今天做了您最爱吃的——水煮面。"

"啊——"路雨文哀号一声，把脸埋到抱枕里，"妍宝贝，我们叫外卖吧。"

伊妍委屈地吸了吸鼻子，声音瞬间低落，真像是个受了天大委屈的孩童般，说："雨文……您不喜欢吃我做的东西吗？"

"我的乖乖。"路雨文一个打挺坐起身来。

明知道伊妍的声音是经过刻意变化的，这么一听她心底还是生生地蔓延出丝丝愧疚感，不由得喟叹道："果然声优都是怪物。妍宝贝，以后谁要是娶了你可真是天大的福气，娶一个相当娶了十个不止。"

伊妍被路雨文逗笑了，直起身来，声音也恢复了常态："瞎说什么呢，还吃不吃饭啦？"

路雨文看她："真是水煮面？"

"那还有假？"

路雨文再次哀叹一声。

伊妍笑了，说道："快起来吧，我从家里带了汤来，还从饭店打包了饭菜。"

"噢，爱死你了。"路雨文一骨碌爬起来，往伊妍脸上吧唧一口。

伊妍故作嫌弃地抹抹脸。

吃饭时，路雨文问："你昨晚不是说今天早上要去医院吗？怎么样？"

伊妍听她提起医院，立刻就想起了早上见到的那人，一时有些恍神没答上来。

"嗯？"路雨文关切地询问，"医生怎么说？"

伊妍回神，看着路雨文的脸犹豫了下，最后摇摇头说："没什么事。"

"真的？"

伊妍点头："嗯，老胃病了，开了点药。"

路雨文这才放下心来，叹口气："看来以后得盯着你按时吃饭了。"

"你得了吧。"伊妍不领情，"你自己能做到就不错啦。"

路雨文轻哼一声，突然想到什么，拎过自己的包，从里面掏出一本书递给伊妍："喏，给你。"

伊妍放下筷子接过看了眼，一本崭新未开封的书。书名是《你不知道的事》，作者是"路雨文"。

"我给你带回来了。"路雨文说。

伊妍盯着书籍封面点了下脑袋。

路雨文摸了摸肚子打了个饱嗝："吃饱啦，妍宝贝，我先回房间啦。"她两只手的手指上下动了动，做了个敲键盘的手势。

伊妍拿她没办法，哂笑一声："去吧去吧。"

路雨文进了房间后，伊妍无事可做便拿了手机登上微博看了眼。她大学时就开始接触配音，这么些年来在配音圈也算有些人气，微博粉丝数目不少，但她很少在微博上分享三次元的生活，微博往往被她用作宣传作品的平台。

微博上私信很多，她随手点开两个看了眼，都是在问她为什么节目不更新了。

伊妍这才恍然想起自己还有个私人电台。

这个电台是之前她一时兴起申请的，特意化用了名字，平时她会读一些自己欣赏的文字作品发表在上面分享，后来有听众辨出了她的声音，她掉了马甲之后，这个私人电台关注的人多了，她反而失去了开始时的热情，更新节目也更加随性了起来。

今天被这么一提醒，她才惊觉自己已经有近一个月的时间没有更新节目了。

思及此，伊妍起身回了自己的房间。

工作之初她就自己置办了一套录音设备，虽说比不上公司录音室里的配置，但是自己玩票似的录个节目倒是绰绰有余。

伊妍寻思着今晚录个节目，正愁录什么时，眼神一瞟就落到了刚被她放到桌边上的书。

她愣了下，随即有了主意。

伊妍拆了书后把录音设备开了，连上电脑，选了音乐，翻开书封清了清嗓子开始录音——

"大家晚上好，欢迎收听'左顾右盼'电台，我是主播'春天里的熊'，今晚为大家朗读的故事来自时下一本畅销书——《你不知道的事》，作者路雨文……"

清晨曙光乍现，几朵起早的浮云蹁跹地飘着，暑热尽去，昨晚一场雨倒是将人间溽热带去了几分，空气中的浮尘也被雨水裹着落到了地上，雨后的视野清晰了不少。

元熹早起洗漱完后，拿了本书去房间外的阳台上。她从初中开始就有早起朗读的习惯，即使今天是开学日她也不忘先读一篇文章。

她的家是一栋独立民宅，二楼三个房间出来就是一个小阳台，阳台上架设着竹竿，那是母亲用来晾晒衣服用的。从阳台往外眺望，隔着一条不算窄的小道外就是一条清清小河，此时在朝阳的映照下脉脉地潺流着。

元熹伸了个懒腰后就翻开书本开始朗读。

"轻轻的我走了……"

她声音朗朗，干净又富有朝气，吐字清晰流畅，路边电线上停歇的燕子似乎也在仔细倾听着她的朗读。

"那榆荫下的一潭，不是清泉，是天上虹；揉碎在浮藻间，沉淀着彩虹似的梦……"

小道上传来两道自行车的银铛车铃声，一只土狗突然蹿出吓了骑车的人一跳，打前头的男孩立刻刹停了车，以脚蹬地。

他后头的那个男孩也随着刹车，一脚撑地，突然听到脑袋上头有读书声，不由得抬眼望去，只见一个女孩站在阳台上正捧着书在读，朝阳的光辉给她勾了层边。

元熹听到底下的动静放下书探着脑袋看了眼，正对上后边那个男孩的视线，两相一看，都愣了下。

"吓我一跳，差点就撞上了。"前头那个男孩咕哝了句，回头喊道，"言弋，走了。"

被喊的人应了声"好"，两人就又蹬着车走了。

元熹看着他们离去的背影，摸摸鼻子。想到刚才自己的读书声被人听了去，她莫名有些不好意思，也就没再读下去，收了书进了房间，收拾了东西准备去报名。

今天是市一中的开学日，也是她上高中的第一天，她对即将开始的高中生活满心期待。

母亲带着她去了学校，元熹在教学楼外的公告板上找到了自己的班级，高一（5）班。她循着教室上的门牌找到了自己的教室，班主任是个年轻的女教师，正在讲台上给学生登记。

母亲拉着她上前，把录取通知书递给班主任。

"元熹？"

元熹应了声"是"。

班主任低头在报名表上写上了她的名字，然后抬头对她笑了下："下午两点开班会，记得准时到。"

"好的。"

报到手续完成，元熹一转身险些撞到了人，抬头一看，不由得愣了下。是早上见过的那个男孩，她和他是一个班的？

报到后，元熹回家睡了个午觉，下午独自去了学校。到班级时，班上已经有了很多同学，均是陌生的面孔。她以前就读的初中学校也有相识的同学一起考上一中，但都没能分到一个班来，她落了单又不好意思奏上去和新同学说话，只好自己在教室后头靠窗的位置上先坐了下来。

临近两点时，班主任走进教室，拍了拍手说："大家先随便找个位置坐下。"

教室里一时熙攘了起来。

"请问，我能坐这儿吗？"

元熹抬眼去看，一个留着及肩短发的女孩正望着她。

她忙点头："当然可以。"

短发女孩坐下后，对着元熹咧嘴一笑，说："我叫陆雯，你呢？"

"元熹。"

"元熹，你的名字真好听。"

"谢谢。"

陆雯性格开朗，坐下后就和元熹聊起了天，半点不生分，两人间也因此未见尴尬。

两点时，班主任发了一份入学须知，之后她做了个自我介绍。

"我已经介绍完自己了，但是我还不认识大家，以后我们是要相处一年的，现在就请大家一一上来做个自我介绍吧……"

自我介绍的顺序是按照坐好的座位横向进行的，班主任为了让大家认真去听别人的话，还要求上来的同学不仅要介绍自己，还要评价一下上一位做介绍的同学。

大家初次照面，还不算熟，因此评价都比较浅显，比如"个高""漂亮"等，也有一些同学就着上一位同学的自我介绍说几句。总之，都很客套。

元熹坐在第四组最后一桌的靠窗位置，是最后一个上去的人。

她很紧张，站在讲台上望着下面一双双盯着她看的眼睛，头皮发麻，声音打战，磕磕绊绊地说："我叫元……元熹……"

她声如蚊蚋，几不可闻。

教室后方立刻就有同学说："大声点，没听清。"

被这么一说，元熹的声音反而更低了："我叫……元熹，很高兴认识大家。"

她说完咬了下唇，怯怯地看了眼班主任。

班主任大概也察觉到她异常紧张，温和地对她笑了下说："评价一下上一位同学。"

元熹往陆雯看去，陆雯冲她挥了下手。

她心里稍安，抿了下嘴说："她的性格很开朗——"

"报告。"

教室门口突然有人喊道，声音不大，但在安静的教室里立刻引起了一众学生的注意力，大家纷纷转眼看过去。

班主任也看过去，见到那名学生也没叱责，她知道他在班会前被段长叫去准备新生入学演讲了。

元熹被打断了，自然不会再想接着说下去，低着头就走下了讲台。

班主任让那名同学上去做自我介绍。那男孩也不忸怩，走上讲台后拿了一截粉笔背过身去，在黑板上写了两个字，字迹端正俊秀，一如他的模样。

"言弌，这是我的名字，请大家指教。"

言弌说完正想下去，班主任突然说："哎，等一下，还没评价上一个同学呢。"

"嗯？"

他没参与之前的自我介绍，自然不知有这个环节，班主任就简单地和他说了下。

"元熹。"班主任喊了一声。

元熹无措地站起来。

"你再介绍一下自己？"

元熹正苦恼间，忽听言弌说道："不用了。"

元熹抬头望向讲台，再次和他对上眼，心想这已经是今天第三次了。

"她的声音很好听。"言弌看着元熹说道。

突然间，元熹心底的鸣钟像是被人一敲，发出杳然的妙音。

后来她总是想，都怪那天阳光太明媚，清风太温柔，而她想判他与清风、阳光连坐之罪。

- 第 二 话 -
电台

　　胃镜预约的时间是周六早上，伊妍前一晚八点后就再也没进食，第二天早上就由伊母陪着去了医院。

　　检查室前的等候区已经坐满了人，前面的显示屏上来回滚动着待会儿要做检查的人的名字，伊妍看到了自己的名字在"检查室一"下方，她的前面还有五个人。

　　伊妍没有落座，就在检查室门口附近站着候着。她看到每个从里面出来的人脸色均是苍白憔悴，有些人双眼发红，出来后对着别人频频摇头，似是在里面经历了什么难言的煎熬。

　　她本就紧张，看到那些人的反应后就更是惊惧，双手交握紧攥，咬着唇一脸担忧，心底也开始露了怯。

　　"妈妈。"伊妍喊了声。

　　伊母安慰她："你别害怕，一会儿就能检查完。"

　　伊母见伊妍蹙着眉头，神色间难掩紧张忐忑，也是有些心疼，又无法帮她分担，只能拍拍她的手安抚。伊母抬头去看显示屏，眼角余光忽然瞥到一抹白，她定睛一看，唤了句："奚医生。"

奚原听到人喊，脚步一顿，回头去看，正对上伊妍望过来的目光。

伊妍更是紧张，张张嘴："你……你好。"

奚原原本还只有些模糊的印象，听到她的声音后立刻就想起来了，遂对她笑了下，问："今天做胃镜检查？"

伊妍掐了下手心，点点头。

伊母说道："她有点害怕。"

这时有护士喊了伊妍的名字，在检查前要先喝下一小瓶类似麻药的口服液，这样一会儿检查时肠胃才不会有不适感。

护士递来一个棕色小瓶子和一根细吸管，奚原离得近，顺手帮伊妍拿了，那护士见是他，朝他打了个招呼，又朝伊妍这儿看了眼。

奚原把吸管拆出来插进小棕瓶，递给伊妍："先把这个喝了。"想到什么，他又补了句，"对嗓子没影响的。"

伊妍伸手去接，瓶子小小的，她的指尖不免触到了他的手指，像是被虫子一蜇，酥酥麻麻的。她觉得脸颊有些发烫，低头咬着吸管喝药，药水有些苦，可时下她眉也不皱，卖力地吸着药水，直到见了底才抬头去看他。

那眼神就像是他的小侄女每次喝完药后求表扬般的殷切渴望，奚原不知怎的说了句："很好。"

伊妍松了口气，然后就笑了。

检查室的门打开，进去做完检查的人走出来，护士喊了伊妍的名字。

伊妍松下的一口气又重新吊了回去，伊母推她："到你了，快进去。"

伊妍看了奚原一眼，正要进去却被他喊住了。

奚原问伊母："带毛巾了吗？"

伊母这才恍然，忙从提包里拿出一小块干净的方巾递给伊妍："差点忘了。"

伊妍接过，手指紧紧地抓着。

奚原见了，对她说："没事的，别紧张。"

伊妍抿抿唇，对他点点头，转身进了检查室。

检查室里有两个护士，一胖一瘦。

胖护士见她进来后，指着一边的检查床直接说："侧躺着。"

伊妍咬咬唇，抱着赴刑场的决心躺了上去，转头见着瘦护士拿着几根黑乎乎的管子过来，几乎条件反射般就要坐起身。

胖护士按住伊妍："别动，躺好。"又把伊妍手上的毛巾拿走，叮嘱，"检查过程中会有些难受，你不能去拉管子，清楚了吗？"

伊妍勉强点头。看着那几根黑管子，她心里打鼓，两只手交握着扣着手背，留下一个个红色的月牙儿。

"张嘴。"胖护士说。

伊妍认命地张开嘴，胖护士就拿着黑管子缓缓地插进她的喉间。

异物一入喉就引起了一阵不适，伊妍反胃地干呕了起来，口水也不受控制地从嘴角溢出，漫到了脸颊侧，一种窒息感攫住了她，她动了动手本能地想要去扯管子。

"别动。"瘦护士站在床边按住她的手，又用她带来的方巾帮她擦了擦口水，"用鼻子深呼吸，慢慢地……一会儿就不难受了。"

伊妍尝试着深呼吸，总算是好受了些，可是那管子一动，反胃感再次涌了上来，她不可遏止地一次次干呕，想要闭口却怎么也合不上嘴。她觉得难受至极，眼角也渐渐红了起来，有些委屈想哭，可是一想到奚原刚才说的话，又觉得这一切还不到难以忍受的地步。

伊妍克制住想要伸手去拔管子的冲动，手背上已经被她自己掐出了淤青。

胖护士一边控制着黑管子，一边看着一旁的电脑，上面显示的正是伊妍胃内部的情形。

伊妍闭着眼睛不敢看，仍是一阵阵干呕，嘴角垂涎，过程持续了几分钟，十分煎熬。

"好了。"

伊妍如蒙赦令。

胖护士把管子抽出后，瘦护士就把她的方巾递给她。

伊妍接过后擦了擦自己的嘴角，缓缓地从床上坐起身来，没忍住哽咽了一声，一滴眼泪就顺着脸颊落了下来。

两名护士见多了这种情况，此时也不惊讶，公事公办地说了句："周一可以过来拿报告。"

伊妍缓了一会儿，才从床上下来，应了声"好"，声音软绵无力。

打开检查室的门出去，伊母立刻就凑了上来，焦急地问："怎么样，难不难受？"

伊妍抿着嘴，眼神四下看了看。门外众声喧哗，人来人往，就是没看到那人。

进去检查前，伊妍还期盼着要是出来后还能见到奚原那该多好啊，可是此时此刻她却庆幸他不在这里，否则她这狼狈样被他看到了怎么办。

伊母见她不说话，有些担心，关切道："很难受是吗？"

伊妍收回目光，摇了摇头："我想去趟洗手间。"

"好好。"

伊妍在洗手间里洗了把脸，对着镜子张嘴看了看，没瞧出什么异样，又咳了两声，嗓子除了有些哑似乎也没大碍，她心里算是松了口气。只是一想到刚才的检查，简直堪称一场噩梦，回想起来，她简直都有些佩服自己，居然真的扛了过来。

奚原的一句话，比别人数十句的安慰管用。

从洗手间出来，伊母就拉着伊妍要离开。电梯那里等的人太多了，伊妍经过刚才的窒息感，一时并不想待在人多的地方和别人挤在一起，就和母亲提议走楼梯下去。

检查的地方在五楼，大部分人不想费劲儿都去搭乘电梯，因此楼梯这儿倒是人影寥寥。

"那个奚医生人挺好的，你进去检查后他还跟我说了注意事项，又问了你最近有没有再犯病，我看他真是挺尽责的……"

伊母絮絮地说着，伊妍听得认真，不承想迎面就碰上了话题中的人物。

奚原见到她们，也是一愣。他把目光落到伊妍的脸上，她的脸色苍白，眼角有些发红，他问了句："检查好了？"

伊妍木讷地点头。

"回去先不急着吃东西，休息一小段时间再吃。"

伊妍又机械地点头。

伊母对着他真诚地说了句："奚医生，真是谢谢你了。"

"客气了。"

奚原把身子让了让，伊母拉着伊妍往下走。走了几步，伊妍突然回头喊道："奚医生。"

"嗯？"

两人因着阶梯的缘故有个势差，一上一下。

伊妍仰头看他，嗫嚅着问："我能问下你的门诊时间吗？"

伊母有些奇怪地看她一眼，这个问题压根不需要问，在自助预约机和医院公众号上就有。

奚原听伊妍声音有些沙哑但还是婉转动听，如鸣环佩，顿了下回答："周一、周三早上，星期五下午我都在门诊部。"

他低头看着她，目光笔直又温和。伊妍不知怎的有些恍神，过了会儿才说："我拿了报告之后……去找你？"

"嗯。"奚原点头，又觉得她可能在担心检查结果，就说了句，"不用太担心。"

伊妍抿着唇点了下头，讷讷道："那……再见。"

"再见。"

伊妍往下走了一阶，又回头去看，上下楼梯间只能看到一个挺拔的白色背影。

她想，这么多年，让她牵肠挂肚、萦损柔肠的，还是他。

开学那天，班主任就把班级的位置初步排下来了，是按照高矮顺序定的座位。

元熹和陆雯身高相仿，加上彼此又都觉得和对方合得来，因此在排座位时，她俩就毫不犹豫地站在了一起，最后也得偿所愿成了同桌，坐在了第一大组第五排的位置。

元熹落座后就不由自主地去看队伍中还站着的同学，眼神不知怎的就落到了男生队那儿。

言弋个高，被分到了教室的最后一排，就在元熹的隔壁组，她还回头看了一眼，他正和同桌说话，眉目清秀。

座位定下后，就是分发教科书。班主任叫了后排的男同学去搬书，之后又让第一组的同学上来帮忙发书。

书本都被牛皮纸包着，用麻绳捆着打了死结。元熹正蹲在讲台上铆着力气和那个死结较劲儿，忽然身边蹲下一个人，从她手里搬过那捆书，说道："我来吧。"

元熹侧头去看，就看到言弋拿着一把美工刀把麻绳割了。

明明他并没有看她，甚至没多注意她，可她就莫名地有些紧张，觉得自己刚才和死结较劲儿的行为真是愚蠢至极。

言弋把牛皮纸拆了后说了一句："好了。"他抬头看着她问，"你发这本？"

"哦……嗯。"

"那我发另外一本。"他又把另外一捆书拆了。

元熹抱起一沓书，从第一大组开始分发，一桌放两本，言弋就跟在她后边，一前一后，互不干涉又配合得当。

开学那段时间是最新鲜的时光，初入高中，一切都是未知的，茫然中又带着期待，似是迷雾中的航船，前有灯塔，中间却遍布看不清的礁石。他们脸上还带着稚气未脱的笑容，有些懵懂，却又开始要和"奋斗""理想"挂上钩，模糊间好像有些明白了高中和初中不太一样了。

元熹发觉高中的不一样，是从陆雯的那句"你干吗一直看言弋"开始的。

一听到这话的时候，她如遭雷击。她急于反驳，却慌得连一句话也说不出来。

陆雯一副了然的模样，对她说："熹熹，别人看不出来，我是你同桌肯定看得出来，你有事没事就往他那儿看，太明显了。"

元熹噎了下，半晌说不出话来，最后也只悄悄地问了句："真的很明显吗？"

"嗯。"陆雯点头。

元熹有些慌，忍不住又回头看。

言弋趴在桌上借着课间时间在休息，周遭吵吵闹闹的都没打扰到他。

陆雯凑近她问："熹熹，你为什么老看他？长得好看？成绩好？"

为什么？

元熹想，她也不知道啊，等发觉的时候就发现他的一举一动、一言一行都能牵动她的神经，引起她的关注了……

奚原趁着调休回家一趟，用钥匙开门进去。

客厅里坐着的奚沫听到动静，目光立刻从手中捧着的iPad（平板电脑）挪开，往玄关那儿看去，脆生生地喊了声："哥，你回来啦。"

奚母听到她的话，没顾得上锅里的汤，就从厨房里走出来，先是上下打量了下奚原后说："回来啦。"

"嗯。"奚原点了下头，"爸呢？"

"我让他去超市买酱油去了。"

奚原闻言看向奚沫，后者一脸无辜地辩驳道："我说我下去买的，可老爸非要自己去，这可不是我偷懒。"

奚原见她忙着择清自己反而笑了。

过了会儿，奚父回来，奚母做好饭菜喊一家人吃饭。

饭桌上，奚父问："最近医院忙吗？"

奚原答道："还挺忙，仲夏季病人比较多。"

医生从来就是个不得闲的职业，一年到头总有人生病，到了夏季，吃的东西多了，消化科的病人也跟着多了。

奚母闻言，关切道："那你也要注意休息啊，别忙过头了，治病的别把自己给病着了。"

"好。"

奚母瞥了他一眼，状若无意地随口道："个人问题也要注意。"

这就是催着他脱单了，奚原有些无奈，不想接母亲这茬，转眼看到奚沫一脸幸灾乐祸地看着他。

奚沫比奚原小十岁，是个鬼精灵。两人年岁相差较大，可是并没有多少代沟。奚沫从小就爱跟在奚原后边，到这么大了，还爱和他打闹。她是早产儿，从小到大身体一直不太好，奚原也很宠她，凡是她提的合理要求他都会满足。

"暑假都在干什么？"奚原看着奚沫问道。

"她还能干什么，整天待在家，不是睡觉就是玩，让她去上补习班也不去，提前预习一下高二的课程也不愿意。"奚母碎碎念了一番。

眼见着奚母的火力一下子转移到了自己这儿，奚沫不满地瞪了眼自家哥哥。

奚原达到目的后，反而好心地帮着奚沫说话："暑假就让她放松一下，不用太紧张。"

"就是就是。"奚沫忙不迭地点头。

"她就没紧张过。"奚母皱眉道，"上学期的期末考成绩也不是很理想，哪像你读高中的时候，学习成绩都不需要我操心。"

奚父这时看着奚沫补了句："小沫，你要跟你哥哥学习。"

奚沫努努嘴："家里有一个学霸一个学渣才能平衡。"

"瞎说，你就是想偷懒不学习。"奚母斥道。

奚沫预感母亲接下来又要开始一番说教了，一旦开始没个十几二十分钟是停不下来的，因此她当机立断，把碗里最后一口饭吃了，没等咽下去就站起身含糊地说了句："我吃饱了。"

说完，她就往客厅迅速撤离。

"阿原，你看看你看看……"奚母不满地摇头，"整天就知道玩，你一会儿说说她，你的话她多少听点。"

奚原往客厅那儿看了眼，应了声"好"。

奚原坐在饭桌上和父母交谈了几句，无非是近期的状况，然后又絮叨了些家长里短。市一院离家远，他在医院附近租了套公寓住着，平时工作忙不常回来，偶尔休假回来一次也是匆匆留个一天两天，因此，即使是闲谈，他也会花点时间陪父母坐坐。

和父母聊完天后，奚原往客厅去，奚沫低着头不知在看什么，十分专注。

"君上这般说来，倒是妾身之罪了……"

奚原走近，忽地听到这一句台词，只觉得声音有些耳熟，细细一辨，好像又不曾听过。

"在看什么？"奚原坐到奚沫边上问了句。

"喏。"奚沫和奚原打小亲近，因此即使刚刚他那般"利用"她，她也过眼即忘，"最近在追的一部国漫，今天更新了。"

奚原低头去看屏幕，是一部 3D 动漫，画面上是一个衣着衮冕的帝王正和一个浓妆艳抹的女子对话。刚才他听到的那句台词就是出自这个女子之口，他又再听了几句，总觉得分外熟悉，仿佛今天刚听过似的。

"这个声音……"奚原略一皱眉。

"很好听是吧。"奚沫在一旁介绍道，"我就是冲着这部动漫的配音阵容去看的，这个女妃的声音就是我最喜欢的 CV（配音）配的。"

奚原问了句："是谁？"

奚沫说："哥，你不混二次元，跟你说了也不懂。"

奚原笑："你不说我怎么知道？"

奚沫见他难得对除了医书之外的东西感兴趣，本着把二次元文化发扬光大的精神，兴致勃勃地说道："伊妍大大啊。"

奚原一愣，随即想起今天护士喊的那个名字，一时就把声音和人对上了号。纵使声线再怎么变，音质总是还能听出一二的。

"她的声音超级好听，我从初中开始就听她配的广播剧，她可厉害了，几乎什么角色都能配。"奚沫说起崇拜的偶像就像是"话布口袋破了口儿——说不完了"，她就跟个推销员似的，伊妍的作品她如数家珍，一部部介绍给奚原听。

"噢，她还有个'掉马甲'的私人电台，不知道今晚有没有更新节目，我去看看。"奚沫退出动漫，点进了电台，找到了关注人，随即惊喜道，"哇，太巧了，刚刚更新。哥，你也听听。"

开学第一次月考是一次洗礼，对于元熹来说是一次重创，她的总成绩只能排在班级中后段，物理成绩更是险些跌下及格线，只有语文和英语还堪堪保持了水平。初中时，她的成绩虽说不是年级数一数二的，但也从未下过前十，现如今她却落到了班级下游，心底的挫败感不言而喻。

她开始明白了，考上市一中的人都有两把刷子，高中的学习无论是从难度还是竞争上都远胜从前，还像以前那样悠闲地学习怕是不能了。

在知道自己的成绩前，元熹先知道了言戈的成绩。因为早在班主任给他们发成绩条前，年级的排名榜已经张贴出来了。只有前一百名同学才有这个荣誉上榜，而言戈的名字赫然就在榜上最顶端的位置。

元熹站在榜前盯着他的名字看了许久。他的总分比第二名高出了十五分，这十五分对于成绩平平的同学来说或许只要下次考试细心一些就能争取到，但对于已经在顶峰的人来说，就是一个巨大的差距。

她意识到，她和他之间有着犹如天堑一般的距离，他的高度她唯有望其项背，难以企及。

月考之后，元熹铆足了劲儿学习。她想，尽管战绩不能和他比肩，那么，能多接近一点就多接近一点吧。

开学初学校就给新生量了身高体重定制校服，等到十月下旬，校服总算是踩着南方炎夏的尾巴发下来了。统共四套，两套夏装，两套冬装。夏装的两套上衣还不一样，一件是白色带领T恤，一件是白色短袖衬衫。

校服是周五放学后发下来的，班主任发话了，下周起全班都要穿着校服上课，否则会被扣操行分。

其实这一点，班主任根本无须强调，对于新校服，全班都觉着新鲜，且校服左侧胸口上的校徽对刚考进一中的高一生来说就像是骑士的勋章，本就是一种亟于展现的荣耀，它标志着在人生的一次战役中，他们是被选拔出来的优胜者。因此校服虽然有着各种瑕疵，但是他们仍然期待穿着它上课的那天。

十月下旬，秋老虎横行，太阳在南移的过程中不甘地发散着最后一次热量，像是以它的方式做一次令人印象深刻的告别。

周日晚上，元熹手上拿着两件夏装上衣正在苦恼纠结着。

穿哪一件？

当晚她并没有做出选择，直到第二天早上要去上学时她才决定先穿衬衫，毕竟比起 T 恤，衬衫看着更好看些。

本是平常的日子，元熹心底却隐隐有些期待。她进了教室后第一眼就往言弋的方向看过去，他向来早到，今天也不例外，此时正坐在座位上和同桌聊天，身上穿的是白色 T 恤。

元熹有些失落，没想到就连高达百分之五十的概率事件他们都碰不到一起。

元熹这一整天都有些郁郁寡欢，闷闷不乐。

晚上回家，元熹把汗湿的衬衫换下。将衬衫丢到洗衣篮里时，她突然想到，他今天穿了 T 恤，明天总该是穿衬衫了吧。

"小熹，你在干什么呢？"

"洗衣服。"元熹回头看了眼母亲。

"衣服不用你洗，我明天早上一起放进洗衣机里洗。"

"我明天要穿的。"

"你们学校不是发了两套吗？明天穿另外一套。"

元熹用水荡了荡衬衫，摇摇头说："我就要穿这一件。"

"你这孩子……"

元熹把衣服烘干了挂在阳台上。

夜间闷热，次日一早元熹去阳台收衣服时，衬衫已经干了，她满心欢喜地换上，背着书包去了学校。

一到教室门口迎面就走来一个人，言弋拿着一个水杯正要出去。

元熹看着他扣得一丝不苟的扣子、走路时被带起的衣角，轻轻地笑了，破天荒地主动打了招呼："早上好。"

言弋似乎愣了下，随即也对她笑了下："早上好。"

那一天，元熹的心情格外好，就连平常倍感枯燥的物理课也觉得有些乐趣。

周一早上，伊妍再次请了一上午的假去了医院。这次她没让伊母陪着，是自己一人去的。

她先是去拿了胃镜的检查报告，报告上有她的胃部图像，她扫了眼就直接去看检查结果，如奚原所言是慢性浅表性胃炎。

上周她做完检查后就去预约了他今早的门诊号，拿了报告后她径直去了门诊部。

预约的时间还未到，伊妍就在外面的等候区坐着，心里渐渐地有些紧张。她从包里拿出一面小镜子照了照自己，今早出门她特意化了个淡妆，让自己的气色看上去好点。

等候期间她又有点恍神，他对她一点印象都没有，至今也不知道他们曾是校友，这个事实不免让她有些沮丧。转而又想，以前他们也没多少交集，说起来只能算是普通同学，他不记得她，其实也在情理之中。

她安慰自己，除了他之外，她也没记住谁，人不能双标。

"请 32 号伊妍到 3203 诊室就诊……"

伊妍听到了自己的名字，立刻起身往诊室走。随着距离的缩短，她的心跳速度也在不断地攀升，捏着报告的手指紧了紧。她在诊室门口等了会儿，见上一位病人走出来后才深吸一口气推门进去。

奚原看到她温和一笑："来啦。"

他言语间比之前还熟稔，伊妍的心跳漏了一拍，客套地打了声招呼："你好。"

奚原示意她坐下："检查报告拿了吗？"

"拿了。"伊妍把手上的报告递给他，报告的一角被她捏皱了。

奚原扫了眼，结果不出他所料："不算严重，不用担心。"

"哦。"伊妍抿唇点头。

"上次给你开的药吃完了吧？"

"嗯。"

"最近还胃痛吗？"

伊妍摇头："不会。"

"三餐有按时吃？"

伊妍觑了他一眼："有的。"

奚原放下手中的报告看向伊妍，见她双手老实地放在膝上，腰板绷直坐得端端正正的，就像是坐在训导室里的学生，不由得笑了下，问："配音演员工作压力大吗？"

伊妍没料到他问这个问题，以为这和她的病有关，很是配合地回答："还好。"

"压力不大，你为什么这么紧张？"

"啊？"

奚原解释："你看上去很紧张，上次也是。"

伊妍闻言有些无措，恐被他看出什么端倪，忙支吾着说："我有点……不喜欢……来医院……所以……"

奚原了然一笑："很多人都不喜欢来医院。"他顿了下说，"你别紧张，太焦虑对身体不好。"

伊妍含糊地应了声，心底稍松一口气。

"慢性病比较难治愈，尤其是胃病，主要还是靠养。三餐按时吃，不能饿过头，刺激性的食物也少吃。"奚原嘱咐了几句后又说，"我给你开点中成药。"

伊妍顺从地点头，眼看着一次短暂的面诊就要结束，她心里开始敲起了鼓，密密匝匝地敲得有些心慌，放在膝上的手握得紧紧的。

奚原敲完键盘后又拿笔在病历本上书写，他垂首后的下颌线还是显得那么好看，眼镜架在高挺的鼻梁上，低敛的眼睑显得睫毛又弯又翘。

有匪君子，如切如磋，如琢如磨。

有匪君子，充耳琇莹，会弁如星。

伊妍看得有些发愣，现在的他和记忆中的他双双重叠。她想，生命中总有这么一个人，任由时光荏苒，白云无心也成苍狗，只要一靠近他，茫茫沧海瞬间成桑田。

"奚医生，我能跟你要个联系方式吗？"

"嗯？"奚原笔锋一顿，转头看向她。

伊妍像是这才反应过来自己问了什么，眼神即刻慌乱无主，左躲右闪，支吾着赶紧找补："我的意思是……是……我的病反反复复的，你如果不方便也没关系……是我唐突了。"

伊妍真是急得想咬断自己的舌头，虽然要联系方式的想法几次三番地出现在脑海中，可她心里清楚，要是每个病人都和他要联系方式，他一个医生就没有休息时间了。她懊恼刚才一恍神的工夫就草率地问出口了，弄得现如今这般尴尬。

奚原倒没多想，初闻伊妍的问题时第一个想到的就是前两天在家里，奚沫满脸憧憬地说"要是哪天能和伊妍大大见面就好了"。

思及此，他随手从桌上拿了个本子，唰唰写上了一串数字后撕下来递给她，温和地说："这是我的手机号。"

"啊？"没想到他真给了联系方式，她一时没能反应过来，怔怔地盯着那张纸看了半晌才伸手接过。

"有什么事可以联系我。"

伊妍的耳根都红了，她摆了摆手，慌忙说："你放心，我不会打扰你的。"

奚原释然一笑，没多说什么："平时多注意饮食。"

"好的。"因着刚才这一插曲，伊妍觉得自己脸上发烫，也不敢再留下，恐让他觉察出自己的不自在，当下拿过病历本立刻站起身，低头对他说了句"谢谢"就离开了诊室。

从诊室出来后，伊妍缓了口气，摊开手心，里面躺着一张被她捏皱了的纸条。

她轻轻地笑了，觉得这是这次胃镜检查之行最好的收获。

- 第 三 话 -
朗诵

伊妍下午去了公司，晚上回到住处时接到路雨文的电话，说今天的晚饭由她来打包。伊妍自是没有意见，老实地坐在客厅里等她回来。

伊妍趴在沙发上，拿着手机盯着屏幕，好一会儿都没动。

今天早上刚出医院她就存了奚原的号码，之后就在微信"新的朋友"上看到了他。她其实很想添加他，可微信是比较私人的东西，她和他现在也只能算是普通的医患关系，今天她向他要号码都是逾距的。

伊妍想，今天奚原大概是不想让她下不来台才把号码给自己的，毕竟他就是那样一个人，事事都照顾到别人，不会让人觉得不舒服。如果她再得寸进尺地请求添加他的微信，大概会被认为是没脸没皮的人而引起他的反感吧？

"唉！"伊妍幽幽地叹口气，把头埋在沙发里。

就在这时，路雨文回来了，她一进门就朝屋内喊道："妍宝贝，我回来啦，今天要御姐音。"

伊妍侧过身体，撑起脑袋，睨着路雨文，用一种慵懒的语调缓缓说："怎么才回来，是不是想饿死我？"

路雨文忙附和："小的不敢，小的不敢。"

"打包了什么？"

"烤鸭。"

伊妍不满地哼一声，语气瞬间冷了："你不知道烤鸭的脂肪含量很高吗？你打的什么算盘？"

路雨文凑过来，笑嘻嘻道："我就是要把你养胖，让你嫁不出去，然后只能跟着我。"

伊妍噗一声笑了，声音正经起来："好啦，不跟你闹了。"

路雨文把手上提着的东西放在桌上："公司附近新开了家烤鸭店，我昨天尝了还不错，所以今天打包一份回来给你尝尝。"

伊妍帮着路雨文一起拆开打包盒。

路雨文突然想起什么似的扭头问她："你今天去医院拿胃镜报告，怎么样？"

"慢性胃炎，没什么事。"

路雨文有些不放心，又说："你的报告呢，我瞅瞅。"

"在包里。"

路雨文转身从沙发上拿过伊妍的包，报告夹在市一院的病历本里，她一并拿了出来。她先是看了眼胃镜报告，确定伊妍所言属实后又去翻看病历本，翻到有字的那一页扫了两眼，没太看懂医生的字，正打算合上时却瞥到右下角医生的署名，顿时愣了下，瞪着眼仔细辨认。

"奚原？"路雨文有些不可置信，"这个医生的名字是奚原？"

伊妍回头去看，见路雨文拿着自己的病历本，想必是看到了奚原的签名。她本没想让路雨文知道这件事，可现下否认是没用的。

路雨文见伊妍神色复杂，再问了句："这个奚原……是那个奚原？"

伊妍叹口气，点点头："是他。"

路雨文瞪着眼消化这个消息："他回国了？"

"嗯。"

"你什么时候知道的？"

"上星期……第一次去医院看病，医生就是他。"伊妍老实回答。

路雨文皱皱眉头，问："妍宝贝，你不会……到现在还喜欢他吧？"

伊妍抿嘴没有回答，但这态度就相当于默认了。

"我的天，毕业到现在都多久啦，你还不死心？"

"雨文，我……"伊妍咬着唇。

"真不知道该说你是专情还是一根筋，这么多年了，他都不知道你喜欢他，你心里还这么惦记他，真傻。"

伊妍垂下脑袋。

路雨文喟叹一声："妍宝贝，你有没有想过你这么多年还忘不了他，不过是因为习惯了喜欢他？"

习惯？伊妍愣神。她想或许是吧，习惯成自然，喜欢一个人久了仿佛就会变成本性，有时会辨不清自己是真的喜欢他还是只是惯性使然。但是她想，从小到大，父母老师们都是这样教导她的，坏习惯需要改正，而喜欢他这件事，即使是个习惯，那也不是坏的……

一中的节奏很紧张，这种紧张从上下课的铃声中可见一斑。上课的铃声是急促的三声响铃，而下课铃声则是悠扬绵长的钢琴曲，拖拖拉拉能弹奏个一分钟，老师们就理所当然、心安理得地拖堂。

下课的钢琴曲响起的那刻，元熹习惯性地偏头往后看去。言弋正盯着黑板上数学老师画的指数函数图像看，在全班都蠢蠢欲动的时候，只有他还专注认真。

"你又在看。"边上陆雯说了句。

元熹立刻扭回头。

陆雯凑近她，悄声道："熹熹，要不你去主动和他说话吧。"

"啊？"元熹摆手，"不行的不行的。"

"为什么？"

元熹脸上的表情有些不自在："我……我不敢。"

陆雯不太明白元熹的这种心理，明明很欣赏一个人的优秀，却又因为他的优秀而变得怯弱，不敢靠近。

言弋的入学成绩是班上第一，在开学初自然而然地被班主任选为班长。他为人处世温润平和，班上的同学和他相处得都很好，对他担任班长这一要职并无异议。而元熹并未担任任何职务，在班上就是"平民"，两人既没有班级事务上的交集，在学习上更是无甚交流。他们说到底就是同一个教室里的普通同学罢了，因此当言弋在课间找上元熹时，她是十分惊讶的。

彼时元熹正拿着水杯从教室外装了水回来，刚到教室门口就被言弋喊住了。

"元熹同学。"

元熹顿住脚步，看着他有些怀疑自己是不是幻听了。

"我能和你说几句话吗？"

言弋的目光直直地盯在她身上，元熹这才确定他是真的在喊她，心底旋即有些喜悦，又掺着几分紧张："有事吗？"

言弋微微点头，思索了下开口问："学校广播站在招人，我这儿有报名表，你想要吗？"

"啊？"元熹没料到言弋找她是说这件事，不由得微微一愣。

广播站招人的事她是知道的，前阵子广播站的前辈来班上做过宣传，她其实有这个意愿，但是去了广播站，每天中午放学后就必须第一时间去站里播广播，回家时间必然被耽误。她和母亲提了提，母亲就以"耽误吃饭"为由否决了她的提议，她有些遗憾却也没多坚持。

言弋看元熹神色犹豫不决，缓和道："我是觉得你的声音很适合播音，但你如果不想去的话也没关系。"

"我愿意。"伊妍突然开口，见言弋表情略微诧异，咳了声解释道，"我本来就打算等下找你拿报名表的。"

言弋笑了下："好，那我把报名表给你。"

元熹点点头，鬼使神差地问了句："你会听学校广播吗？"

言弋一愣，随即答道："听的。"

就这样，元熹报名了校广播站，每天放学回家的时间生生被推迟了半小时，吃饭时间也相应地推迟了。纵使如此，她却甘之如饴。

元熹去广播站的第一天，站长为了让她尽快适应，早前一天就让她自行选了作品，次日进行播读，因此她早有准备。

坐在播音室内，对着话筒，元熹看着手中的本子，微微启唇："《我想做水藻，攀缘的水藻》，安赫尔 冈萨雷斯……"

我想做水藻，攀缘的水藻，
绕在你的小腿最柔软的地方。
我想做微风对着你的面颊呼吸，
我想做你足印下细微的沙砾。

我想做海水，咸咸的海水，
你赤裸着从中跑过奔向岸边。
我想做太阳，在背阴处切出
你初浴后简洁纯净的侧影。

我想做所有的，不定的，
围绕着你的：风景，光，大气，
海鸥，天空，船，帆，风……

我想做那只被你拿起贴近耳边的海螺，

让我的感情，怯怯的，

混进大海的轰鸣。

……

近来病人随着气温的升高与日俱增，医院门诊部和住院部忙得很，每天都有挂不到号的病人，奚原一连加班了一周，门诊、住院连轴转，跟个陀螺似的。晚上回到公寓时已近九点，奚沫发来微信问他这周会不会回家，奚原想了下回她可能没时间。她发了个叹气的表情，他本以为自家妹妹是在心疼他上班太累，没想到她接下来发了一句：【伊妍大大好久没更新节目了。】

奚原失笑，随即又想到了伊妍，他的病人。

上次她要了他的号码之后也没联系过他，不过他想，这是好事，身体好好的谁会想找医生？

今天下午住院部有个家属来闹，弄得院里上下鸡犬不宁，奚原帮着院长从中调和，竭力和家属斡旋，百般劝说之后总算是暂时消停了。下午闹了这么一出再加上一整天高额的工作量，饶是铁打的身子骨也扛不住。

奚原摘了眼镜，合上眼揉了揉。

奚沫这时又发来消息说伊妍自上周发了个节目后就消失了，不知道发生了什么事，又问他上周的节目他听了没有。

奚原这才想起一周前奚沫就和自己提过，她的偶像又有新节目了，让他去听听。她似乎恨不能把他一起拖进二次元的坑里，无奈这周医院太忙，他一时就给忘了。

趁着这会儿得了空，奚原拿起手机点进了电台。这个收听软件也是在家时奚沫给他装上的，还勒令他绝对不能卸载，他无奈，但在这种小事上还是乐于顺着她的。

奚原找到了伊妍的私人电台，看到最新一期节目是在上周发布的，他点击播放，悠扬的前奏便缓缓响起。

"大家晚上好，欢迎收听'左顾右盼'电台，我是'春天的熊'，今晚为大家朗读的故事仍然是路雨文的《你不知道的事》……"

奚原往后靠在椅背上，合上眼休息。

泠泠动听的声音似山林泉流涓涓而出，铮铮淙淙，悦人耳目，沁人心脾。他想，伊妍果然是专业的，什么样的故事该用什么样的声音她都拿捏得当，一丝一毫不显突兀。

奚原听着她的声音，似乎能想到故事中的场景，尤其在听到结尾的那首诗时，他的脑海中倏然闪过一股熟悉感。

"今晚的故事就到这里，感谢你们的收听，晚安。"

伊妍说完这句话后，背景音乐缓缓响起，是《秋日私语》。

奚原对这首钢琴曲很熟悉，因为他还记得，高中三年的下课铃声就是它，缓慢的、悠扬的，就如同刚才她读到的那般，是拖课神曲，也不知道书中描写的是不是这首曲子。

奚原不是个喜欢回想的人，此时也不免被勾起了些回忆。

离现在好像也有十年了。

次日上午，来门诊部就诊的人再创新高，等奚原把上午挂到号的最后一个病人送走，时间已过饭点很久了。

"奚原，吃饭。"隔壁诊室的盛霆敲了敲门喊道。

奚原应了声好，把桌上的东西稍微收拾了下，又去洗手台洗了下手后才走出诊室。

"怎么样？今天预约你面诊的病人还是很多吧？"盛霆道。

奚原点了下头。

盛霆勾着奚原的肩，有些幸灾乐祸："都是些小姑娘吧？不要命似的乱吃东西，吃出病来就为了找你。"

奚原有些无奈："别瞎说。"

盛霆嘿嘿一笑，看了眼腕表道："走吧，赶紧去吃饭，下午还有得忙。"

两人从诊室外的走廊出来。正午时间，候诊区仍是坐满了人，有些人干脆就在外面坐着午睡。穿过候诊区，医院的走廊上来来往往的都是医护人员和前来就诊的病人。

奚原往电梯那儿走，余光一瞟却看到一个熟悉的身影。他停下脚步看过去，那人此时正戴着口罩，怔怔地站在自助预约机前盯着屏幕看。

"怎么了？"盛霆随着他的目光看过去，"认识的？"

奚原点点头，没多解释，只说："我过去下，你先去吃饭。"

盛霆有些诧异，再往那个位置看了眼，只看到一个戴着口罩的姑娘，不像是熟人。他和奚原多年好友，再者奚原归国不久，身边应该没有他不认识的人，当下就猜测可能是病人。

"行，你来不及就和我说一声，我给你打包。"

"嗯。"

盛霆走后，奚原朝着自助预约机那儿走，走到跟前她还在愣神，全然没发现他。

他往机子屏幕上看了眼，上面显示的正是他的门诊时间，遂出声问道："胃病又犯了？"

伊妍正盯着屏幕发呆，冷不丁一旁有声音响起，顿时被吓了一跳，扭头看到来人时更是惊诧。她没料到奚原会突然现身，立刻慌慌张张地点了机器上的"返回"，等退出他的预约界面后又恍然觉得此举有点欲盖弥彰，此地无银的意味。

她回过头去看他，暗咬了下嘴唇，咳了声摇摇头说："没有。"

奚原听她鼻音厚重兼又戴着口罩，问她："感冒了？"

伊妍点点头，又咳了两声黯着嗓音说："我来拿点药。"

奚原也没问她为什么看感冒会走到消化内科来，又为什么会看他的门诊时间，直接询问道："已经预约了医生？"

"还……没。"伊妍支吾着，有些心虚。

她感冒一周还没好反而有加重的趋势，嗓子也一直哑着十分耽误工作，这才想来医院看看。

本来感冒去个小医院也就够了，不知怎的心念一转，她就来了市一院，在前台问了呼吸道内科的楼层最后却鬼使神差地走到了消化内科，本以为这个时间点奚原应该已经下班了，没想到还能碰上。

奚原走到伊妍边上和她并肩站着，在预约机器上点了几下，今天呼吸内科所有医生的门诊号已经没了，现在最早也只能预约到明天下午的号。

伊妍也看到了，遂对着奚原开口道："那我就预约明天的时间吧。"

她刚说完就别过脑袋，又控制不住地接连咳了几声，等再回过头时，眼眶都有些红了。

奚原思索了下，示意道："你跟我来。"

"啊？"伊妍不解，但双脚已经自发地随着他走了。

奚原带着伊妍往自己的诊室走，候诊区有人往他们这儿看，门口的护士看到奚原走回来时有些诧异地问："奚医生，你还没去吃饭？"

"再等会儿。"他回答。

护士的眼神往奚原身后瞄，一脸探究。

伊妍埋着脑袋跟他身后往里走，总觉得如芒在背。

进了诊室，奚原示意她坐下。伊妍有些局促不安，双手放在膝上，睁着一双乌溜溜的眼睛望着他。

奚原问她："感冒多久了？"

伊妍有些蒙，他这是打算给自己看病？

奚原温润的目光让人一阵紧张，伊妍咽了咽口水又惹得喉头一阵刺痛，她如实回道："有一周了。"

奚原点头，又问："喉咙疼吗？"

"疼。"

到底是声优，即使是在嗓子不适的情况下，一个"疼"字从她口中出来都带点百转千折的婉转。

"你张嘴，我看看舌头。"

"啊？"伊妍的面色有些犹豫，倒不是因为不好意思，而是她长了颗小蛀牙不想让他看到。

"怎么了？"

伊妍看着奚原，最后缓缓地探出一小段舌尖出来。她含着殷红的舌尖，一双眼睛滴溜溜地望着人，那模样就跟只小奶猫似的。

奚原愣了下神，随即笑了："我还要看看你的喉咙，判断一下是不是发炎了。"

伊妍收回舌尖，有些窘迫，眼珠子左右瞟动了下，最后牙一咬，闭上眼张开了嘴。

奚原看她一脸英勇就义的模样不由得哑然失笑。他拿起手机，打开手电筒看了下，她的喉头发红，果然是扁桃体发炎了。

"呼吸道发炎了。"奚原问，"自己测过体温了吗？"

伊妍睁开眼答道："测过了，没发烧。"

"除了咳嗽、鼻塞，还有什么不舒服的地方吗？"

伊妍想了下："没了。"

奚原拿过桌上的本子，在上面写了几个药名后撕下来递给伊妍："你去药店买这几样药，按照说明服用，如果过两天症状还没减轻再来医院做个检查。"

伊妍还有些懵然，双手接过纸张看着他："你……"

奚原解释："明天还跑过来看感冒有点麻烦。"

他又开玩笑似的说："我虽然不是呼吸科的，但是诊断一个小感冒还是可以的。你是配音演员，感冒会影响你工作。"

伊妍莫名红了脸，捏着纸片的指尖微微发烫，心跳也有些紊乱。

她不明白，明明两人在此之前还只是普通的医患关系，今天距上次见面也有一周之久了，他对她这突如其来的关照是怎么回事？难道是想起她和他曾是同窗，念着旧时情谊让她走个捷径？

伊妍偷偷瞄了奚原一眼，见他正看着自己，立刻闪开眼神，嗫嚅道："谢谢。"

这时有人敲了两下诊室的门，盛霆推门而入："我看你没去食堂，就把饭打包上来了。"

伊妍闻声回头。

盛霆盯着伊妍的脸仔细打量了两眼，见她眉目清秀、回眸顾盼，分明是个绰约美女，不由得揶揄道："我坏事了？"

伊妍脸上一热，忙把口罩戴上，站起身对着奚原说："我不打扰你了，今天……谢谢你。"

她说完捏着那张纸回身往外走，越过盛霆时还匆匆和他对视了眼。

盛霆回头看着伊妍走出诊室，嘟囔了句："看着有点眼熟。"

他回头摸着下巴冲奚原挤眼睛，调侃道："她是谁啊？"

"病患。"

奚原回答得言简意赅，摆明了不愿多说，但是盛霆不打算轻易饶过他："病患？你不是向来和病患保持安全距离的吗？那个病患怕不是简单的病患吧？"

奚原没搭理他，恰巧奚沫给他发来微信说伊妍大大在微博上说自己生病了，还耽误了工作，她有点担心，不知道伊妍病得严不严重。

奚原破天荒地给她回了句：【不严重。】

奚沫立刻追问：【你怎么知道？】

他怎么知道？病是他亲自诊断的，他能不知道？当然这事奚原不能告诉她，否则以奚沫的个性怕是会缠得他不得安宁。

奚沫没等到他的回答，又发来了句：【动漫连载完了，节目也停更了，好想听大大的声音啊。】

奚原恍了下神。

他想，以伊妍今天的状态来看，要想完全恢复也得有段日子才行。

伊妍回到公寓时，路雨文从沙发上抬起头来，说："妍宝贝，你回来啦，今天要……算了，你感冒了，还是少说点话吧。"

伊妍摘下口罩，突然说了句："雨文，我想填牙。"

"啊？"路雨文一骨碌从沙发上坐起身来，眼神含疑，"你的那颗小蛀牙？"

伊妍点头。

"那颗牙不是去年就蛀了吗？那时候叫你去填你还说不会疼不用管它，怎么突然就想去填了，牙疼？"

伊妍眼神闪躲，咳嗽了几下，含糊地应了声。

路雨文没有追问，反倒是一脸关切地望着她："这么久了感冒还没好，我还是要带着你去一趟医院。"

伊妍摆手坐下："不用了，我今天去过了。"

在说话间，伊妍的神色仿佛还带着些喜悦和柔情，这个欲说还休、如遇甘露的表情路雨文实在是太熟悉了，熟悉到有些恍惚。她已经很久没在伊妍的脸上看到这种类似于暗喜的神情了，而在以前，这种表情浮现在伊妍脸上的原因无外乎都是因为奚原。

路雨文的神色一时有些难以捉摸的凝重，她问了一句："去哪家医院看的？"

伊妍回视着她，嚅了下双唇有些踟蹰。

"第一医院是吧，就为了去看他一眼？"路雨文怒其不争，摆正身子肃然道，"妍宝贝，这么多年了，你还跟以前一样，见着他就走不动道。人应该要向前看，你怎么知道前面没有比他更好的人呢？"

伊妍敛下眼睑，抠着指甲，哑着嗓音黯然道："就算有……也不是我想要的。"

路雨文语塞，顿时默然。

她一直以为伊妍在感情上糊涂偏执，一叶障目，可其实伊妍一直都很清醒明白——好的和想要的从来都不是对等的。

良久，路雨文再次开口，郑重地问道："你有没有想过，他身边已经有人了。"

伊妍身子一颤，禁不住猛咳了起来。她的面色迅速涨红，连眼眶也跟着泛红，里面有水光涟漪荡漾。

是啊，奚原向来优秀，身边怎么会少人陪伴，即使不是知己红颜也会是别人。

路雨文的话一针见血，再次遇上奚原的喜悦如决堤的洪水冲昏了她的理智，她竟从未想过这个可能性。或者说，她在潜意识里一直在逃避这个问题，不想面对就能当它不存在，她只是想为自己可耻的想法找一个借口，挂上一块遮羞布。

上午第二节课下课是课间操时间，全班人倾巢而出，三五成群地前往操场做早操。

元熹拉着陆雯走出教室，四下环视了眼就从人群中捕捉到了言弋的身影。明明所有人都穿着同样的冬装校服，她却能一眼看到他。在她眼里，他是不同于别人的存在。

"我们走快点。"元熹挽着陆雯的手臂，看着前方的背影急道。

"慢点慢点。"陆雯喊道。

元熹罔顾陆雯的异议，拉着她就往言弋那儿追，等到了他身后几步远的地方又放慢了脚步，暗数着他的步子不紧不慢地跟着。她的目光落在他时不时侧过来的脸庞上，极轻地笑了。

早操时，男女生分两列站，做旋转运动的时候，元熹回头看过去，言弋就在她左后方的位置，单调的动作由他做出来似乎也是格外赏心悦目。陆雯就站在元熹身后，见状只觉得她走火入魔了。

早操结束后，政教处主任上去讲了一段话，除了老调重弹地提了纪律问题外还着重强调了下将要举办的元旦晚会，这也算是一中一年一度的大事了。

解散后，元熹仍是拉着陆雯跟在言弋身后不远处，踩着他走过的草地，看着他和几个男生侧首交谈着，这个距离正好能听到他的说话声和兴起时的淡淡笑声。他说她的声音好听，她却觉得高山融雪的叮咚声也不及他的声音悦耳，让人心动。

"言弋。"

操场的大门口有人喊了声。

在看到来人是谁后，言弋周遭的几个男生起哄似的推搡了他两下，脸上带着意味深长的笑。

言弋的同桌成宇推他一下，揶揄道："薛大美女诶，别怠慢人家了。"

言弋无奈地笑笑，往那边走去。

元熹在听到有人喊言弋的名字时就应声看了过去，喊他的人是同年级的薛忱，年级的文艺部负责人。她之所以认识薛忱，除了因为在学校的各大活动上频繁地看到薛忱，还因为有几次月考，薛忱的名字就列在言弋的后边。

每个年级总有那么几个惹人眼目的人物，言弋是，薛忱也是。和他们相比，元熹觉得自己只是个平庸的女同学。

元熹突然有些沮丧，耷拉下脑袋，趋步走出了操场。经过他们身边时，她听到了言弋熟悉的轻笑声，如鸣金鼓，仍是那么动听。

第三节课是元熹最讨厌的物理课，本就不甚愉悦的心情在看到黑板上复杂的受力分析图后就更是如同乌云蔽日。她有些恹恹地将脑袋枕着胳膊趴在桌上，才刚开了会儿小差，就被物理老师点名了。

元熹一听到自己的名字，就犹如受惊的小鹿般弹坐起来，感受到四面八方投来的目光时，她涨红了脸。虽然看不见后方，但她总觉得此刻言弋也正看着她，便觉羞耻，恨不能变作一只乌龟把脑袋缩起来。

后半节课，元熹僵直着腰板再不敢妄动，两只眼睛笔直地定在黑板上，思绪却如春日飞絮，怎么也集中不起来。

好不容易熬到了下课的钢琴曲响起，老师破天荒地没有拖堂，她这才幽幽地叹口气，心道诸事不顺。

元熹神情沮丧地趴在桌上，忽然被陆雯轻撞了下："哎，看。"

元熹微微抬首看向讲台，言弋站在上面，对着班上同学做了个安静的手势："耽误大家一点时间，我通知一件事。"

元熹歪着脑袋看着他，却没有以往的积极神态。这倒让陆雯好一阵吃惊——要是往日，只要言弋一上台说话，引颈听得最认真的非元熹莫属。

"元旦晚会，我们年级文艺部决定准备一个集体诗朗诵节目，现在征集一下大家的意见，想要参加的来我这儿报个名，以后我们每天傍晚进行彩排。"

言弋简短地通知完事情。

话音刚落，底下就有女生问道："班长，你参加吗？"

言弋微微颔首应了声："参加。"

班长起到了带头的作用，班上的同学纷纷踊跃报名，而元熹却反常地沉默不语。

陆雯忍不住凑近她："熹熹，言弋要参加诗朗诵，你不参加？"

元熹将脑袋转个方向继续趴着，声音低迷："不了。"

陆雯傻眼："真的？"

元熹没应。

她强行告诉自己，她只是因为彩排会耽误回家，所以才不参加的。因为广播站的事情，中午放学回家晚她已经被妈妈好一顿说了，下午放学她只想准时回家。

她做的决定和任何人无关，以后都会这样。

就当元熹要说服自己时，言弋再次动摇了她。

傍晚放学，元熹留下值日，一起打扫教室的同学做完自己的分内事后就走了，等她倒完垃圾回到教室时，室内只有一人。

言弋像是刚从操场跑完步回来的，额际还沁着汗，冬装的校服外套被他搭在椅背上。

元熹心一慌，定在了教室门口。

言弋察觉到动静，抬眼看过去，对她轻笑："元熹同学。"

元熹回身，垂着脑袋趋步走到自己的座位旁，胡乱把桌上的东西塞进书包里，正想离开时，一人走到了她的桌旁。

元熹抬头望去，正好对上言弋的双眼，在冬日里如同暖阳高照。

"元旦晚会的诗朗诵你不参加吗？"言弋低头看她，开口温和地问。

元熹不知为何有些心虚，语气慌乱道："我……我看班上挺多同学报名的。"

言弋笑了："诗朗诵还需要领读人，我觉得你挺合适的。如果你感兴趣的话，不妨参加一下。"

元熹紧了紧手指，企图掌控心里那艘小船的风帆，让它不致迷失航向，可望着言弋坦诚的双眼，她最终只能看着它毫不回头地驶向海市蜃楼。

"好。"元熹答道。

……

第二天傍晚，班上参加诗朗诵的同学结伴去排练厅，元熹自己报了名后就死乞白赖地央求陆雯也报名，陆雯抵不过她的乞求，最后只能遂了她的意。

元熹答应言弋参加诗朗诵，这个决定一点都不出乎陆雯的意料。

到了排练厅，里面人声喧哗，元熹进门就发现了言弋的身影，他站在排练台前，身边还站着薛忱，两人正在交头对谈。

元熹心头一堵，拉着陆雯找了个角落待着。

过了十来分钟，有人在整队，元熹听到言弋在喊自己的名字。

元熹快步走出去，冲着他挥了下手："我在这儿。"

言弋闻声，几步走到她面前，说："你跟我来。"

他带着元熹到了指导老师跟前，介绍道："老师，她就是元熹。"

指导老师上下打量了元熹一眼，直接道："你随便念句诗我听听。"

元熹明白老师的意思，大概是想听听自己的嗓音好做判断。可看着边上的薛忱，她一时如鲠在喉，唯有干瞪眼。

言弋见元熹迟迟不开口，误以为她是紧张的，遂轻声道："轻松点，就跟你早起念书一样。"

元熹胸中激荡。

他记得，他还记得，初见时的场景，她的一眼万年。

元熹缓声开口念道：

"如何让你遇见我，在我最美的时刻……"

- 第四话 -
星火

"都说红颜祸水，世人把所有的过错都归于我，又有谁来为我这荒谬的一生负责？"伊妍用哀切的口气念完这句台词，紧接着就是一阵阴森森的大笑，"我定要除尽天下所有负心之人才罢休！"

"小妍，这一句再来一遍，中间的笑声压着点气，'负心之人'更咬牙切齿些。"

伊妍对孟哥比了个"好"的手势，清了清嗓子再录了一遍。

一上午，伊妍都待在录音室里。中午从录音室里出来时，陈墨钦喊住她，她顿住脚步回头等了会儿。

陈墨钦走近，问她："上午录音还顺利吗？"

伊妍闻言点头："挺顺利的。"

陈墨钦听她嗓音带着低哑，关切道："感冒还没好？"

"已经好多了。"

"这季节最容易感冒，你注意点啊。"

伊妍冲他一笑。

"一起去吃饭吧，下午我们还有对手戏要配，正好能聊聊剧本。"

伊妍正要应好，口袋里的手机突然响了起来。她对陈墨钦报以歉意一笑："我接个电话。"

电话是母亲打来的，伊妍有些疑惑，母亲很少在这个时间点给她打电话。

她只当母亲刻意打来电话叮嘱自己要按时吃饭，于是很随性地接通，喊了声："妈。"

"小妍，你快来医院，你外公突然晕倒了。"

伊母语气慌张，带着伊妍的心也跟着不安起来。她安抚母亲："妈，你别急，在哪个医院？我现在过去。"

"市一，在市一。"

伊妍立刻应道："我知道了，你等我。"

伊妍挂了电话。陈墨钦见她面色焦急，又听到她刚才在电话中提到了"医院"二字，不由得问："怎么了？"

"我外公住院了，我现在得去趟医院。"

"没事吧？要不要我陪你去？"

伊妍摇头："我自己去就行，你帮我和孟哥说一声。"

伊妍说完转身，头也不回地疾步往外走。陈墨钦没能喊住她，唯有望着她的背影，轻叹一口气。

伊妍出了大楼，在附近的路口处拦了辆出租车，一路紧赶慢赶到了市一院，又一路趱步进了院内。

途中她给母亲去了个电话问明位置，母亲回说在住院楼。她拦了个护士询问了下住院楼的方向，一刻也没耽搁，匆匆赶了过去。

伊妍照着母亲的指示到了相应的楼层找到了病房，推门进去就看到母亲站在病床边，床上躺着外公。

伊妍看见外公脸上罩着氧气罩，整个人仍是昏迷状态，不由得皱了下眉头。

伊母见伊妍到了，忙走到她身边。

"妈，外公怎么样了？"

伊母做了个手势，把伊妍往门外带："出去说。"

到了病房外，伊母说："老毛病，高血压，这次发作得厉害些。"

伊妍面露担忧："现在情况怎么样？"

"刚醒过一次，现在又睡了。"伊母说，"医生说留院观察几天。"

伊妍悬着的心没落地，愁眉未展。

伊母反过来宽慰她："没事的，到时候听听医生怎么说。"

伊妍点了点头。

"吃饭了吗？"伊母问，"我这么急着把你喊过来，肯定还没吃吧，先去吃饭。"

"不是很饿。"

"不饿也得吃，你的胃不能挨饿。"伊母轻训她，"是不是又想去一趟消化科啊？"

伊妍听到"消化科"三个字，微微恍了下神。

"走，你去吃饭，你外公这我照看着。"伊母推了她一下。

伊妍没走，定下身子说："妈，你也没吃吧？你先去吃饭，我留下来照顾外公。"

伊母犹豫了下，心想让伊妍自个儿去吃饭也不知道她会不会真的听话，倒不如自己去打包了饭回来，盯着她吃。

思及此，伊母点头，说："那也行，我给你带吃的回来。"

"嗯。"

伊母走后，伊妍就坐在外公床边。她在病房内坐了会儿，陈墨钦打来电话，她看了外公一眼，见老人家还昏睡着，一点也没有要醒过来的迹象，便拿着手机走出病房。

住院部病人多，不允许喧哗，因此走廊上人来人往却也十分安静。

"喂，墨钦。"伊妍下意识地压着嗓子。

陈墨钦在那边问："伊妍，你到医院了？"

"到了。"

"你外公怎么样？"

"现在睡了。是老毛病犯了。"

陈墨钦关切道："严重吗？"

"医生说要留下来观察几天。"

"那你下午……"

伊妍有些为难。之前她因为感冒已经耽误了很多工作，下午的配音任务她如果缺席的话就有点误事了。

陈墨钦从伊妍短暂的沉默中似乎明白了她心中的顾虑，遂主动开口道："这样吧，我和孟哥说一声，下午先录其他人的，之后再安排你的部分。"

伊妍考虑了下，觉得目前只能这样了。

"好，麻烦你了。"她说道。

"别太客气了，多少年搭档了。"陈墨钦笑道。

伊妍也笑了下，道了声谢："改天请你吃饭。"

"你说的啊，我等着。"

"嗯。"

伊妍和陈墨钦说了几句话把电话挂断，正揣着手机要进病房，余光瞥到走廊尽头的一抹白色。她若有所感地扭头看过去，映入眼帘的就是奚原顾长的身影。

他正往她的方向走来，微微偏着脑袋去听身边护士的话。

伊妍的手搭上门把，想躲进病房里，不知怎的心里却隐隐有些踌躇，怕他看见她，又期望他能看到她。

就在她犹豫的片刻间，奚原抬起头，他们的目光在空中交汇。

不过两秒，伊妍就心虚地收回视线。她忖道，既然看见了就打个招呼吧，这是基本的礼貌。

打个招呼而已，算不上是什么非分之举吧？

随着奚原走近，伊妍的心跳愈加剧烈。她暗自捏紧了手中的手机，在他走到面前时生疏地问好："奚医生。"

奚原自然认出了伊妍，但在住院部见到她仍是有些意外。他站定，把手中的文件夹递给身旁的护士后就让对方先去忙，护士应了好，走之前还特意看了伊妍一眼。

奚原见到伊妍，脑海中浮现的第一个人就是奚沫。最近这段时间她每天都在微信上哀号说伊妍大大好久没冒泡了，不知道生病好了没，那热乎劲头比关心他这个亲哥强多了。

"感冒好了？"奚原开口第一句话就问道。

伊妍没想到奚原还记得自己生病的事，心里头有些小雀跃，面上仍是腼腆，回道："好多了，你开的药很管用。"

奚原微颔首，看着她身后的病房门问："家里有人住院？"

伊妍点头："外公病了。"

这一层基本上都是神经外科的病人，老人家的病情奚原大体能猜出一二。

伊母下楼吃饭，怕饿着伊妍了，所以没吃多少就急着打包了一份饭回来，才上楼，还未到病房就看到伊妍和一个医生相对而立。她以为是老人家又出了什么状况，赶忙小跑几步上前，待见到那名医生的脸时，微微一愣。

"是奚医生啊。"伊母松口气，"我还以为我们家老爷子出什么事了。"

"阿姨。"奚原问好，随即看到伊母手上拎着的打包盒，便看向伊妍，问，"还没吃饭？"

伊妍抿了下唇微微点头。

"你胃不好还是要按时按点吃饭。"奚原温和地说了句。

伊妍呆呆地看着奚原，明知道他是出于职业操守随口提了句，可话落进她耳朵里却勾出了她的丝缕妄想。

伊妍没应话，伊母却像是找到知己一般忙接道："可不是嘛，我都不知说她多少遍了，她就是左耳进右耳出，所以这胃病一直好不了。"

伊母用斥责的目光看了眼伊妍，接着说："她以前非要参加学校的什么社团，每天中午都不按时吃饭，最后落了胃病——"

"妈！"伊妍听母亲越说越远，唯恐她说漏了什么，赶忙拦住她的话口，"奚医生还要忙呢，我们别耽误人家的时间了。"

伊母这才若有所觉，歉然道："奚医生很忙吧，不好意思啊，还浪费你时间。"

"没关系。"奚原仍是一派温和，对着她们说，"在医院有什么需要帮忙的可以找我。"

他顿了下，看着伊妍问："我的号码存着吗？"

伊妍耳根发烫，含糊地应道："……存着。"

"有需要可以给我打电话。"

"……好。"

闲聊几句后，奚原就和伊母道了别。伊妍望着他离去的背影，忍不住出神。

伊母拍了下伊妍的肩问："你怎么会有奚医生的电话？"

伊妍支吾答道："就之前……拿胃镜报告去看病的时候留的。"

"你主动要的？"

"……啊。"伊妍十分不自在。

伊母笑道："你总算是对自己这胃病上心了。"

伊妍一听，心里算是松了口气。

母亲以为她是对病上心，却不知道她是对给自己看病的人上心。

"这奚医生人挺好的，每天看那么多病人还能记得你。"伊母自言自语了句。

伊妍的心蓦地一动，一时有些发痴。

刚刚滋生出来的妄想歹念就如同星星之火，被春风一吹又恣意旺盛起来了。

她还能奢望吗？

伊妍在母亲的督促下吃完了饭，刚收拾完东西，小姨就来了。她下午本想留下照看外公，但母亲说有自己和小姨两人照顾就足够了。她考虑了下，觉得病房里也不需要太多人陪护，便离开了医院。

伊妍下午按时按点到了录音室，陈墨钦稍感意外。他放下手中的稿子，问："不是要请假，怎么来了？"

伊妍解释："医院有我妈和小姨在，我晚上再过去。"

陈墨钦点头："那正好，下午就能把我们俩的部分录完。"

"嗯。"

伊妍放下东西，拿了录音稿翻看了下。《汉时关》这部动漫他们配了小半月，到今天已差不多快录完第一季了。

过了会儿，孟哥来了，伊妍热嗓后进了录音间，很快就进入了工作状态。她和陈墨钦搭档了这么多年，彼此间已有了默契，所以下午的工作进行得很顺利，在计划时间内收了工。

所有的录音棚都不集中在一栋楼内，因此配音演员时常需要在各个录音棚间来回奔走。

下午录完这部动漫，伊妍还要赶往下一个棚去给一个游戏录音。她刚收拾完东西，孟哥就喊住了她和陈墨钦。

"什么事啊，孟哥？"陈墨钦问。

伊妍提了包走到他俩跟前，孟哥见她来了就开口道："前几天你们去试音，那部电视剧的导演敲定了由你们两个来为男女主角配音，下午六点你们先去开个会。"

伊妍有些惊喜。她前阵子的确是去试了一部古装剧的配音，但那时她的感冒还没好全，声音不在最好的状态，她本以为肯定会落选，没想到最后却给选上了。

陈墨钦听了，对着伊妍开玩笑道："又是和我搭档，该烦了吧。"

伊妍假意道："是有点。"

陈墨钦佯装心痛："未免太诚实了吧。"

孟哥看不下去了，摆了下手，说："得了，你们这对'情侣专业户'就别在我面前打情骂俏了，赶紧走。"

伊妍和陈墨钦总是配对手戏，圈里人常打趣他们是"情侣专业户"，总爱调侃他们，不过多是些玩笑话，伊妍并不介意，陈墨钦一个大男人自然更不会去计较。

伊妍赶到下个棚后就开始录音，下午的工作内容是给一个手游的几个女性角色配音，角色跨度大，声音要求多变。她入行多年，这种难度对她不算什么。

录完音，陈墨钦给伊妍打电话。他下午也换场，录音棚就在附近，所以结束工作后就特地过来接她一起去开会。

伊妍搭了陈墨钦的车一起去往剧组，到了影视公司，刚进会议室，里面有人看到他俩就说："'情侣档'来了。"

室内所有人都往他们这儿看，伊妍的目光在众人脸上掠过，面上露出笑来。

参与这部古装剧配音的人员都是之前合作过的熟面孔，有配音界的前辈，也有和她同期的后辈。

"小妍，墨钦，快过来，坐这儿。"

有人喊他们。

伊妍看过去，是老同学胡燕妮，刚才调侃自己和陈墨钦的就是她。

"走吧。"陈墨钦说。

伊妍坐到胡燕妮边上，陈墨钦就坐在伊妍旁边。

胡燕妮凑近伊妍，说："你和陈墨钦又配对手呢。"

伊妍点头。

"巧了，我配的女二。"胡燕妮朝她眨眨眼。

一旁有人插话："得，你俩这'万年情敌'是名不虚传啊！"

说话的人是个老前辈。他从译制片时代走来，配音经验十分丰富，圈里人都敬重地叫他一声"邓叔"。

邓叔这话一说完，会议室的人又笑了，伊妍也微微一笑。

她和胡燕妮这"万年情敌"的称号说来也有些来头了。她们是播音班的同学，大学时一起配过很多广播剧，那时她们就经常在一个剧里配情敌。

毕业后，两人分别进了不同的工作室，但在一些电视剧、动漫里还是经常合作，配的也几乎是女一女二，她们两人的声音一出现就是水火不容、针锋相对，因此有粉丝就戏称她们是"万年情敌"。

等人员差不多全到齐后，邓叔作为这次的配音导演简单地讲了下这部古装剧的概况，之后就把每个人的录音稿发下去让他们回去研读。

会议结束后，有人提议一起吃个饭。伊妍心系医院，就推了这顿饭，辞别了同事独自赶往市一院。

到达医院时差不多是晚上八点，医院明显比白天寂静，门口的白求恩像在夜色中沉默地伫立着。

伊妍来之前给母亲打了电话，母亲百般叮嘱她要记得去吃晚饭，她想到奚原中午说的话，老老实实地应了好。

医院有食堂，这个点还有几个窗口亮着灯还在营业，伊妍打包了一份热粥出来，沿着医院的小道往住院部走，却在半道上看到一个熟悉的背影。

她下意识地放慢放轻脚步，呆呆地望着前方，奚原的影子被路灯拉得斜长。

这条路是通往食堂的，他这么晚才吃饭吗？这个时间他还没走吗？加班？

一连串的问题从伊妍的脑海中钻出来，她想跟上去自然地和他打声招呼，一双脚却怎么也迈不快。

这么多年过去，她还是那个只会跟在他身后，偷偷仰望他的小女生……

元熹被选为年级诗朗诵节目的领读，除她之外，还有言弋和薛忧。

元熹欣喜之余，还有些自卑。

薛忧是年级女生中的佼佼者，无论是品貌还是才学都比她高了不止一星半点。

薛忧和言弋站在一起是男才女貌，十分登对，可多了个她后似乎就破坏了他们两人的和谐感。

元熹初始还有点想打退堂鼓。可她是言弋举荐的，这时说不参加了，那无疑是让他难做。为此，她仍是留下来参加了排练。

排练都是安排在傍晚放学时间，一排就是半个小时以上。为这件事，母亲又把元熹狠训了一顿，说她玩疯了都顾不上回家。

元旦迫近，老师加紧了排练的力度，集体排练后还特地把领读的三人留下来进行特训。

节目安排他们三人在集体朗读前分别读一首短诗，之后再带领所有人进行朗读，老师因此才特地留下他们，多加指导。

"来，你们轮流读一遍我听听。"

老师问："谁先来？"

"我来吧。"薛忱自信地应道。

老师颔首算是许可。

薛忱清了清嗓子开始声情并茂地朗读。她的声音稍亮，读起诗来有股精神气儿，所以老师让她读的是一首爱国诗，十分贴合她的声线。

短短的一首诗，她读得抑扬顿挫，老师的表情很是满意，稍做指点后就示意言弋接下去读。

言弋读的是一首现代朦胧诗，他温润的声线念起这首诗来不急不缓，磁性的声音像是要把人拉进诗的意境里，有股娓娓道来的故事感。

元熹偏头看着他，微张着嘴听得有些入迷。这首诗她晨读的时候读过好几遍，此时却像是初闻般新奇、动心。

老师对言弋的朗读也颇为满意，赞赏地点了下头，眼神一转就看向元熹。

元熹还沉浸在言弋的声音里，突然被老师点名，心跳没有来地漏了一拍，之后就开始无序地跳动着。她一时有些紧张，对上言弋投来的目光时更是无措。

老师等着她朗读。元熹攥了攥手开口，声线一点也没有往常的柔美悦耳，读出来的诗反倒像是绷紧的琴弦弹出的一首不着调的曲子，中间还卡壳了两次。

老师微蹙眉头，显然对她的表现不是很称心："元熹，你还要多练练，这首诗读得不是很好，连基本的通读都做不到，就太不应该了。"

元熹被批评得面红耳赤，羞愧得连脑袋都抬不起来，这时突然听到旁边的人为她说了句话："老师，元熹可能还不习惯单独在人前念诗，让她再排练几次一定能读好的。"

元熹听到言弋为自己圆场，一时既窘迫又窃喜，各种滋味掺和在一起让她心口微烫。她微微抬头，言弋也正看过来，对上她的视线后给了她一个安慰的笑。

老师听言弋这么说，也就没再批评元熹。而元熹有了他的鼓励，在接下来的练习中也不再出糗。

他们仨又练了半小时，老师觉得都满意后才让他们离开。

"言弋，一起走吧，我们顺路。"薛忱毫不忸怩地对着言弋说。

言弋点了头，转头问元熹："你要一起走吗？"

元熹知道，言弋回家一定会经过她家门前，能和他一起回家而不用在阳台上偷看的机会是多么难得啊，可是……这应该只是客套地一问吧？

元熹看了薛忱一眼，沮丧地违心道："不了，我要走后门去趟超市，所以……"

言弋了然地点头："那好吧，明天见。"

元熹忍住心中的酸涩，勉力扯出一个笑来："明天见。"

言弋和薛忱两人相约一起离开，元熹在排练厅里磨蹭了会儿才走。

出来时天色已暗，天上半颗明星也无，只有刺骨的寒风凛冽地吹着，校道上昏黄的路灯也暖不了人。

元熹缓步走着，还能看见前头言弋和薛忱并排而行的身影，他们似乎相谈甚欢。

元熹多想走在他身边的人是她啊，可她知道这只是自己的痴心妄想。他那么优秀，她唯一能做的就是这样偷偷地、偷偷地望着他的背影。

仅仅是这样，也就足够了。

元熹回想起刚才老师让她读的顾城的诗，此情此景她不由得在心里读了出来——

路是这样窄吗？

只是一脉田埂。

拥攘而沉默的菖蒲，

禁止并肩而行。

如果你跟我走，

就会数我的脚印；

如果我跟你走，

就会看你的背影。

因为那晚在医院食堂门口碰到了奚原，接下来几个晚上伊妍都刻意往那条路上走。她暗下决心，如果再见到他，她一定上前打招呼。可她做足了心理准备，却没能再遇上他。

外公的情况已经好转，医生说不日就可出院。这几个晚上，伊妍都来陪床，伊母体贴她白天工作辛苦，几次劝她别来她都不听，最后也只好听之任之。

这天晚上，伊妍下班后照常来医院，和伊母一起陪外公聊了会儿天后就让他早早休息下了。

过了会儿，伊妍拿着自己的水杯去走廊尽头的水房接开水，回病房的路上经过前台，听到几个护士聚在一起聊天。她本来没太注意，直到听到了奚原的名字。

伊妍下意识地放慢脚步，拧开水杯假意靠在墙边喝水，耳朵却竖起来听着她们的议论。

护士A说："我刚看到又有人和奚原医生表白了。"

护士B立刻好奇地问："谁啊？是不是药房的那个，小柳？"

护士A摇头："不是，是奚原医生的病人，长得挺漂亮的。"

护士C啧啧称道："又一个看病看着看着看上奚医生的，不用说，又被拒绝了吧。"

护士A点头："意料之中。"

有人和奚原表白呀。

伊妍恍了下神，心里却并不意外。

奚原一直就是众多女生关注的对象，那个年纪正是女孩子情窦初开的时候，优秀的男孩自然吸引人，他顺理成章地成了许多女孩偷偷爱慕着的人。有勇气者主动告白，可从未有人成功过，那时的伊妍有些窃喜也有些自愧。

喜的是他拒绝了别人，愧的是她从来没能有那些女孩的勇气。

他就像是北辰星，居其所而众星共之。这么多年过去了，他还是那么耀眼夺目，而她还是围绕在他身边的一颗不起眼的小星星。

前台处，护士 B 问她们："你们说奚原医生是单身吗？"

护士 A 回道："当然啦。你刚来还不清楚，奚原医生是我们院炙手可热的黄金单身汉。"

护士 C 叹口气说："全院单身女性的理想型，没有之一。"

黄金单身汉？伊妍先是反应了一下，随即不可抑制地扬起了嘴角，这种劫后余生、柳暗花明的感觉就如同高中时听到班上女生说谁谁谁去和奚原告白被拒绝了一样，不厚道地暗喜。

伊妍抿着笑，呆呆地捧了水杯喝水。她想着其他事，一时没注意到杯中的水还冒着袅袅热气，直到毫无防备地含了一口开水，舌头被烫得一麻，顿时咽也不是，吐也不是。

奚原就是在这个时候出现在伊妍面前的，他似乎刚从洗手间里洗了把脸出来，脸上并没有像往常那样戴着眼镜，鬓角还有些微湿。

他的视线毫无阻碍地直接看过来，惊得伊妍一口水直接囫囵吞下，热水从喉头一路滚烫到胃里，但她的表情却是云淡风轻，故作镇定。

"奚医生。"伊妍还算坦然地打招呼。

奚原在她面前停下脚步，略微颔首，问："陪床？"

伊妍拧紧了杯盖，手指还搓了搓杯身，点了下头："嗯。"

"情况还好吗？"

伊妍笑了笑，回道："还好，医生说再过两天就能出院了。"

奚原也回以温和一笑："那就好。"

尽管洗了脸，但他看上去仍是不大有精神，似乎疲惫至极。伊妍犹豫了下，问："你今晚值班吗？"

"嗯。"

"别太累了。"伊妍顺嘴回了句。

奚原望过来，目光像是探进她心底。

伊妍一慌，双手握紧了手中的杯子，心虚道："我的意思是……你是医生，有好多病人需要你呢。"

奚原其实没多想，但他看出了伊妍似乎怕他误会，于是顺着她的话往下接："好的，谢谢关心。"

伊母见伊妍出去半天都没回来，放心不下出来寻她，看到她，就在走廊上就喊了一句："小妍。"

伊妍探身看到母亲，忙对奚原说："我妈喊我了，我先走了。"

奚原点头。

伊妍搓搓手指，又道了句："再见。"

"再见。"奚原一笑。

伊妍耳热，错身离开，快步走到伊母身边挽了她的手往病房走。

伊母回头看了眼，奚原正好回身看过来，对上她的目光时友好地颔首示意。

"你又去找奚医生了啊？"

伊妍脸一热："没有，偶然碰到的。"

"都说些什么了？"

伊妍含糊道："就是问了一些胃病的注意事项。"

伊母欣慰点头："你这丫头，总算是对自己的身体上心了。"

　　自家女儿心怀鬼胎，母亲一点都没看出来还倍感欣慰。伊妍觉得有些好笑，又想到今晚得到的有效信息，心里又忍不住一阵阵地泛喜。

　　这样……似乎不太好？

- 第 五 话 -
偶遇

过了个周末，月考的成绩就出来了，周一一大早，众多学生就齐在年级排行榜前议论纷纷。

元熹路过时也瞄了眼，她只看榜首的位置，果不其然，言弋的名字还是在最顶上，而她却仍是半桶水的水平。

她叹口气，背着书包耷拉着肩进了班级，不料刚到门口就和言弋撞个正着。

"早。"言弋见到她问了声好。

"早。"元熹看着他抿了下唇，"恭喜你了。"

"嗯？"

"半期考……第一。"

言弋显然愣了下，随即笑了："谢谢。"

和言弋短暂接面后，元熹坐到座位上，心里埋汰死自己了，说什么"恭喜"，简直是俗不可耐。

早上的物理课老师用来讲评试卷，讲到最后一道大题时，他说："这次考试的最后一道大题，全年级只有言弋拿了满分。"

全班响起一阵惊叹。

老师清了清嗓子，喊言弋："你上来讲讲这道题的解题思路。"

老师钦点，言弋自然服从，他拿了试卷从座位离开，从容地站上讲台，拿了粉笔转身在黑板上画受力分析图，一步一步地讲解。

言弋戴着眼镜，即使在全班面前也丝毫不露怯。

元熹的目光实打实地落在他的身上，以往在课上她只敢偷偷地瞄一瞄他，此时却是光明正大，或者说是因为全班都在看着他，她才敢假装坦荡，心存私念地混入其中。

寒露已过，但气温并没有降下太多，树上的叶子不见枯黄反而愈加浓绿，真正是秋高气爽。

物理课后是体育课，天气大好，全班同学倾巢而出，奔向操场。

集合热身后，老师宣布要进行一个中长跑测试，男生一千米、女生八百米。

听闻这个消息，原本兴高采烈来上体育课的同学叫苦不迭，尤以女生为多。

元熹也是愁眉不展。她的耐力不好，体育课里最怕的项目就是中长跑，每次跑完就像是小死了一回般且还跑不到及格线。

陆雯凑近了问元熹："你跑步怎么样？"

元熹凝眉，一脸苦恼道："不怎么样。"

"能跑下来吗？"

元熹没底，只能勉强道："我……坚持看看。"

男女混跑，起点相同，但终点不同，老师扯着嗓子让愿意第一组跑的同学站在起跑线上，大部分男生都主动向前，女生们则相反，纷纷后退一步。

元熹本想能拖一会儿是一会儿，可当她看到起跑线上的言弋时却魔怔地往前踏了一步。

陆雯忙拉住元熹，惊讶问："熹熹，你要第一组跑？"

元熹一咬牙，颇有些壮士断腕的决心，说："伸头一刀，缩头也是一刀，反正早晚要跑。"

"那好吧，我就不跟你一组跑了，就在终点这儿接应你。"陆雯说。

"好。"

元熹往起点那儿走，线上已经挤满了一排人，她一时不知道要站哪儿才好。

"元熹，站这儿。"言弋回头看到元熹左右张望，主动往后退了一步让了个身位。

元熹略作踌躇，见老师挥了手要发号施令，赶忙走过去站定。

"谢谢。"她低声道。

言弋没回答，可能没听到她的声音。

不知是即将开跑的缘故，还是因为站在言弋身前，元熹觉得心跳速度在不断攀升，手心也沁出了一层细汗。

"各就各位，预备——跑！"

老师的手刚放下，一众人就像是点了火的炮仗，一下子就蹿了出去。第一组男生居多，他们很快就和仅有的几个女生拉开了距离。

元熹跑步速度不快，一下子就落到了最后，她心里有些发急，被别人带走了自己的步伐节奏，呼吸立刻就乱了。

她不断暗示自己别慌别急，慢慢地调整呼吸节奏，眼睛一直望着前方那个挺拔的背影。

四百米一圈的操场，刚跑完一圈，元熹就觉得体力不支了。她的双腿不由自主地打战，喉间干涩，哼哧哼哧地喘着气，连吸进去的气都刺痛着鼻腔。

"熹熹加油。"陆雯在跑道边上大喊。

元熹艰难地干咽了下，眼神一直紧盯着前方言弋的背影不放，生怕一不留神他就跑没影了。

他是她追逐的目标，也是她的动力所在，如果她没坚持完全程而中途放弃，那他会怎么看待她？

想到这儿，元熹又鼓起劲，咬紧牙关机械地迈着腿，一步步地往终点跑。她就一直跟随着言弋，也不去想还剩多少距离，只知道不能落下他太多。

这有什么意义，她也不知道。

男生还要多跑半圈，当言弋到了终点时，元熹还在跑道上苦苦煎熬着。

"熹熹，加油，快到了。"陆雯陪在元熹身边为她加油。

元熹抿着唇，用全身最后的力气冲到了终点，停下来的那刻，她双腿一软就要跌倒在地，幸而陆雯及时扶了她一把。

"没事吧？"陆雯关切地问。

元熹微弯着腰，轻轻摆了下手。

她浑身无力就想一屁股坐下去，陆雯生生拉住她："刚跑完走一走，别急着坐。"

陆雯一边半扶着元熹慢走着，一边和她说话："熹熹，你还说你跑步不行，我刚看你跑得不错啊，前面几个女生都被你超过了。"

"是吗？"元熹刚才只顾着盯着言弋，一点也没分心注意到其他人。

"嗯。"陆雯点头，"除了男生，你就是跑得最快的了。"

元熹自己都有些诧异："能……及格？"

"当然啦。"

元熹松了口气，眼神又下意识地四下探询。

"别找了，在那儿呢。"陆雯手一指。

元熹看过去，言弋正站在老师边上，手上拿着一瓶矿泉水在喝，他鬓角上的汗珠在阳光下微微泛着光。

她怔怔地看了好一会儿，突然没由来地一笑。

这次总算没落太多。

待全班人都跑完，大半节课就过去了。元熹在操场边上坐着休息，精神头基本恢复过来了。

陆雯挨着她问："自由活动，我们回班级？"

元熹撑着下巴说："要不你先回去？"

"那你干吗呢？"

"我就坐着。"

陆雯顺着元熹的视线一看，顿时再明白不过了。

室外篮球场上，言弋正和班上的男生在那儿打球。

陆雯不解地喟叹道："熹熹，你真是着了言弋的魔了。"

元熹没辩解。

伊妍双眼含泪，声音哽咽，看着前方的屏幕，开口念着配音稿。为了让声音能更符合演员的表演，她极力地调动自己的情绪，全身心地投入情境之中。短短几句台词被她念得字字泣血，闻之者无不动容。

操作室里，邓叔赞许地点头，拍拍调音师的肩，说了句："快进快进，别让她的情绪断了。"

下午配的戏情感起伏很大，伊妍接连几次转换情绪，等结束时已是疲惫至极。

她从录音棚里出来，邓叔冲她比了个大拇指，毫不吝啬地给予表扬："伊妍啊，配得很好。"

伊妍谦虚道："哪里啊，论配音，在您面前就是班门弄斧。"

"欸，话不能这么说，现在是你们年轻人的时代。"邓叔说，"像你这样长得好，台词功底又好的姑娘就该去当演员，我看啊，你不比现在的一些明星差。"

伊妍受宠若惊："邓叔您别说笑了，演戏我哪行啊。"

"欸，你也别谦虚，刚才在录音室里你不是表演得挺好的嘛，这么好的演技，在幕后当个默默无闻的配音演员可惜了。"

伊妍自谦："哪里，演戏我做不来，在配音上我也还有很多需要向您学习的地方。"

胡燕妮这时推门进来，听到他俩的谈话，嗔笑道："哎哟，邓叔，小妍，你俩在这商业互吹呢？"

邓叔笑了声："就你这丫头有嘴。"

胡燕妮一晒："剧组盒饭到了，先吃饭吧。"

全组的人都在休息室里吃饭。因为这部剧的制作期很紧，剧方给后期配音的时间有限，所以他们不得不加班加点地赶工。

吃饭时，陈墨钦就坐在伊妍对面，他突然想起了件事，问她："伊妍，下周末有个漫展邀请我们工作室参加，你去吗？"

伊妍还没回答，胡燕妮就抢着问："漫展，是在市体育馆举办的那个？"

陈墨钦点头。

"巧了，我也被邀请了。"胡燕妮扭头看伊妍，"我答应去了，你也一起去吧。"

伊妍有些为难，以前因为一些剧组合约，她也参加过宣传活动，她虽然混二次元圈，但是在三次元里也露过面，因此她的庐山真面目早已不是秘密。

可尽管如此，于她本人而言，的确是不太喜欢出席这种台前的活动。相比起来，她更乐意默默地做好本职的配音工作。

胡燕妮见伊妍表情犹豫就知道她想推辞，于是怂恿道："去吧去吧，你也有好几年没参加过漫展活动了吧，是时候露个面，给你的音粉和颜粉一些福利了。"

胡燕妮说完给陈墨钦使了个眼色，陈墨钦领会后接道："孟哥的意思是要是能去的话就尽量去，就当是宣传配音行业了。"

"就是就是，你们俩最近配的那部动漫不是很火嘛，肯定有大把的人希望你去，你就当是去为国漫添砖加瓦了。"

伊妍无奈，陈墨钦和胡燕妮说得一个赛一个崇高，好似她不去就是什么罪大恶极的事一般。

"好吧，我去还不行嘛。"伊妍最后妥协。

陈墨钦见她点头答应了，立即道："那就说定了。"

"嗯。"

吃完饭，全部人再次投入工作中，等收工时已过晚上十点。

陈墨钦不放心伊妍自己一人打车回去，主动开车送她回了住处。伊妍道了谢后和他告别，拖着疲惫的身躯回到了公寓。

拿钥匙开了门，伊妍把鞋一蹬，无力地说了句："我回来啦。"

过了会儿，路雨文从房间里探出头来，问："回来啦，怎么一天比一天晚啊？"

伊妍叹了一口气，把包往茶几上一放，瘫坐在沙发上："任务重，时间紧。"

路雨文绕到沙发背后给伊妍捏肩，听她声音略哑不由得吐槽道："现在的电视剧，钱都用来请明星了，后期都不愿多花钱，这不是摆明了压榨你们吗？"

伊妍嗓子干，轻咳了一下。路雨文见状往厨房走，倒了一杯温开水出来，又问："晚上吃饭了吗？"

"吃了。"伊妍接过水润了嗓，反问道，"你呢？"

"我就不用你操心了，多关心下你自己吧。"

伊妍喝了水后精神好多了，还有心思开玩笑："那是，饿了谁你也不会饿着自己啊。"

"去你的。"路雨文一屁股坐到伊妍身旁，斜乜了她一眼，凉凉地说，"你最近心情不错啊。"

"有吗？"

路雨文捏了下伊妍的脸颊："你看看你自己，最近脸上都挂着笑，前段时间不是还一脸生无可恋吗？"

伊妍摸摸自己的脸，咳了下说："哪有。"

路雨文轻哼一声，盘起腿，看着伊妍说："前几天看你每天都快快不乐地，我还以为那天我把话说重了，让你的心碎成一地了。"

伊妍心虚地抿了口水："没有。"

"前段时间外公住院，你去陪床的几天，找奚原去了？"

"没有。"

"嗯？"路雨文投以怀疑的眼神。

伊妍又咳了声，小声说："偶遇了几次。"

路雨文翻了个白眼，偶遇？

认识伊妍到现在，路雨文从来都知道，世上没有无缘无故的偶遇，有的只是一个人的故意。

"怎么样？打听到没有，他还单着？"

路雨文这么单刀直入，让伊妍有些不自在，说得好像她去医院就是心怀鬼胎一样。

不过，她也无从否认。

"嗯。"伊妍点头。

"稀奇啊，他不应该炙手可热吗？"路雨文拿手肘撞了下伊妍，"有什么想法没？"

"啊？"伊妍瞪着眼，一脸懵然。

"啧，你不会吧。"路雨文一脸恨铁不成钢地数落道，"你现在还喜欢他，他又还单着，你不打算奋起直追，难道还打算再暗恋个十年？"

"我……"伊妍语塞，她的确是没考虑过这个问题。

知道奚原尚还单身，她也只是像知道那时他拒绝别的女生那般窃喜，却从未想过自己去告白。

路雨文拿手指戳了下伊妍的额头，急道："你啊，怎么还是这尿样。上啊，怕什么，直接去告诉他你喜欢他，喜欢了很多年了。"

"你说什么呢。"伊妍脸一热，虚推了路雨文一把。

伊妍的脸攀上红晕，眼睛一瞪，说："再没个正经我不理你了。"

"行行行。"路雨文搓了搓伊妍的脸，"薄脸皮，都二十六岁的人了，还动不动就脸红，都怪奚原那小子耽误你了。"

伊妍拍下路雨文的手："别胡说。"

"说正经的啊，你真不打算告白？"

伊妍陷入纠结中。

早十年她没胆做这件事，晚十年她似乎也没什么长进。

路雨文扶额叹口气："真是急死我了，你现在还怕什么？论优秀，他是出色的医生，可你现在在配音界取得的成就也不差啊。"

伊妍愣了半晌，开口喃喃道："还是不够的。"

纵使现在所有人都夸她优秀，夸她能干，但只要在他面前，她就还是那个自卑、怯懦的小女孩，所有的成就在他面前都会化为乌有，不值一提。

这是长久以来，留在她身上的烙印。

所以她知道，永远不够……

物理课下课，元熹耷拉着脑袋去了办公室。

物理老师这几天经常喊一些在这次月考中考砸的同学谈话。元熹这次考试成绩在班级平均分之下，这两天她一直战战兢兢地祈祷老师别找自己，可是天不遂人愿，刚才一下课老师就喊了她的名字。

元熹心灰意冷，只好去办公室里听训。

物理老师问她："这次成绩不理想，自己有分析原因吗？"

"啊……有的。"

"说来听听。"

元熹支吾道："知识点掌握得不够牢固……疑难点没有弄清楚……"她硬巴巴地挤出两句，其实她很想直接说自己就是因为笨而已。

"最近的物理课还跟得上吗？"

元熹抿了下嘴，最后还是老实交代道："有点跟不上。"

"有不懂的地方一定要及时弄清楚，不能放着就不管了，这样你永远也学不会。"物理老师说，"不会的知识可以来问我，也可以去问班上的同学。只要你肯认真学，成绩一定是可以提高的。"

物理老师说教了一番，元熹低着头虚心听教，就在这时，办公室门被敲响了。

"老师。"

元熹一听这个声音就浑身僵硬，头埋得更低了，颔首缩胸像只鸵鸟。

物理老师看过去，热情道："言弋啊，进来吧。"

元熹察觉身边站了一个人，心跳瞬间就上去了。

物理老师看着班上的尖子生，脸上露出赞赏的笑："上次让你去参加省奥赛的成绩已经出来了，你的成绩是最好的，第一名，非常好，没辜负老师对你的期望。"

言弋却是宠辱不惊，只是极淡地一笑，说："谢谢老师。"

物理老师目光一转又看向元熹，开口谆谆道："元熹，你平时学习上有什么不懂的也可以问言弋。"

元熹突然被点名，身子一震仍是不敢抬头。在此情此景下，和言弋站在一起让她觉得羞愧不安，她急于逃出眼前的窘境。

"言弋啊，你学习好，平时也多帮帮成绩差的同学。"

言弋点头，从善如流："好。"

老师说完话，元熹和言弋前后脚离开了办公室，言弋走在前头，元熹在后面看着他的背影只觉得狼狈极了。

明明相距那么近，她却清楚地看到了他们之间不可跨越的鸿沟。他在山巅，她在山脚，她在奋力攀爬的时候他一低头就看到了她的灰头土脸、狼狈不堪。

她多想自己是个可以和他比肩的优秀的人啊！

奚原休假回了趟家，正好是周末，奚沫放假在家。

他一回来，奚母就在厨房里忙活，念叨着他工作这么辛苦，一定要好好补一补。

外面，奚沫不满地对奚原抱怨道："妈也太偏心了，你一回来就给你做好吃的，我都没享受过这样的待遇，不公平。"

奚原揉了揉她的脑袋，问："最近在学校好吗？新班级还适应吗？"

奚沫耸了下肩，随意道："挺好的啊。"

"学习呢？"

奚沫撇了下嘴："哥，你别像爸妈一样总问学习，多伤感情啊。"

奚原哑然失笑："开学考没考好？"

奚沫把身子一转背对他，自个儿玩，嘟囔一句："不理你了。"

奚原无奈，轻拍了下她的后脑勺，笑道："真不理我了？"

"哼。"

"以后的周边——"

奚原还未说完，奚沫就急忙回身，急道："你还是要给我买。"

奚原嘴角一扬。

奚沫把身体转回来，愤愤道："可恶，等我掌握了经济大权就不用被你威胁了。"

这时奚沫的视频播完了广告进入了正片，几秒钟的言典乐前奏过后就是一个悦耳的女声，略带柔婉的嗓音唱着古朴的歌。

奚原凝神细听，虽然唱歌和说话不同，但他还是听出了伊妍的声音。

"这歌——"奚原开口。

"好听吧，这部动漫的 OP（片头曲）是伊妍大大唱的。"

奚原虽已猜到，仍不免有些讶异。

"优秀的 CV 唱歌不比歌手差。"奚沫来劲儿了，刚才的不悦转眼就烟消云散。

她凑近奚原接着说："伊妍大大有一副好嗓子，不仅配音厉害，唱歌也好听。不过她很少唱，入圈这么久我也只听她唱过那么几首歌。"

一首古风歌中间还加入了戏曲的唱词，曲调婉转，每一个转音都带着无限的韵味，气息拿捏得当，一点不像是业余水平。

一曲唱罢，奚沫按了暂停，兴冲冲地拿出自己的手机凑到奚原身边说："说起来，伊妍大大最近好像心情不错，不仅更新了电台，昨天又在微博上分享了一首她翻唱的歌曲。"她说着点进微博，在特别关注里找到伊妍的微博。

奚原看了眼伊妍的微博，头像是一个动漫人物。

奚沫点开伊妍第一条微博里的链接，跳转到了另一个网站，点了播放后，铮铮的古琴声流淌而出，紧接着就是如泣如诉的箫声。

前奏过后，伊妍随着伴奏开嗓。这一首歌比之刚才那首更加激昂，她的声线没了刚才的轻柔反而多了些英气洒脱，声音像是穿透层层阻隔，拨开层层迷雾，直抵人的心间，中间的一段戏腔也是丝丝入扣，激得人起一身鸡皮疙瘩。

视频的背景是各种人物画，随着歌曲内容不断地变化着，十分贴合歌词内容，奚原此前从未看过这种视频，一时也失了神。

尽管已经听了几多遍，奚沫在听的过程中仍是一直发出赞叹声，一只手拿着手机，另一只手不停地摸自己的胳膊，不住夸赞道："太好听了！"

一曲唱罢，余音绕梁。

奚沫忙不迭地问奚原："怎么样哥，好听吧？"

奚原点头："嗯。"

奚沫一脸满足，像是自己的珍宝被人赞赏一般。

她自顾自沉浸在又向一个人成功"安利"伊妍大大的喜悦中，没发现奚原有些出神。

他的脑海中回想起几次碰到伊妍的情景，每次她都很客气礼貌。他们到现在为止也只能算是萍水相逢的点头之交，因此他并不了解她，也不能将奚沫口中的伊妍和他印象中的伊妍重叠起来，总觉得是两个人似的。

"你们兄妹俩，吃饭啦。"奚母喊道。

奚原回了神，奚沫应道："来啦。"

奚母看到她手上拿着手机，数落道："就知道玩，总是看一些小孩子才看的东西，跟三岁小孩似的。"

"动漫才不是小孩子看的东西！"奚沫据理力争，"你这是偏见！"

奚母看向奚原，指着奚沫说："你看你妹妹。"

奚原没责怪奚沫，只揉了揉她的脑袋，说："吃饭。"

奚沫鼓了鼓嘴，到底还是听奚原的话，穿了鞋起身拉了他的手一起往饭桌那儿走。

奚父有事没回来，他们三人一桌吃饭。桌上，奚母给奚原舀了碗汤，关切地问："最近忙坏了吧？"

奚原接过碗，应道："还好。"

"别只顾着忙，自己身体要多注意。"

每回回来奚母都要叮嘱一番，奚原不嫌烦，次次都应承道："好。"

奚母多看了奚原几眼，满脸欲言又止。奚沫在一旁忍不住了，扭头对奚原说："哥，妈想问你个人问题解决了没，有没有中意的对象，她急着要个媳妇。"

奚原的手一顿，抬头看向母亲。

奚母尴尬地咳了一声，心思被拆穿了索性直接问："有没有啊？"

又是例行一问。

奚原无奈："没有。"

这个答案听了好几遍了，奚母虽早有心理准备仍是不免失望："妈也不是催你，就是想让你对自己的事多上点心。你看你大学时候还知道谈个恋爱，现在怎么反倒不如那时了？"

奚原沉默了下，还没说话，奚沫就抢先说道："妈，你别操心了，我哥是打算把一生奉献给医学事业的人，媳妇他给不了你，得个奖还比较有可能。"

她一扭头看着奚原，吐了下舌头，谑道："我说得对吧。"

"嘿，你这丫头，别胡说。"奚母训她，"还不赶紧吃饭，吃完了让你哥辅导下你的学习，都高二了还不用心，下次别再考砸了。"

奚沫拿筷子来回拨弄着碗里的米饭，心不甘情不愿地应道："知道啦。"

晚上奚原回房不久，盛霆给他打了个电话。两人平时都忙，好不容易休了假，盛霆和几个朋友想约奚原出来聚一聚。

正说着，房门被敲响了。

奚原拿着手机去开门，刚开了条缝，奚沫就钻了进来，手上还抱着本书。

奚沫见他拿着手机，问道："你在和谁打电话？"

那边盛霆听出了她的声音，大声喊道："小沫，是我啊。"

"盛霆哥？"奚沫把书本往奚原房里的桌上一丢，抢过奚原的手机和盛霆聊开了。

在知道盛霆打电话给自家哥哥的目的后，她满口应承道："他有空的，你把地址发过来，他明天就去。"

奚沫问也没问奚原的意思，直接替他做主，末了，还问一句："我能去吗？"

奚原在一旁无奈地抚额。

盛霆却乐了："可以啊，你让你哥带你过来。"

奚沫高兴，又聊了会儿才挂断电话，转头双目熠熠地望着奚原，说："哥，盛霆哥让你明天带我一起去。"

"……"

奚原轻叹一口气，事已至此，无可奈何。

"来找我有事？"奚原问她。

奚沫回头把自己带来的数学书拿在手上晃了晃："听妈妈的话，来向你学习啊。"

奚原存疑。以他对她的了解，她是不可能大晚上抱着一本书来求学的。

奚原没拆穿她，故意摆出一副要给她答疑解惑的模样："那就从第一单元开始吧。"

奚沫吃瘪，不满地鼓嘴："哥，你真无趣，难怪找不到女朋友。"

奚原作势要敲她的脑门，奚沫身子一闪躲开了，然后一把抱住他的胳膊殷切地问："哥，你下周末有空吗？"

刚还损他来着，转眼又和他亲密无间，奚原不知道怎么说她才好。

"怎么了？"

奚沫翻开书本，从里面拿出两张票："有个漫展，你跟我一起去吧。"

"漫展？"

奚沫点头："对呀，这次的漫展邀请了伊妍大大的配音工作室参加，她可能也会去。"

奚原扫了眼她手中的票，问："为什么要我跟你一起去？"

"这样老妈才会放人啊。"奚沫理所当然道，"你就是我的通行令。"

听到这个比喻，奚原啼笑皆非。

"哥，你就陪我去吧。你看你总是待在医院多无聊啊，你要多和年轻人接轨，这样才有朝气啊。"

歪理一大堆，奚原了解她，若是他不答应，接下来这一周他也别想好过。

奚沫观察奚原的表情，试探地说："我就当你默认了。"

奚原没反驳，一个扎实的"栗子"敲下去，"别耽误学习。"

他这话就是变相答应了，奚沫捂着脑袋欢呼一声："哥你最好了。"

这时，房门被敲响。奚原和奚沫对视一眼后去开门，奚母端着一盘水果往里看，狐疑地问："小沫，你在你哥这儿干吗呢？"

奚原也回头，就这一会儿的工夫，奚沫就端正坐在书桌前，捧着书在"认真"研读了。

奚原："……"

"在向哥哥请教啊。"奚沫面不改色道。

奚母似是宽慰："明天再学，今晚让你哥早点休息。"

"哦。"奚沫飞快地把书一合，起身往外走，经过奚原身边时还冲他挤挤眼睛。

奚原第二天有约，奚沫比他还急，还没到点就拖着他出门了。奚母瞧见是奚原领着奚沫出去，也就没念叨什么，只叮嘱他们早点回来。

盛霆订的地方是家本市出名的酒店。一起吃饭的都是奚原出国前就玩得好的朋友，他刚回国的时候其实已经聚过了，这次也是借机聊聊近况。

奚原带着奚沫去，她一点也不怕生，和几个哥哥辈的人也能很快就聊到一起，还借机介绍了二次元文化。她这交际能力奚原一点也不担心她会不自在，幸而都是好友，他也不怕她举止不妥。

一顿饭吃得很融洽，饭毕，他们还聊着，奚原提前去结账，却在前台碰上了伊妍。

伊妍正付着钱，回头就见奚原站在身后，一时呆在原地，双眼盯着他好似怀疑自己看到了幻象一般。

奚原和她撞了面只愣了下，主动打了个招呼："好巧。"

伊妍听到他的声儿才惊觉是真人站在眼前，她不自在地撩了下头发，眼神心虚地往其他地方瞟，回道："奚医生，好巧啊。"

"来吃饭？"

伊妍点头，一只手不自觉地摸上嘴角，心下犯嘀咕，也不知道刚才吃完饭有没有把嘴角擦干净。

"奚原。"

伊妍看到盛霆走来，心里一惊，忙说："我朋友还在等我，我先走了。"

奚原颔首："再见。"

伊妍埋着脑袋快步离开，和盛霆错身时他也没注意到她。

她前脚刚走没多久，奚沫就和几个友人一起出来了，再早几秒她就能见到心心念念的伊妍大大了。

奚原想，奚沫和偶像缘悭一面，她要是知道了不知道该有多懊恼。

"奚原，我刚才在大厅碰到了一个老同学，不知道你还记不记得。"盛霆突然说。

"谁？"

"路雨文。"

这名字有些熟悉，但奚原记不起人。

一旁的奚沫听到这名，悄悄地和奚原嘀咕了句："这不是一个作者的名字吗？《你不知道的事》？"

她这一提点倒是让奚原有了印象，伊妍最近在读的作品，作者似乎就叫路雨文。

"哎，那个就是啊。"盛霆突然指着酒店门口，喊了句，"路雨文。"

奚原将目光挪过去，看到两个并肩离开的背影，其中一个他认得出来，是伊妍。

盛霆没把人喊住，略有些遗憾地摇了摇头："没听到。"

　　他见奚原还看着酒店大门，拍了下奚原的肩说："也没大所谓，这么多年了，你肯定不记得她。"

　　奚原收回目光，点了下头："嗯。"

- 第 六 话 -
漫展

漫展那天，孟哥亲自开车送工作室的员工去市体育馆，到达之后，有专门的负责人前来接待他们，把他们一行人领到了特定的休息室里。

到了体育馆后，伊妍给胡燕妮打了个电话询问她到了没，得到的回答是她生病了，有些发烧，因故今天的漫展不能来了。

伊妍关切地问了下她的情况，嘱咐她好好休息后就没再打扰她。

从休息室的窗口看出去，可以看到体育馆大门。漫展还未开放，大门口前已是人烟辏集，熙熙攘攘的全是人，其中大多数是年轻的面孔，也有一些小孩由父母带着前来参观。

人群中最瞩目的要数那些身着"奇装异服"的coser（角色扮演者），他们戴着假发，化着夸张的妆，手持各种配饰，扮演着动漫中的角色。他们周围不乏拿着长枪短炮对准他们死命拍的人，他们一点也不介意，反而摆出角色的各种经典姿势供其拍照。

伊妍站在窗前俯瞰，陈墨钦走到她身边也低头看了眼，说："来的人还挺多的。"

"嗯。"

"这几年喜欢二次元文化的人比我们刚入行的时候多多了。"他感慨道，"那时候国漫还没现在这么火，我们这些在幕后配音的人也没多少人知道。"

伊妍也有些追怀，刚工作那会儿，他们的确走了很多弯路，配音这个工作外行人看上去似乎很高大上，可只有从事这项工作的人才知道其中的辛劳和酸楚。他们拿着微薄的薪资，日复一日地待在录音棚里，忍受着常人不知的枯燥、孤独，还有不为人理解的执着。

一路走来，有好多同行在途中辞职转行做了其他职业，坚持下来的人都是些不甘放弃的理想者。

伊妍回头想想，觉得到如今一切都不容易，一切也都值得。

陈墨钦突然指向窗外说："看，那个 coser（角色扮演）扮演的，不是你嘛。"

伊妍顺着他手指的方向看去。一个女孩穿着赭红色的汉服，头发绾髻戴着花冠，正是她最近在《汉时月》配音的角色——姝姝。

陈墨钦笑道："看来这个角色很受欢迎。"

伊妍也由衷地笑，看到自己配音的角色受到喜爱，她有种与有荣焉的骄傲。

"你今天也应该玩玩 cosplay（角色扮演者），扮演一下配音角色，一会儿上台和粉丝互动，他们肯定开心。"陈墨钦打趣道。

"那你呢？你的粉丝肯定也很期待你的古装扮相，墨公子。"伊妍毫不相让，他在《汉时月》里配音的角色就是"墨公子"。

他们这边斗嘴打趣本是无心之说，等到孟哥喊来他俩把两套汉服分别塞进他们手里时，他们这才傻眼了。

伊妍双手捧着一套汉服，艰难地问："孟哥……为什么要我们俩换衣服？"

孟哥解释："刚主办方说了，最近《汉时月》特别火，特别是里面的两个主角，正好你们俩就是主角配音，你们要是以角色形象出现，粉丝们肯定乐疯了。"

"可是……"伊妍望着手中的汉服，仍在挣扎，"会不会来不及了啊？"

孟哥大手一挥："不会，你抓紧点时间，一会儿还有人给你化妆。"

"……"

相比伊妍的纠结，陈墨钦显然淡然多了。他抖了抖手中墨色的深衣打量了眼，评价了句："还原度还挺高。"

陈墨钦回头见伊妍愁眉苦脸，宽慰道："没事的，就当是给粉丝的福利，感谢他们的支持了。"

话都说到这个份上了，伊妍也不好再推辞，只好抱着衣服，一脸视死忽如归地去了更衣室。

主办方给的衣服是姝姝豆蔻年华时穿的淡粉色裙褂，伊妍穿上后还略大，她把束腰紧了紧才不显得拖沓松垮。

从更衣室里出来，她又被领到了化妆间，里面坐满了人，他们的妆发已到位，就等着漫展开始去一逞风采了。

化妆师把她按坐在化妆镜前，开始化人物妆，几个 coser 正无聊呢，纷纷磨刀霍霍上手帮忙。

"哎，发型也要一样吗？"

"哎，还要戴美瞳？"

"腮红是不是太红了？"

"眼线会不会太明显了？"

"眼影也要粉色的？"

"口红颜色能浅一点吗？"

……

整个过程中，伊妍一直在发问，几个人轮流在她脸上描来抹去，她十分不安。

化妆师见她不老实，干脆让两个人把她按在椅背上动弹不得，自己则持着化妆工具在她脸上大刀阔斧。

伊妍挣扎不能，唯有闭眼任人宰割。

"好了。"化妆师收手。

按着伊妍的两人松手，伊妍缓缓睁开眼看向镜中。她的一头长发被绾成两髻，绑着粉色的丝带，看上去减龄不少。脸上的妆也是按着《汉时月》里还原的，是典型的桃花妆，看上去颇为粉嫩。

伊妍望着镜中陌生的人，抬手摸了摸自己的脸，试探道："会不会……太夸张了？"

一个 coser 说："怎么会，多像姝姝啊，简直就是姝姝本人了。"

伊妍眨眨眼，不得不承认化妆真是能易容改貌，这么一弄，她看着倒真有几分像姝姝。

"漫展快开始了，大家赶紧去展厅。"有人在化妆间门口喊道。

伊妍从化妆间出来后就去了休息室，陈墨钦早就换好了装，此时见了伊妍的装扮不由得上下打量了许久。

他把手上的扇子一合，用剧中人的声线说："这不是我的姝姝妹妹吗？"

伊妍扯一扯袖子，碰一碰头发，说："好不习惯啊。"

"过会儿适应了就好了。"

伊妍见陈墨钦戴着假发，化了个淡妆，摇着一把扇子看上去似乎真有几分古代氏族公子的贵气，不由得说道："你这一出去，底下的女粉丝就要疯狂了。"

陈墨钦抱拳自谦："哪里哪里，姝姝妹妹言重了。"

伊妍被他逗笑了，原本不适应的感觉也减了不少。

孟哥和工作室里的其他同事围在他们身边转了两个圈，每个人都啧然称道："不愧是配音界的情侣档，就是般配。"

这话陈墨钦和伊妍听多了，此时也不甚在意，彼此都一笑而过。

这次漫展有个小型的见面会，主要就是让配音演员和前来参观漫展的人互动，过了会儿，负责人过来说漫展开放时间到了，让他们做好登台准备。

伊妍这下又有些紧张了。她做惯了幕后工作，很少在人前露面，最近的一次也是一年前参加的一个卫视采访，那时人也没现在多，何况她今天这装扮……

伊妍有些忐忑，总觉得会出差错。

陈墨钦看伊妍一直绕着自己的腰带，不安的情绪外露，安慰她说："你别紧张，就是一个小型的见面会。"

伊妍咬了下唇，点头。

前面的展厅已经如火如荼，听说可以和各位配音大大见面，小型的舞台前更是人头攒动，原本安排的椅子不够坐，许多人情愿站着蹲着。

到点了，负责人领着伊妍他们出去，舞台上主持人正在热场。

"今天到场的很多都是二次元居民，不知道大家平时看动漫的时候有没有注意每个角色的配音呢？"

"有！"底下的观众异口同声。

"那今天我们有幸请到了一些国内著名的配音演员，大家对他们的声音一定不陌生，现在我们就掌声有请他们登台和大家见面吧。"

热烈的掌声响起。

伊妍被底下乌泱泱的人吓了一跳，她没想到居然会有这么多人，以至于走楼梯时一个不小心踩到了自己的裙角，绊了下。她险些栽倒，幸好跟在后面的陈墨钦眼疾手快地扶了她一把。

底下的观众看到了他们的小动作，一时呼声更高，更有人大喊"研磨"。

"哇，伊妍大大今天居然穿了姝姝的衣服，好可爱……"奚沫拿着手机踮着脚尖，无奈前面人太多了，她根本拍不到一张好的照片。

她回头把手机递给站在身后的奚原："哥，你帮我拍伊妍大大。"

奚原无奈，接过她的手机。来的观众很多是青少年，他站在人群中十分显高，举高手机轻而易举就拍到了舞台上的人。

"多拍几张，要特写。"奚沫激动道，"伊妍大大还是第一次见，一定要拍下来留念。"

奚原将镜头对准舞台上身着浅粉色汉服的人，望着手机屏幕中的伊妍，他略微恍了下神。她这一身装扮古风古色，像古时的大家闺秀般，和平时大相径庭，判若两人，要不是奚沫说，他还真不一定能认出她来。

"拍了吗？"奚沫焦急问。

奚原回神，对焦相机抓拍了几张。

伊妍似乎有些紧张，上台后就一直垂首敛眉，不太往底下看，缩着身子尽量地降低存在感。殊不知这根本就是无用功，一水人中她的粉色连裙是唯一的亮色。

台上主持人让几个配音演员和大家打个招呼，话筒到伊妍和陈墨钦手里时，很明显底下的呼声最高。

刚登台就出了糗，伊妍羞得恨不能消失，全程不敢看底下，心里嘀咕着她今天这模样，难为他们还能认出她来。

主持人先是做了整体的采访，之后故意问底下的人："你们还想让我采访谁啊？"

"伊妍，伊妍……"

"墨钦，墨钦……"

两股声音相撞，各不相让。

奚沫也扯着嗓子喊："伊妍，伊妍……"

伊妍为很多游戏角色配过音，所以她的支持者中不乏男性，奚沫见那些男生喊着伊妍的名字，不由得嘟囔道："这些宅男，居然想跟我抢大大。"

奚原失笑，这怎么还人身攻击上了？

"'研磨''研磨'……"

两股不遑相让的声音中又杀出一个声音。

奚原听了不解道:"'研磨'?"

奚沫回头和他解释:"就是伊妍大大和墨钦大大,他们经常合作,配的角色差不多都是情侣,很多人猜测他们在现实中也是一对,他们的CP粉就给他们取了个称号叫'研磨','就砚旋研墨'。"

她解释得头头是道,说完又一耸肩:"不过我是伊妍大大的唯粉。"

台上主持人顺应观众的呼声,点名让伊妍和陈墨钦站出来,然后就他们今天的扮相聊到了最近大热国漫《汉时月》,又分别采访他们俩对动漫中的配音角色的看法。

主持人例行采访,陈墨钦回答得幽默风趣,伊妍则是中规中矩且全程眼神盯着自己的手。

"听说伊妍大大除了配音,唱歌也很厉害啊。"主持人突然说道。

底下一阵欢呼。

伊妍慌了:"没有没有。"

主持人充耳不闻,接着道:"不如现场给我们来一段?"

"伊妍大大,伊妍大大……"

整齐划一的声音回响在体育馆的上空,伊妍骑虎难下。这么多人支持她,她也不好扫兴,略做思考后说:"那我就唱一小段?"

奚沫兴奋得直蹦,回头说:"哥,快帮我录视频!"

奚原得令,又举起手机对准台上的人。

伊妍清了清嗓子,用戏腔唱了一小段《汉时月》的主题曲。

奚原举着手机录像,眼睛却错开屏幕看着舞台。

伊妍握着话筒,轻启朱唇,一串动听的曲子就从她喉间淌出。

术业有专攻,她的声音是真的有魔力,他想。

漂亮地收了尾音,伊妍有些腼腆地鞠了个躬,诚挚道:"谢谢。"

主持人问："好不好听？"

"好听！"

"大家最近都有看《汉时月》吗？"主持人对着底下问。

"看！"

"最喜欢里面的谁？"

"姝姝——"

"墨公子——"

"想不想听现场版的配音？"

"想！"

主持人这次却不满足观众的要求了，笑着说道："老是听他们两个配音多无聊啊，我们请一男一女两个观众上来分别和他们搭档配一段，怎么样啊？"

欢呼声更大了。

主持人让陈墨钦和伊妍挑人，伊妍这才抬眼环视全场，突然瞳孔一缩，目光定在了一个方向。

他怎么会在这里？

"伊妍大大选好人了吗？"主持人见伊妍半天没反应，顺着她的视线看过去，"啊，就你了，那位帅哥，上台来吧。"

主持人的手指着奚原的方向，再说了一遍："就你了，帅哥。"

伊妍还没从见到奚原的冲击中缓过来，主持人又来这么一出，她更慌了，忙阻止道："别别别……"

主持人侃道："哦，伊妍大大看不上那个帅哥啊。"

"不是……"伊妍急得都要哭出声了，脸上的腮红颜色逐渐加深，咬着唇看着奚原。

伊妍在台上着急无措，底下奚沫却是异常激动，她把奚原往舞台方向推："哥，伊妍大大看你呢，你快上去，记得给我要个签名。"

事情这样发展，奚原也是始料不及。自主持人点了他后，很多人都张头往他这儿看，最主要的是伊妍，她在看到他后整个人的表情都变了。

是希望还是抗拒？

奚沫又推了他一把，催促道："哥，赶紧的啊。"

事已至此，奚原也无暇顾及伊妍的想法了，他暗叹一口气，穿过人潮，径直往舞台上去。

伊妍见奚原一路走来，离自己越来越近，一双手紧攥着话筒，心脏都要从喉口跳出来了。

陈墨钦察觉后，略微诧异，照理说已经上台这么久了，她不应该比一开始还紧张啊。

"没事吧？"陈墨钦安慰道，"配音是你拿手的，放轻松。"

伊妍脑袋空了下才答："嗯。"

她这么说着，手心却一直在冒汗，目光也只敢和奚原短暂相触，拿不准要不要在台上和他打招呼。

奚原从一侧楼梯缓步上台。他一露面，底下起了一阵小骚动，陈墨钦的迷妹们看清他的长相后不约而同地惊叹出声，纷纷拿出手机拍照。

奚沫叉着腰有些自豪，不是她王婆卖瓜，自卖自夸，而是自家哥哥的确是长相出挑。

打她记事起就看着她哥，长此以往对"帅哥"的这个定义的门槛自然比较高，伊妍大大在她眼里这么美，所以她总觉得墨钦大大和伊妍大大搭对还欠了点儿。

这时奚原已经站在了台上，主持人让他和伊妍站一起。奚沫踮着脚尖引颈看着，突然觉得她哥和伊妍大大站在一起格外赏心悦目，忍不住拿手机接连拍了好几张照片。

主持人让陈墨钦挑了个女观众上台，他们捉对搭档来配《汉时月》中的片段，大屏幕先是选放了一段伊妍和陈墨钦配的原声。

奚原看得很认真，伊妍却一直静不下心来，她的眼睛看着屏幕，注意力却一直集中在一旁的奚原身上。

他怎么会在这里？因她的缘故让他上台不知道会不会惹得他反感？她今天这身装扮会不会看起来很奇怪？她这段配音他听了什么看法？

她时而紧张时而不安，心里各种念头走马灯般一晃而过。

而奚原这边，除开刚上台时那一阵万众瞩目的不习惯外，却也没多想。至于伊妍，他猜想在工作场合她大概不想让人知道他们认识，因此他也没将伊妍闪躲的眼神放在心上，配合地装作一副不相识的样子。

短短一分钟左右的视频节选结束，主持人问："墨公子和妹妹花灯节定情这段哪对先来配啊？"

底下观众又一阵喊，主持人试探地问："伊妍大大先来？"

伊妍拿不定主意，这才首次将目光投向奚原，似是询问。

奚原和她对视一眼，低声说："你决定。"

伊妍考虑到他可能并不想在台上待太久，于是牙一咬，冲主持人点点头，说："我们先来。"

台下有工作人员递来录音稿，即使是个游戏环节，奚原仍是认真地看了一遍，将台词牢记心中。

《汉时月》里的台词对伊妍来说并不陌生，甚至可以说是十分熟悉了，尽管如此，她心口处还是像架了个鼓般敲个不停，手心里直冒汗，甚至连话筒都拿不住。在配音这行干了这么多年了，此时的她却紧张得像是只菜鸟。

奚原看完稿子，偏头注意到伊妍捏在手中的稿纸在微微颤动，联想到她登台后的表现，他自然而然地以为她可能是很少出席这种活动，所以有些难以排遣的焦虑。

他略一思索，轻声宽慰了句："你别紧张。"

伊妍闻言怔了下，脑海中有根弦被轻轻拨响。

她扭头去看奚原，眼底情绪复杂，紧张有之，惊讶有之，期待有之，忐忑有之。

奚原淡笑着说："这是你擅长的领域，你都这么紧张，那我怎么办？"

伊妍暗咬了下唇，听他这么说，心底一松，又有些空落落的。她深吸了口气，强自镇定心绪，是配音又不是做手术，怎么反倒让他来宽慰她呢？

她自嘲地笑了下，冲他点点头："好。"

屏幕上开始播放视频，入眼的就是一派繁花似锦的热闹景象，京城花灯节上，墨公子和姝姝两人在街市游玩，忽走到小河边上，赏着河上的花灯。

伊妍掐准时机开口："墨哥哥，这些花灯好美啊。"

她变化了个声线，用少女的口吻说话。

奚原看着人物的口型，立刻柔声问道："你喜欢？"

他的声音如同两块温润的美玉相击，格外贴合人物的性格，话音一出，底下立刻响起一声惊叹，大概是都没想到一个业余者的声音也如此动听。

"我喜欢。"

伊妍怔了下神，险些错过了最佳的开口时机。

画面上姝姝走到河边小贩那儿，拿起了一个花灯。

伊妍开口："河里的每一个花灯都载着人们的愿望，我也想许一个，你呢墨哥哥，你有愿望吗？"

"没有。"

"你说用花灯许愿真的灵验吗？"

"想许什么愿？"

伊妍盈盈笑了声："但愿人长久。"

"嗯？"

奚原抽空看了眼伊妍，她盯着屏幕，瞳孔里映着亮光，语气略带娇羞地说："我想和墨哥哥一辈子在一起，长长久久。"

明明是句台词，伊妍之前也配过，今天再读却好像触动了别样的情绪，一时有些动容。

画面上，墨公子也拿起了一个花灯。

伊妍启唇问道："咦，你不是没有愿望吗？"

奚原突然轻笑一声，那笑声就像是一根羽毛轻飘飘地划过伊妍的心。

"突然有了。"他说。

"是什么？"

奚原望着屏幕道："希望你的愿望能成真。"

同样的话由陈墨钦说出来时，无论他的声音和感情如何完美，伊妍都只当是圆满完成任务，可今天从奚原口中说出，她却入了迷，突然就明白了那些迷妹喜欢这一段的缘由了。

她双颊微热，暗自庆幸配音时是背对着观众的，也庆幸今天的腮红足够红，能够掩盖住自己的两片绯红，不至于让自己的失态太过显眼。

一段配音结束，全场掌声雷动。

陈墨钦打量了下伊妍，她今天的配音并没能反映出她以往精益求精的水平，其他人或许听不出其中的瑕疵，可他和伊妍搭档日久，轻易就能分辨出她的发挥是否合乎水平。

他把探究的目光投向她身旁的奚原，心下猜测，难道是因为他？

陈墨钦仔细想了想，和伊妍认识这么多年，他从没在她身边看到这个人。

他摇了摇头，暗叹自己多心，或许她只是因为许久没在人前配音才失了水准，他也不必去追根溯源。

这边主持人还在热场，逮着奚原问底下的人："这个小哥哥配得好不好啊？"

"好！"

"哇，真没想到，观众里面藏龙卧虎啊。这位帅哥，我能问下你以前玩过配音吗？是业余的网配吗？"

奚原摇头："不是。"

"那你很有配音天赋啊。"

奚原报以一笑，只当对方是客套。

主持人仍不放过他，指着站在他身边的伊妍问："觉得伊妍大大今天这身打扮怎么样？"

伊妍神色一僵，暗道主持人多此一问，手心却不由自主地攥紧了。

奚原回头看伊妍一眼，嘴角扬起了一个小幅度，夸道："挺好看的。"

伊妍的心跳蓦地漏了一拍。

"你是为了看她才来漫展的？"

奚原的目光往底下看了眼，奚沫正激动地朝他挥手示意。

他略思考后答道："是。"

"喜欢她的声音？"

奚原仍是应道："是。"

他的话就像是几颗小石子，投入了伊妍的心湖，引起的不是阵阵涟漪而是滔天巨浪……

元旦晚会那天，参加诗朗诵的人都要穿上统一的服装，男生是黑色制服，女生则是白色的水手服连衣短裙。元熹因为是领读，所以穿的是湖蓝色的裙子，老师为了效果还特地给她化了点淡妆。

下午彩排时，元熹才知道言弋是这次晚会的主持人之一，诗朗诵是第五个节目，他们在底下等着彩排时，言弋就站在台上对着台本。

台上人员纷杂，有表演者，有指导老师，还有舞台布置者在台上走来走去，元熹却仿若不见，目光直直地落在言弋身上。他穿着一身笔挺的正装，在人群中像是被打了光，明明几个主持人都在练习台本，可元熹的耳朵却像是一面纱窗，只把他润玉般的声音筛进了脑里。

前面四个节目排练完，老师领着他们上台，等人把梯子安置好后就指导学生们有序地站上楼梯，错落地站开。

元熹作为领读自然站在队伍的最前面，也不用排队形，省了不少事。

言弋放下台本走到舞台中央，像以往练习时那样站在元熹边上，薛忱被老师喊去帮忙，因此台前只有言弋和元熹两人。

言弋见元熹扎着两根小辫，化着淡妆，似乎有些新鲜，不由得多看了两眼。

元熹有些忐忑，低头拉了拉自己的裙摆，小声地问："很奇怪吗？"

言弋笑了下，说："挺好看的。"

元熹脸一红，心虚地躲开眼神，嘴角几不可察地勾了勾。

下午的彩排很顺利，元熹也发挥得很好，忘句、卡壳之类的错误也没有再犯，她稍微有了底。可彩排毕竟和正式的晚会不一样，当晚上台，元熹看到底下坐着乌泱泱的人时，她的心里还是紧密地敲起了鼓，两只手紧张地攥在一起。

节目与节目之间，舞台的灯光暗下，元熹听着身后的声音，简直是忐忑得无以复加，心里一直想着万一一会儿自己出了纰漏该怎么办，丢脸倒是其次，拖累了大家这一个多月的苦练那就真是不可原谅了。

她越想越害怕，眼看着节目就要开始，她强迫自己深吸了几口气。

"元熹？"言弋试探地喊她，大约是听到了她略微粗重的呼吸声。

"啊？"

"你别紧张。"

言弋只说了一句话，却像是给她打了一针镇静剂，元熹狂跳无序的心突然就定了下来。

她想，她必须得争气，否则岂不是白白辜负了他。

灯光亮起，悠缓的背景乐响起，台下的人瞬间看不清晰。

薛忱、言弋和元熹依次先念了首小诗，接着领着身后的一众人朗诵。

元熹时刻不敢掉以轻心，等读到诗的最后一句时，吊着的一口气才松了半口。

她用余光瞄了眼旁边的人，他站在舞台正中央，顶上灯光加身，耀眼无比。

元熹心神皆是一荡，缓声读道："蓦然回首，那人就在灯火阑珊处。"

……

从漫展回来，奚沫一直处于兴奋状态中，窝在沙发上拿着手机盯住不放，时不时发出哧哧的笑声。

奚原从卧室里换了套衣服出来，奚沫忙冲她招手，喊道："哥，你快过来。"

"嗯？"

奚沫跪坐在沙发上，举着手机凑到他面前："你和伊妍大大的合照。"

奚原瞄了眼，是他刚上台时和伊妍站一起时拍的，两人一个现代装一个古代装，看起来却也不太违和。

奚沫划拉着屏幕说："我在朋友圈里发了你们的照片，好多人都说你们看起来好登对。"

她又叹口气，哀伤地看了奚原一眼，说："可惜你们混的圈子不同。伊妍大大混二次元的，你又是一副老学究的样子，她肯定看不上你。"

"……"奚原一时无言以对，这么埋汰他，是亲妹无疑了。

奚沫盯着手机里的照片喃喃自语："也不知道伊妍大大有没有男朋友，难道真的和墨钦大大是一对？"

她还没嘀咕完，奚母就从外面回来了，见到兄妹两人都在，问道："你们两个吃饭了没啊？"

奚原应道："叫了外卖。"

"哎哟，怎么还吃外卖呢。"

"那怎么办，你和爸爸都不在家，总不能让我哥那双用来做手术的手纡尊降贵给我做饭吧。"奚沫觑了奚原一眼，小声道，"再说了，他也就会熬粥。"

奚原轻拍了下她的脑袋。

奚母不满地皱眉："那你呢，之前不是教你炒了几个菜吗？"

奚沫耸了下肩，理所当然道："我哥不敢吃我做的东西。"

这话说得，把所有错都推到奚原身上了，她自己倒择得干净。

奚原见惯了她们斗嘴，此时也不帮腔，拿了本杂志就坐在沙发尽头翻看，完全是一副置身事外的模样。

奚母接着数落奚沫："女孩子家家的，不会做饭，脾气还不好，看以后谁敢娶你。"

奚沫不甘地还嘴："那我就和哥哥过呗，反正他一时半会儿也娶不到媳妇。"

正在看杂志的奚原放下手中的书，摘下眼镜略有些无奈地揉一揉鼻梁骨。他这安安静静地坐着，怎么也能被殃及？

奚沫既然提到了这茬，奚母也不免老生常谈："阿原啊，你看你妹都嘲笑你了，抓紧了。"

奚母坐下，看着奚原问："我们搬家前，楼上的李阿姨你还记得吗？"

奚原想了下，回说："有印象。"

"我今天和她见了面，她还问了你的情况呢。"

奚母这句话出来，奚原立刻就有了预感。

果不其然，奚母接下来就说道："她说她有个侄女，和你年纪相仿，长得也挺漂亮……"

她还未把话说完，奚沫就毅然打断道："妈，你这是要让我哥去相亲啊？"

奚母回头瞪她一眼，后又干咳了一声，委婉道："也不是相亲，就是认识一下。"

"不是吧，妈，我哥这么优秀的单身男青年还用犯着相亲吗？"奚沫维护亲哥，据理力争，"喜欢他的人多的是，排队都来不及，干吗要自贬身价啊。"

"啧，什么自贬身价。"奚母立刻辩道，"见一面而已，又不是就要娶她，万一看对眼了呢。"

奚母对着奚原谆谆劝道："那姑娘的照片我看过，长得好看，又独立，说是做的配音演员——"

"什么？"奚沫再次打断。

奚母被她吓一跳："你这丫头怎么回事啊，一惊一乍的。"

"配音演员？"

奚母点头："李阿姨说她大学学的播音，毕业后就在一家配音工作室工作。"

奚沫追问："她叫什么名字啊？"

奚母想了一番，回道："叫……胡燕妮。"

奚沫捂住嘴惊呼一声："胡燕妮？是一雁大大耶。妈，你居然还有这人脉！"

奚沫把身子一挪凑近奚原，目光灼灼地看着他，殷切道："哥，妈说得对，你现在也老大不小了，该考虑找个女朋友了。你看，妈都约好了，你就去见一面吧，说不定缘分就来了呢，就算不合适，也能交个朋友。"

奚沫把头一扭，谄媚地笑道："是吧，妈。"

奚母不意刚还和她唱反调的女儿突然倒戈，愣了下接道："啊……对。"

奚原无语。

这还是刚才那个正义凛然地为他说话的亲妹吗？怎么转眼就把他给卖了。

奚原有些头疼，他在医院忙翻天了，本想回家落个清闲，哪料到应付家里的两个比看诊还累。

"妈，医院这段时间很忙。"奚原这是在委婉地表达自己的意思。

不料，奚母一拍大腿道："那没关系，你们就在医院见一面吧。你李阿姨说了，她侄女这两天生病住院，正好就住在市一院，病房号我都问好了，你明天上班买点东西，抽空去看望一下。"

奚母说完，不仅是奚原，连奚沫也是目瞪口呆，举起手来比了个"六"的手势，眼神那叫一个五体投地。

姜还是老的辣，这句话真不是说假的。

奚原抬手揉了揉太阳穴，见自家母亲都做到这份上了，再多说也于事无补，只好勉强应下。幸而只是去探个病，于他这个医生来说还算自在。

奚母起身离开后，奚沫对奚原说："知道会跳广场舞的大妈有多厉害了吧，你玩不过她的。"

奚原乜了奚沫一眼，要说这事，她"功劳"不小。

奚沫嘿嘿笑道："哥，一雁大大和伊妍大大是大学同学，现在她们还经常一起配音呢，你明天要是见了她，能不能让她带我去见伊妍大大一面啊？"

奚原这下算是明白奚沫在打什么小算盘了。

他见她一脸殷勤，不由得卷起手中的杂志，往她脑袋上轻轻一敲，轻呵一声，道："想都别想。"

- 第 七 话 -
情敌

　　漫展回来的当天晚上，伊妍就拿着手机在微博上搜观众发的现场照片，一看到有她和奚原同框的合照，不管拍得好坏，统统保存到手机上。

　　路雨文从卧室里出来，蹑手蹑脚地靠近她，趴在沙发背上，冷不丁地出声问："在看什么？"

　　伊妍吓得手一抖，差点把手机给摔了。

　　"你走路怎么都没声音的啊？"

　　路雨文咧了咧嘴："我动静可大了，是你在做什么亏心事吧。"

　　她出其不意，一把夺过伊妍的手机，抬起手说："让我看看，你都在看什么呢，这么入迷。"

　　"你……"伊妍起身去抢。

　　路雨文的身子灵活地一闪，拿着手机看了眼，待看清屏幕上的照片时，先是啧然称道："你这扮相不错啊。"

　　等看到伊妍身旁的人时，她眉头一皱，惊讶道："奚原？"

　　她回头问："是奚原吧？"

　　伊妍叹口气，点头。

"他怎么会去漫展？他看着也不像是混二次元的人啊。"

伊妍拿回手机，想起今天奚原在台上的解释，随口说了句："陪他妹妹来的。"

路雨文这下能理解了，又问道："那你们怎么同台了？"

伊妍又把今天的事简略地说了一遍。

路雨文听完后揶揄地问："紧张死了吧。"

伊妍撇嘴。

路雨文敲敲伊妍的脑袋："按我说，那天在酒店吃饭你拉着我跑什么呀，盛霆既然都认出我了，你索性就直接告诉奚原你和他是高中同学呗。"

伊妍沉默了会儿，别扭地说："不想。"

他既然记不起她了，主动凑上去岂不是显得更尴尬嘛。

路雨文点了下伊妍的头："你这个闷葫芦，就憋死吧。"

伊妍气闷，拿起手机又开始保存照片。

第二天，伊妍去了录音棚录音，那部古装剧的配音工作进行得还不错，她的部分已差不多要录完了，但因为胡燕妮生病，有几段需要两人配合的戏不能即刻完成。

下午伊妍提前结束工作，想着胡燕妮因病住院，正好趁着这个空当去看看她。

伊妍打车到了市一院。这段时间她来这里的次数略微频繁，思及此她的心思又不受控制地拐到了其他地方去。

伊妍买了一篮水果，熟门熟路地走到了住院部，循着胡燕妮微信上发来的病房号找过去。到了病房门口，她发现房门没关，往里瞅了眼，不是单人间。

伊妍直接走了进去，病床与病床之间用帘子挡着，她试探地喊了声："燕妮？"

窗户旁的那个病床上有人应声："欸。"

伊妍循着声音过去，刚走过帘子，先看到的不是躺坐在床上的燕妮，而是一个白色的背影。

白色背影听到声音回身看过来，伊妍对上他的目光，一时愣在原地。

他不是消化科的医生吗，怎么会在这儿？

胡燕妮探出脑袋，对着伊妍说："小妍，你来啦。"

奚原不料在这个当口碰到伊妍，但听到她的声音心底暗松了口气。他按着母亲的吩咐来看望病人，两人完全不相识，真是不可谓不尴尬，幸好还没来多久伊妍就来了，他也正好借机离开。

奚原回头对着胡燕妮说："你有朋友来我就不打扰了。"

胡燕妮也客套地回道："谢谢你来看望我，也帮我和阿姨说声谢谢，让她挂念了。"

"嗯。"

奚原离开前对着伊妍微微一笑。胡燕妮没察觉他们之间的目光流转，等奚原走后就冲伊妍招手。

伊妍提着果篮走过去，正要把篮子放在床边的桌上，却看到上边已摆了一个果篮。

她愣了下就听胡燕妮说："欸，怎么你也送个果篮啊，看着还像是同款，在医院门口买的吧。"

伊妍勉强笑了下，把果篮放在地下，问她："身体怎么样？"

"没多大事，就我妈小题大做，非要我来医院观察一下。"胡燕妮指了指手上的滴管，"吊几瓶点滴就可以走了。"

"那就好。"

"那边有椅子，你坐着。"胡燕妮在医院待了一天了，好不容易逮着一个可以说上话的人解闷，忙不迭地问，"昨天漫展怎么样，好玩吗？和我说说。"

伊妍心里挂着事，心不在焉地和胡燕妮聊着天，等到最后实在忍不住开口问道："刚才那个医生……你认识？"

胡燕妮以为她随口问的，也没多想就说道："你说奚医生啊，我和他算不上认识，我姑姑和他妈妈以前是邻居，估计是想撮合我们两个来着，昨晚就跟我说会让他今天来看看我，让我和他好好相处。"

撮合？伊妍心里一刺。

胡燕妮悄声问："你刚才见了，觉得怎么样？"

伊妍脑袋发蒙，一时不知道怎么回答。

胡燕妮自顾说道："我对他第一印象挺好的，人长得帅，又儒雅，性格好像也不错，如果合得来的话倒是可以考虑发展下去，毕竟我现在也不小了，你说呢？"

伊妍张了张嘴，只觉得喉间突然苦涩。

"万年情敌"，真是一语成谶。

奚原从住院部回到门诊大楼，推开自己的诊室见盛霆坐在自己的位置上正拿着手机横屏玩着。

盛霆抽空看了他一眼，开口说："回来啦。人怎么样，漂亮吗？"

"病人而已。"

在奚原眼里，病人只有病情严重程度之分，没有漂亮程度之别。

"我说你这就不知道变通了吧，休息时间你不是医生，就是个普通男人，你不能还用医生的眼光来看啊。"

奚原给自己倒了一杯水："习惯了。"

"职业病。"

奚原不置可否。

——"今天天气不错，适合战斗，不如你们一起上吧！"

盛霆的手机里突然爆出一句话。

"这声音……"奚原倏地回头。

"游戏人物的台词,你不玩游戏的人应该没听过吧。"

"嗯。"游戏奚原没玩过,但是这声音他听过,而且就在刚才。

盛霆突然挑起眉打量奚原,半开玩笑似的说:"我说奚医生,你不会……是个声控吧?"

奚原举到嘴边的杯子顿住,不明所以地看向盛霆。

"我发现你最近对声音有点敏感啊,昨天也是,人家小护士刷剧呢,你居然说女主角的声音好听。"

奚原问:"你怎么知道?"

盛霆一局游戏结束,放下手机,摊手说:"你是一院护士们的关注中心,有什么动静不用过多久就能在院里传个遍。"

奚原默然。

"哎,说实话,真喜欢声音好听的姑娘?"

奚原放下杯子,没理会他的问题,反问道:"我要去病房会诊,你去不去?"

盛霆没追着问,他刚才也只是想揶揄下奚原罢了,既然奚原不配合,那他就不自讨没趣了。

"去去去,不能让你一个人把功劳都占了。"

奚原和盛霆在住院部分别会诊了几个病人,差不多到下午上班时间才结束。

电梯里,盛霆问奚原:"医科大邀你去客座的事答应了吗?"

"还没。"

"还在考虑?"

"嗯。"

"我看你就答应了吧,你反正没对象,就把时间拿来为医学发展做贡献吧。"

奚原还没出声回答，电梯门开了，他抬眼就和门外的人视线相接。

伊妍没想到还会再碰上奚原，想到不久前的事一时踟蹰。

奚原按着电梯，柔声询问："不进来吗？"

伊妍这才回过神般，神色仓皇，马上应道："哦……谢谢。"

她本想站到奚原的另一边去，转眼却看到盛霆在打量自己，于是微缩着脖子在奚原身边站着。

"探望结束了？"奚原问。

电梯门上映射着几人的身影，伊妍抬头就对上了镜面上奚原的眼睛，又是慌张地别开视线。

"嗯，结束了，现在要赶回去工作。"

"配音吗？"

"对。"

伊妍察觉到一旁的盛霆一直盯着电梯门上的自己在打量，她生怕被他认出来，紧张得如同鸵鸟般埋着脑袋。

奚原也察觉到了，他不动声色地看了盛霆一眼，后者干咳了两声，识趣地移开眼。

一楼到了，出了电梯，伊妍转过身，局促地和奚原道了别，又对盛霆礼貌地颔首示意，然后略显着急地离开了。

盛霆盯着伊妍渐行渐远的背影若有所思，说："这个美女是不是上次你给开特诊看感冒的那个？我之前就看她眼熟，愣是想不起来在哪儿见过。"

奚原想到刚才盛霆毫不顾忌地盯着人看，难得刺他一句："你看哪个美女不眼熟？"

不料盛霆反而眼睛一亮，看着奚原一脸坏笑，说："美女？你承认她是个美女了？哎，以前是谁说病人不分漂亮不漂亮的。"

奚原一愣。

盛霆挑眉："可以啊奚医生，有情况？"

"上班时间到了。"奚原把盛霆甩在一旁，自己径直往前走。

身后盛霆还在不依不饶地喊。

"她的声音很好听啊——"

伊妍最近配音的那部电视剧，剧方给后期配音的时间很紧，所以最近这阵子他们一直忙着赶进度。胡燕妮生病，邓叔作为配音导演，就安排人先配了其他角色。

"伊妍，过来帮忙录个群杂。"

伊妍听到邓叔喊她，立刻放下手中的杯子走过去。

配音室里陈墨钦也在，录完几段群杂，他见伊妍脸上隐有倦色，关切地询问了句："没事吧？看上去怎么这么累。"

伊妍摇头，解释道："中午没休息。"

陈墨钦这才想起她中午去探望胡燕妮去了。

"燕妮怎么样？"

"看状态不错。"

陈墨钦笑了："我猜也是，不然昨天也不会在群里聊天。"

"嗯？"

"你没看到啊。"

伊妍摇头。

他们一个圈的熟人有一个大群，但她很少上线。

陈墨钦说："她昨晚在群里说她今天要在医院里相亲，对方是个医生，她说如果成功脱单就请我们吃大餐。"

他问伊妍："你下午去看见她的相亲对象了吗？"

伊妍沉默了下，低声答道："见到了。"

她的声音有些低哑无力，听着像是有些沮丧。陈墨钦以为她是开嗓太久的缘故所以也没多想。

"怎么样?"他问。

伊妍脑海中浮现出奚原的身影,恍了下神,说:"很好。"

"要是他们能成就好了,我们还能蹭一顿饭,你说呢?"

伊妍张了张嘴,喉头却一阵苦涩……

填分班志愿时,元熹趴在桌上看着那张表格,明明只是打个钩的事儿,她却迟迟难以下笔。

陆雯放下笔,看元熹一脸纠结,碰碰她的手,说:"想什么呢,还不决定,一会儿要交了。"

"唉!"元熹忧愁地叹口气。

陆雯不解:"我说你在犹豫什么呢,你之前不是说再也不想学物理了吗?那就选文科呗,多简单。"

道理是这样没错,可是……

元熹眉头未展,握着笔还是踌躇不定。

能影响她做决定的人,陆雯略一想就明白了。她在元熹耳边不可置信地低声说:"你别告诉我,你想跟着言弋选理科。"

"我……"元熹咬咬唇,表情是被戳破心事的难堪。

言弋是班上备受瞩目的尖子生,他选理科的事早不是什么秘密了。

元熹的理科成绩很差,她以前就打算好了,选文科以摆脱苦海,可真到了这个时刻,她心里的天平反而摇摆不定了。

她微微回头偷眼看,言弋正低声和同桌讨论着什么,大概因为没在看书,所以他把眼镜摘下放在了一边,露出整张清俊的脸。

陆雯简直想撬开元熹的脑袋看看里面装的都是什么,她敲敲桌面,义正词严地说:"熹熹,你理智一点,这可不是闹着玩的事,你不能为了他拿自己的人生开玩笑。"

元熹闷闷地说："我知道。"

陆雯见她这样，又于心不忍，轻声劝她："再说了，就算你选理科，也不一定能和他分在一个班啊。"

这个道理元熹又怎么会不知道，可她选理科尚且还有一丝的概率，要是选了文科，那就一点可能性都没有了。

高二开学，元熹第一时间去看了言弋被分在了哪个班。

一班，和她所在的十五班正好一个在顶层，一个在底层。

她心底的失落不言而喻。

新学期换了栋教学楼，新的教室新的同学，陌生的环境和不熟悉的面孔都让元熹很不适应，像是瞬间回到了初入高中时的无措，却唯独少了那份心动，添了苦涩。

陆雯选了理科，她在三班，和言弋在同一层楼。

在班级报到后，陆雯从楼上跑下来找她，她们俩现在班级门口说话。

陆雯说："怎么样，新班级？"

元熹挠挠头，有些苦恼地说："不太习惯。"

"别担心，过段时间你就适应了。"

元熹低着头。

陆雯靠近她，问："是不是没和言弋一个班不开心？"

她揽住元熹，仗义道："没关系的，你要是想看他，就上楼找我。"

元熹应了一声，情绪显然很低落。

陆雯眼尖，看到一个女生从元熹的教室里走出来，面色有些惊讶，低声问道："哎，薛忱和你一个班？"

"嗯。"元熹点头。

"稀奇了。她成绩这么好，我以为她会和言弋一样读理科呢。"

元熹今天来到教室，见到薛忱也很意外，可等到第一次班会后，她心里的疑惑就没有了。

"因为我以后想当一名律师，所以就选文科来锻炼下我的背诵能力。"

自我介绍环节，有同学问薛忱为什么选文科，她是这样回答的。

元熹坐在底下，看着讲台上的薛忱从容自信，像是自带光芒，耀眼逼人。

她和言弋是同一类人，而自己——

元熹沮丧地想，她连以后要成为怎样的人都还不知道。

天际泛白时，早起的几只鸟儿站在电线上等着清晨的第一缕阳光，小溪日夜不息地流动着，小道上仅有一两个早起赶集的奶奶。

元熹洗漱完毕后，照常拿着书到阳台那儿。她伸了个懒腰，打开书清了清嗓子开始朗读。

"归去来兮，田园将芜胡不归？既自以心为形役，奚惆怅而独悲……"

元熹捧着书接连读了几篇课文，突然听到小道上有自行车的铃声传来，她急忙探身去看，不料把原本放在栏杆上的一本书碰了下去。

她始料未及，眼睁睁地看着那本书掉在地上，惊停了骑自行车的少年。

言弋一脚蹬地，看了眼路边的书本，抬头往上看。

元熹和他对上眼时心里一紧，旋即擂起鼓来。她急忙转身跑下楼，匆匆出了家门，看到言弋已经下了车，正弯腰帮她捡书。

书本从高处落下，把里面的一张书签摔了出来，元熹看到言弋伸手去捡那张书签时心脏一紧，手心瞬间就冒出了汗。

言弋捡起书签就夹进了书里，他把书本递给元熹，她立刻伸手去接。

"谢谢。"元熹的手指捏紧书沿，嗫嚅着说道。

"你还是喜欢早上起来读书。"

天际第一缕阳光洒向大地，小溪瞬间波光粼粼。

元熹觉得他的话就像这初阳，照进了她心里那块即将荒芜的地方，百昌霎时苏醒。

言弋重新骑上自行车，离开前还提醒元熹："别迟到了。"

元熹怔怔地站在原地，看着他离去的背影，久久没收回视线。

分班之后，她就鲜有机会看到言弋了，偶尔碰到也仅仅只是擦肩而过，半点交集都没有，就算她上楼去找陆雯，也很难遇上他。

严格说来，这是他们这学期第一次说话，统共不过两句话，却如一阵春风吹向她心里的星星之火。

课间的时候，元熹上楼去找陆雯，她们站在教室外，倚着栏杆说话。

每层楼四个班级，两两相对，言弋所在的一班和陆雯所在的三班正好相对。

"他出来了。"陆雯戳了戳元熹。

元熹看过去，言弋和几个男生正在走廊上说着话，不知道他们是在聊什么，隔着段距离她都能看到他眼底的笑意。

她歪歪头，看着他，也忍不住抿出了笑意。

"你今天心情不错啊。"陆雯说。

"有吗？还好吧。"

陆雯戳戳元熹的脸："眼睛里都要流蜜了，也不知道言弋有什么魅力把你迷得神魂颠倒的。"

元熹想说有很多，他待人时和煦的微笑，说话时温柔的语气，做事时认真的态度，打球时扬起的衣角……

"你不懂。"她最后只是这么说。

然而元熹的好心情只持续了一上午。

下午第一节课下课，元熹正收着课本，突然看到言弋出现在班级门口，她心脏一跳，莫名激动。然而下一秒她就听到了薛忧的声音："言弋，我在这儿。"

元熹眼睁睁地看着言弋从自己的座位旁走过，往教室后方走去。薛忧的座位就在她的斜后方。

元熹的瞳孔随着他的脚步一点点地暗淡。

"可算来找我了。"薛忱语气略带抱怨，反倒显得他们的关系很亲密。

"早上忘了。"

"喏，最后一题，我想了很久没做出来，可能是进了什么思维误区，你坐下，帮我捋捋思路。"

元熹微微偏头，余光看到言弋坐在薛忱身边的位置上，他们低着头看着桌上的试卷，脑袋挨得很近，自然而然。

元熹突然觉得如坐针毡，教室里的空气像是被人抽走般变得稀薄，让人胸口发闷。

可她没动，就这么呆呆地坐着，耳朵捕捉着他断断续续的话语，自虐般地听着，猜想着他的表情，解析他的笑声。

她想说，薛忱问的那一题，刚才数学课上老师已经讲解过了，薛忱那么聪明肯定已经听懂了。

听不懂的是她，可那又怎样呢？

她原以为早上他给她的是一颗糖，到此刻她舔开了糖衣才发现里面是苦的。

元熹趴在桌上难过极了，她这才体会到单恋一个人的矛盾之处——想让你给我微茫的希望，又想你一点希望都别施予……

伊妍一连忙了小半个月，电视剧的配音任务才算是告一段落，她也能歇口气休息休息了。

晚上她提早回了家，洗完澡后放松地躺在客厅沙发里。紧凑地忙了一段时间，突然闲下来她反倒有些不习惯，有种无所适从的感觉。

无聊之际，陈墨钦在微信上找她玩游戏，她想着反正没事干，不如玩一把当作消遣，就搬出笔记本电脑。

登录游戏后伊妍才发现除了陈墨钦、胡燕妮等相熟的圈内好友都在，看来是约好一起玩的。

他们开了语音，伊妍连了麦之后听到他们在笑，不由得好奇地问了句："说什么呢这么高兴。"

陈墨钦解释："燕妮说明天要和前不久认识的那个医生一起吃个饭，我们在赌他们能不能成呢，输的人就要配一段现在网上很火的'小拳拳捶你胸口'放微博上给粉丝看。"

几个朋友又是一阵起哄，嬉嬉闹闹地下着注，只有伊妍沉默着，盯着游戏界面双眼空空。

"伊妍，伊妍呢？下线了？"有个朋友问道。

伊妍这才回神，轻轻地应了声。

那人又问："你呢，你觉得我们一雁大大明天和那个医生能成吗？"

"用得着问伊妍嘛，她肯定觉得我能成功啊。"胡燕妮抢先说，"是吧，小妍。"

伊妍的手指紧了又紧，嘴唇咬了又咬，但就是没有开口说话。

一群人自然认为她是默认支持胡燕妮的，于是就吵吵嚷嚷地分成了两派，最后连游戏组队也是按着这个来分的。

伊妍常给游戏角色配音，她虽并不沉迷于游戏，但也不是个游戏菜鸟，平常空闲的时候她也会和朋友一起玩游戏，说起来还算是个资深玩家，可今晚她的表现却是有失水准。

几个朋友也没有责怪她拖后腿，反而理解她这段时间太忙太累了，伊妍也就顺着这个理由下了线。

路雨文回到家见伊妍坐在沙发上，一边换鞋一边说："难得啊，今天回来得比我还早，忙完了？"

伊妍没什么精神地应了声。

路雨文观察她的脸色，关切地问："怎么了，胃病犯了？"

伊妍摇头。

"是不是这段时间太累了，你明天休息吧？"

"嗯。"

"正好我明天也休息，带你去放松一下。"路雨文冲她挤挤眼，"去一院怎么样？"

伊妍掀眼没精打采地看路雨文："你病了？"

"啧。"路雨文点点伊妍的脑袋，"笨啊，当然是像高中的时候那样给你打掩护让你看奚原啊，你以前不是一见到他就能立刻恢复元气的嘛。"

路雨文原以为伊妍会高兴，可她的神色反常地更失落了。

"最近太累了，我明天要睡一整天。"伊妍放下笔记本电脑，起身说，"厨房里热着饭你记得吃，我回房间了。"

"哎哎？小妍？"路雨文一脸疑惑，皱着眉坐在沙发上有些摸不着头脑。

明明这段时间累得很，好不容易能好好休息了，伊妍却失眠了。

她总是反反复复地想起高中时候的事，好像又重新体会了一遍那时的难过、心酸和痛恶。

痛恶自己的无能胆怯，这么多年过去了，她还是一点长进都没有，仍然只会眼睁睁地看着他走向别人，却没有哪怕争取一次的勇气。

脑子里各种念头争相涌现，伊妍到了后半夜才勉强睡着。

怀揣着心事，她怎么也睡不踏实，第二天醒来时眼角微微湿润，心头若有所失般空落落的。

她已不是少女，他却还是她的心事。

伊妍今天不打算出门，就在床上干躺着，动也不想动，眼看着时间越发临近中午，她无端有些焦躁起来，在床上翻滚了几圈，还是忍不住拿过手机。

圈里的那个好友群她很久没冒泡了，这次一上线就看到群消息有"99+"，此时群里还在热聊。

她点进去看到一水的刷屏：【医生长得很帅啊。】

伊妍划拉着屏幕往上去看聊天记录，翻了个两三页就看到了胡燕妮发的一张照片。

照片有点糊，显然是匆忙抓拍的，但还是不挡奚原俊朗的脸。

伊妍盯着那张照片看了许久，鼻尖突然有些发酸。她泄气地把手机往床上一扔，仰躺着拿手臂挡着眼睛。

奚原开门回家，坐在客厅里的奚沫回头惊诧地说："这么早就回来了？"

"嗯？"

"你不是和一雁大大一起吃饭去了吗？"

奚原关门，回身平静地说："吃完了。"

"就这样？"奚沫故作大人模样教育他，"你应该带人家去看看电影逛逛游乐园什么的，这样才会有发展的机会啊。"

本来一起吃饭就不是奚原的意愿，要不是母亲和人约好了，千方百计劝他赴约，他不忍心让她失望，这才抽时间去和对方吃了个饭。

这顿饭于他而言就像是完成任务一样，吃完了任务就结束了。

奚原往客厅走，抬手敲了站着说话不嫌腰疼的奚沫一个栗子，问："作业都做了吗？"

奚沫捂着脑袋嘟囔："你这么无趣，难怪找不到女朋友。"

说完她又坐回去，拿过手机点开一看，发现微博提醒她特别关注的人发了微博。她一喜，立刻点开去看。

"伊妍大大这句话是什么意思啊？"奚沫不解道。

"嗯？"奚原回头。

奚沫把手机递到奚原眼前，说："伊妍大大刚才发了条微博，我没看懂，不知道是不是和最近配音的人物有关。"

奚原看了眼，伊妍发的那条微博只有短短的一句话——【这道题我还

是做不出来。】

没因没果的，的确是让人一头雾水。

奚沫琢磨了半晌，突然一拍脑袋，恍然大悟道："我知道了，她指的是昨天更新的电台节目。"

她利索地点开电台，拉着奚原一起重听了一遍昨天的更新内容。

听完后，奚原就能大概明白伊妍发的那条微博指的是什么了。

奚沫感慨道："大大不会是想起谁了吧？以前的暗恋对象？"

奚原断断续续听了几期伊妍的私人电台节目，虽然他没去看她读的那本书，但也知道书里写的是一个女孩暗恋一个男孩的故事，所以奚沫的猜测不无道理。

"哥，你读高中的时候应该有很多女生喜欢你吧？"

奚原读高中那会儿奚沫还小，所以对她哥的事记得不太清楚。

奚沫又想起什么，接着说："说起来，之前看网上有人说伊妍大大也是一中毕业的。"

奚原一怔："是吗？"

"不知道是不是真的，如果是，她比你小一岁，应该是你的学妹吧。"

奚原忖了下，突然想起那天在酒店偶遇到伊妍和她的朋友，而那个朋友盛霆又说是他们高一同班的同学。

是巧合吗？

- 第八话 -
咖啡

电视剧配音到了最后收尾的阶段，伊妍又被喊回去补录了几段。

"这几轨配得都不错。伊妍，你可以出来了。"

"好。"

伊妍从录音室出来，胡燕妮也来了，正和陈墨钦有说有笑的。

昨天之后，伊妍就没敢再登群去看胡燕妮和奚原发展的后续。不去了解就当作什么也没发生，自欺欺人到这种地步，她也真是瞧不起自己。

胡燕妮不知道在和陈墨钦聊什么，盈盈的笑声传来，看上去心情不错。她见伊妍出来了，冲伊妍招手。

"录完啦？"

"嗯。"

"真快，邓叔训你了吗？"

伊妍摇头。

胡燕妮撇嘴："看来你配得不错。我每次都要被他训一顿，真是怕了他老人家了。"

伊妍勉强扯出一个笑来。

"你怎么了？休息了一天，脸色反而差了。"

伊妍摸摸自己的脸，支吾道："可能是昨晚刷剧熬夜了。"

"哇，你也追剧呢。"

那边邓叔喊了胡燕妮的名字，她拿着自己的本子应了声，回头说："我进去录啦，你等等我，我们一起吃个饭。"

伊妍点了下头，在外面收拾自己的东西。

"伊妍。"陈墨钦走过来。

伊妍停手："嗯？"

"孟哥打算和本地的中学联合办一个线下宣传二次元文化的活动，顺便推广一下配音行业，吸引一些对配音感兴趣的年轻人。"他看着伊妍问，"里面有你毕业的一中校，你参加吗？"

"啊？"

"我知道你不喜欢露面，如果你想参加，只去你的母校就行。"

伊妍抿嘴，表情纠结。

她以前是学校里默默无闻的一名学生，现在就算有点小成就，也还不到学校以她为荣的程度。

"你别顾忌太多，就当是回母校看看，顺便做个宣传。"陈墨钦开解她，"你不用急着回答我，现在还只是在筹划阶段，可以慢慢考虑。"

"好。"

伊妍和陈墨钦聊了聊，等胡燕妮结束后就和她一起离开了录音大楼，找了一家餐馆吃饭。

"我们真是好久没一起出来了。"胡燕妮感慨道。

大学的时候伊妍和胡燕妮一个系，还能时常凑在一起吃饭，毕业工作后，她们能单独约出来的机会很少，大多时候都是一起参加圈内的聚会。

伊妍今天不太敢去看胡燕妮，她心里有鬼，总怕自己的眼神会泄露心思。

胡燕妮没察觉到伊妍的心不在焉，把菜单一递："你看看想吃什么，今天我请客。"

"哎？"

胡燕妮捂住胸口故作悲痛状，说："就当是我补偿你的。"

伊妍更不解了。

胡燕妮一脸惭愧地看着她，叹口气说："连累你要配'小拳拳'了。"

伊妍一开始没明白胡燕妮指的是什么，等反应过来才不确定地问："你是说……失败了？"

胡燕妮悲痛地点头："'胡小姐，我觉得我们不必在意长辈的想法'，他这样说的。"她耸耸肩，"总之，被发好人卡了。"

"啊……"伊妍发出意味不明的叹声。

"对了，你之前认识奚医生？"

伊妍没预料胡燕妮会这样问，心头登时一个咯噔。

"他提起你了，说你是他的患者，你的胃病还没好呢？"

伊妍听胡燕妮这么说，不知是该松一口气还是该失落。

"嗯，前阵子……又犯了，去了趟医院，他是我的看诊医生。"

胡燕妮了然地点头，又叹口气说："脱单失败，还好我没表现得太积极，不然多尴尬。"

听了胡燕妮的话，伊妍说没一点喜悦是不可能的，此外她还有一些过意不去。胡燕妮对她这样坦白，而她却对她有所隐瞒。

她掀眼觑了觑胡燕妮，突然口干舌燥起来。

"燕妮。"

"嗯？"

伊妍咬唇："其实，我和奚原……很早之前就认识了。"

"很早是多早？"

"高中，只是他不记得我了。"伊妍语气低落。

胡燕妮端详伊妍的表情，琢磨了会儿突然瞪大眼睛，说："大学的时候你和我说过你高中有个喜欢的人，不会就是……"

伊妍没否认。

胡燕妮惊讶："哇，真是他啊。"

她又说："小妍，我之前说的你别当真啊。他虽然真的帅，但也还没到让我一见倾心，非他不可的地步。他拒绝我了，我现在对他也没有非分之想了。"

"你不怪我？"伊妍问。

"怪你什么？"

"我之前没告诉你。"

"换我我也不知道要怎么说啊，"胡燕妮摆手，故意捏着嗓子用恶毒女配的声线说，"'你相亲的这个男人是我之前喜欢的人'这样吗？"

伊妍被逗笑。

"你现在……还喜欢他吗？"胡燕妮试探道。

伊妍缄默片刻，垂下眼睑显得有些困扰："我也不知道，我就是没办法不去在意他。"

"你可真够长情的。"胡燕妮冲她挤挤眼睛，"说实话，我被拒绝了你是不是要还挺高兴？"

伊妍抿着笑，也俏皮地眨眼："说实话，有点。"

"哼，昨天被他捅一刀，现在又被你捅一刀，我不管，这顿饭换你请！"

伊妍见她这样反而释然了，轻快地应道："没问题。"

奚原今天上午在门诊楼坐诊，挂号看诊的人一如既往的多，看样子到饭点都不定能结束，因此他一分一秒也不敢耽搁，连喝口水上个洗手间都计算着时间。

中午十二点左右，奚原拿过杯子喝了一口水，过后叫了最后一个挂号病人进来。

"奚医生啊。"

奚原往门口看去，伊母和一个中年男人一同走进了诊室。

"您好。"

"我又来麻烦你了。"伊母把那个中年男人按坐下来，"这是我家老头，这两天胃不舒服，我带他来找你给看看。"

伊母又给伊父介绍奚原："这是我和你说过的，之前给伊妍看病的奚医生。"

"您好。"奚原朝伊父礼貌地颔首示意，询问，"您是怎么个不舒服？"

伊父按着胃，想了想说："就是觉得火辣辣在烧一样，昨天晚上还抽痛了一阵。"

"拉肚子吗？"

"拉了几次。"

"这几天有吃什么特别的东西吗？"

"吃了海鲜。"

奚原点头，一边敲打着键盘一边说："急性的肠胃炎。我给您开点药，回去按时吃几天，如果没有好转再来找我。"

他又叮嘱道："最近吃点清淡的，三餐药按时吃。"

"我知道的，我知道的。"伊母抢着说，"家里有个老胃病了，该注意什么我清楚。"

她看着伊父埋怨道："让你贪嘴，这下好了，家里两个胃病病人了。"

奚原浅笑，知道伊母指的是伊妍。

伊母突然问奚原："奚医生，我家小妍最近找你了吗？"

奚原摇头。

"我让她胃疼了一定找你看看，也不知道最近有没有按时吃饭，她那个工作，忙起来没个点的。"说起自家女儿，伊母就打开了话匣子，"上学的时候，她非要中午去什么校园广播站播音，吃饭都不准时，生生把自己的胃饿坏了。"

奚原敲键盘的手几不可察地顿了下，随后拔下医保卡递给伊父。

"我一会儿得打个电话问问她最近有没有犯胃病才行。"

伊父拉着还欲继续说下去的伊母，无奈道："走吧，别耽误孩子吃饭。"

伊母回过神看向奚原，这才歉然道："对对对，你是消化科的医生，把自己的胃熬坏了可不行。"

"麻烦你了。"伊父说。

奚原起身："应该的。"

送走伊父伊母后，奚原并没有离开诊室，他坐在位置上难得地放空自己，也不知道在想什么，直到微信消息提示音响起才回过神来。

消息是奚沫发来的，一个小视频加一句话：【过年啦！！！】

他不解，点开视频，入眼的是一小段话，其中有不少颜文字，入耳的是一个稚嫩可爱的声音在读着这段话，语气娇柔变化，仿佛把每个文字表情想表达的意思都读了出来。

其实奚原并不能第一时间就辨听出伊妍刻意变了声线的声音，但能让奚沫这么激动的也只有她了。

奚原觉得伊妍的声音可塑性太强了，视频里的声音和她平时说话完全不同，却一点也不会让人出戏。

这真的是她配的？

奚原不太确定，又重新点开了那个视频。

正巧这个时候盛霆推门而入，喊道："奚原，吃饭——"

他的话消弭在一句"捶你胸口"里。

盛霆瞪大眼，不可思议地看着奚原，似乎不认识他似的。

奚原在盛霆推门的两秒内就迅速关了视频，掩饰性地咳了两声，之后无事人般淡定地站起身。

"吃饭吗？走吧。"

……

开学一个多月，同学之间经过磨合后熟识了不少，没了一开始的尴尬疏远，渐渐开始融合成了一个集体。

元熹也适应了新的环境、新的同学，适应了回头看不到言弋的新教室。

分班后的第一次月考，文理科的成绩分开排名，排名榜并列贴在公告栏上，周一一上学就有一群人围着在讨论。

这是分班后的第一次考试，大家都兴致满满，高一成绩好的同学想要继续保持，此前偏科的同学也想借着这次打一场漂亮的翻身战。

元熹这次考得还算不错，文科榜单末尾有她的名字，但是她没看到，就仅仅是站在人群的最外围看到了两张榜单最顶上的位置。

言弋、薛忱，他们两个的名字并排在一起。

元熹低头扯了扯书包带子，神色沮丧。

课间操期间，在所有同学都涌向操场时，元熹就站在班级门口，眼睛时不时瞟向楼梯口的位置。

楼上班级的同学拥挤着下楼，楼梯上满满当当都是人，你一言我一语很热闹。

陆雯下来时就看到元熹呆呆地站着，眼巴巴的。

"我说你啊，都站成一尊石像了。"陆雯走到元熹面前点点她的额头，"一起走吧。"

元熹低头咬唇，感觉眼眶忽然湿热，她用力眨了眨眼，然后才抬头说："嗯，走吧。"

下午英语课上，老师讲的课文内容是关于想要的生活，她见班上同学犯困，精神不集中，于是提出玩个小游戏。老师让全班同学把自己希望拥有的东西用简短的英语写在一张小纸条上，匿名上交上去，她再一个个读出来。

大家果然提起了精神，埋头畅想了起来。

有人写"有一只狗"，有人写"拥有一间小屋"，有人写"有一家自己的书店"……每个人想要的东西不尽相同，有渴切的，有无厘头的，但想拥有的心情是一样的。

"咦？"英语老师拆开一张纸条，眉头微皱，不太确定地读出上面写的内容："Yan Yi？"

班上同学静了一瞬，旋即讨论开了。

"演艺？"

"研一？"

"言弋！"

一个同学大悟道。

"哦——"全班同学不知为何不约而同地看向薛忱，发出暧昧的声音。

薛忱摆手："不是我写的，不是我。"

无论她怎么否认，其他人只当她是被识破了害羞。他们在起哄时，只有元熹耷拉着脑袋，用短发遮掩着神情。

伊妍没想到再次见到奚原是在这种情况下。

她衣衫不整，灰头土脸，几绺鬓发还黏在汗涔涔的脸上，身上的衣服是随手一抓匆忙穿上的，根本不成一套。她的脚上还趿拉着拖鞋，整个人看上去很狼狈。

今天晚上路雨文突然腹痛难忍，痛得在床上打滚，伊妍被吓到了，她不敢耽误，随便换了套衣服就急忙打了车送路雨文去医院，没想到刚到医院就碰上了值班的奚原。

奚原显然也没想到这个点还会在医院碰上伊妍，他看她搀着一个人神色慌张，立刻就明白了，遂几步走过去，说："急诊在这边，跟我来。"

奚原帮着伊妍搀着路雨文去了急诊室，医生初步诊断后说是急性阑尾炎需要动手术。奚原带着伊妍办了入院手续，医院很快就给路雨文安排了病房，让护士给她挂上了点滴。

路雨文吃了止痛药后总算是好受些了，伊妍陪在她床边，时刻注意着她的状态。

"咚咚咚"的敲门声响起，伊妍回头，看到奚原站在门外，她忙站起身，扯扯衣角有些局促。

奚原走进病房，看了眼躺着的路雨文，她闭着眼似乎睡过去了。

他放轻声音问："你朋友怎么样了？"

"吃了药，现在不疼了。"

奚原点头，怕伊妍不放心，又开解道："如果确诊是阑尾炎，动个小手术就好了，别太担心。"

伊妍心里一暖，点了点头，由衷道："今天谢谢你了。"

"不客气。"奚原本是不放心才过来看一眼，他今天值班不敢离开岗位太久，也怕打扰到病人休息，于是很快就向伊妍道了别，"我先走了，如果有什么需要帮忙，可以给我打电话。"

伊妍盯着奚原的脸，其实还想再和他说几句话，但又怕耽误他工作，只能遗憾地点头。

"加个微信吧。"

病房里突然响起一个有气无力的声音。

伊妍诧异地回头："雨文，你没睡着啊？"

"没。"路雨文动了动，眼睛看向奚原，"奚医生，我住院这几天可能还需要你帮忙，不然你和小妍加个微信好友吧，方便。"

奚原怔了下，很快就说："可以。"

他看向伊妍："我的微信号就是我的手机号。"

伊妍咬了咬唇，客客气气地说："麻烦你了。"

奚原只是一笑。

他走后，路雨文邀功道："我这个朋友当得不错吧，生着病还想着帮你一把。"

"你真是……"伊妍看路雨文因为生病而苍白的脸，心里又是好笑又是感动。

"你快加他微信啊！"

伊妍拿出手机，很快就找到了奚原的微信号。

自从要到他的手机号起，她就时不时盯着微信新联系人里他的微信号看，每次心里都痒痒的，想添加他又怕过于唐突。

伊妍小心翼翼地点了添加，又谨慎地在备注里打上自己的名字，最后反复检查了几遍才把请求发送出去。

伊妍一个小时后才收到奚原通过好友请求的消息，那时候已经是深夜一点多了。她陪床不敢睡，他呢？大概是忙到现在。

当医生真辛苦，伊妍想着，忍不住点进奚原的朋友圈。如她猜想的一样，他的朋友圈里没有什么私人动态，只有转发的几条医学相关的文章。

尽管如此，她一点也不觉得失望，反而有些窃喜。

她好像又离他近了一点。

路雨文病发得急，又是在大晚上，伊妍怕路家二老被吓到，不敢给他们说这件事，直到第二天早上，路雨文状态好转了才打电话给了自己的妈妈，说了这事。

路雨文的妈妈很快就赶到了医院，伊妍本来想请假留下来照顾路雨文的，可路妈妈心疼她在医院待了一整晚，愣是把她赶走了。

伊妍打着哈欠走出医院，在院门口迎面碰上了往里走的奚原，他的手上提着两杯咖啡，想来是特地出去买的。

两人目光相接，俱是愣了愣。

伊妍很快别开了眼，有些不自然地勾起自己的鬓发。她一夜未眠，早上也只是简单地洗漱了下，现在看上去肯定很憔悴。

奚原主动打招呼："要走了？"

"嗯……雨文的妈妈来了，我下班了再过来。"

奚原见伊妍的眼底有两抹乌青，想是昨晚没睡好或者压根没睡。他忙了下，把手上的一杯咖啡递给她。

"咖啡，提提神。"

伊妍心里一跳，片刻后才伸手去接。咖啡还是热的，熨烫着她的手心，又暖进了她的心窝。

"谢谢。"她嗫嚅着说。

伊妍恍恍惚惚地出了医院，直到上了车才回过神来。

奚原他……刚刚给了她一杯咖啡？

伊妍抚了抚杯身，咖啡淡淡的清香钻进她的鼻子里，她忍不住抿嘴笑了。

虽然说她和奚原的关系没什么太大的进展，但他总不会给陌生人送咖啡吧？

不管他是因为客气还是别的原因，对伊妍来说，这杯咖啡都是一个好的预兆。

奚原进了门诊楼，正在和护士聊天的盛霆立刻走向他，见他手上只拿着一杯咖啡，质问他："我的呢？"

"送人了。"奚原回答得很平静。

盛霆瞪眼："什么？"

"你昨晚没值班，不需要咖啡。"

"万一我等下不清醒，误诊了怎么办？"

"吊销医师执照。"

"……"

奚原喝着咖啡往前走，盛霆追在他身后愤愤不平地念叨："哪有你这样做兄弟的。说，把我的咖啡送给哪个小护士了？"

到了傍晚，盛霆的问题就有了答案。

当他看到伊妍进了住院楼的电梯时，二话不说，立刻跟了进去。

伊妍瞄到盛霆也在电梯里，立刻紧张起来，缩着脖子拼命降低自己的存在感。

路雨文高二分班后和盛霆还在一个班，他们同班三年，所以他能认出她。但伊妍只和他同班一年，且这一年里他们基本没有交集，可以说是一点都不熟，她对他有印象是因为他高中时和奚原要好，她不免上心些。

这么些年过去了，伊妍的外貌有些变化，加上化了妆，和高中时候的差别还是很大的，但她不知道怎的，就是害怕盛霆认出自己来。

"你好。"尽管伊妍埋着脑袋，还是没让盛霆忽视她，他本就是因为好奇奔着她来的。

伊妍见躲不过，勉强回了一声："你好。"

"你还记得我吗？"

伊妍的心跳漏一拍，紧了紧手指不知道该怎么回答。

"我是上次在奚原边上的那个。"

伊妍听盛霆这么解释，松了口气，点了下头说："记得。"

盛霆往伊妍脸上看了看，开口说："我们以前……是不是见过？我总觉得你看着好眼熟。"

"是吗？"伊妍尴尬地笑着，心里已经慌了。

盛霆并没有执着于这个话题，转而问："你和奚原认识多久了？"

伊妍打着太极："我之前胃病是奚医生帮我看的。"

"我还以为你和他私底下也认识呢。"盛霆不知出于什么心理补了句，"他对你和别的患者不太一样。"

伊妍的心颤了下，这句话背后的信息让她这个本来就居心叵测、心怀不轨的人忍不住多想，但自知之明又把她扯回到了理智这边。

"他是个好医生，他只是关心患者而已。"

盛霆还想再说什么，电梯的门就开了。

伊妍眼睛一亮，立刻说："我到了，再见。"说完她一刻也没耽搁，迅速走出了电梯。

人都走了，盛霆自然不会追上去。他搭着电梯去了楼上，才从电梯里出来，就看到奚原在查房。他心下一转，几步追上去，神秘兮兮地说："你猜，我刚才碰见谁了？"

奚原往下一个病房走，不理会他故意的卖弄。

"就你之前那个声音很好听的女患者。"

奚原的脚步这才顿了下，回头说："她来了？"

仅此一句，盛霆就得到了巨大的信息量。

他阴恻恻地看着他，问："说，早上的咖啡是不是给人家了？"

"对。"

"……"

奚原这么坦然，好像心里没什么其他不正当的想法，倒让盛霆无话可讲。

难道真的仅仅是关心患者而已？

……

分班后，元熹就更是没有机会和言弌接触了，高一时好歹能打个招呼，现在却是连碰面都很困难。

唯一值得庆幸的是，一星期两节的体育课，他们有一节是在一起上的。

这短暂的四十五分钟，是她每星期都翘首以盼的，如果那天下雨体育课取消，那么她就会非常懊丧，一整天都兴致缺缺。

也是从那个时候开始，元熹讨厌上了下雨天。

十月份的太阳正是最毒辣的时候，班上很多女生一逢体育课就叫苦不迭，直呼这种天气出去不仅会出汗还会被晒黑，搞不定还会中暑。她们都是临近上课的点才磨磨蹭蹭地去操场，只有元熹，上一节课刚下课，就抱了一本课外书匆匆地出了教室。

体育老师其实也怕学生们受不了这太阳，往往会让他们在阴影处集合。一中操场上有两棵并排着的相隔不远的老榕树，树荫底下就是两个班级的集合点。

自由活动时间，班上很多女生受不了外面的燠热，逃回了班级，男生大多待在室外，或是踢足球或是打篮球。

元熹拿着自己的书，坐在篮球场边上的阶梯上，一旁教学楼洒下的阴影给她提供了方便。

言弋和几个男生一起在打球，元熹把书本随手一翻，放在自己的膝上，装作在看书的模样，眼神却不住地往篮球场上看。如果场上有男生看过来，她就同惊弓之鸟一般，迅速低下头借看书来掩饰自己。

言弋打篮球时的状态和平时不大一样，在教室里他是沉稳认真的学生，可他不是书呆子，他也是个正当年纪的少年，也会和同龄男孩说说笑笑、跑跑跳跳。

这是他的另一面，元熹不想错过。

突然一颗篮球往她这儿飞来，落地后朝她坐着的方向滚了过来。

元熹回神，第一反应就是放下书，起身捡起球，转过身往球场看时，言弋正从操场上走来。她抱着球不知道该不该主动走上前，神色一时局促。

元熹还没做出判断，言弋就已经到了她面前。

她慌忙伸手把球递过去，视线和他对上的那一刻她紧张得不能自已。

"谢谢。"言弋冲她一笑。

元熹努力让自己的语气显得自然，客套地回了一句："不客气。"

待言弋回到场上，元熹的心脏还在怦怦直跳，她怕别人瞧出端倪，忙坐回阶梯上，重新抱起书，埋着脑袋装作在看书，嘴角却止不住地往上扬。

　　下课铃响起，篮球场上的男生不再恋战，三三两两地离开。元熹站起身也准备离开，余光忽然看到薛忱往球场走，她心里一紧，下一刻就听到薛忱喊言弋的名字。

　　元熹定在原地，怔怔地看着薛忱递了一瓶水给言弋，他很自然地接过了，看口型似乎说了句"谢谢"。

　　同样的"谢谢"，元熹想他对薛忱和对自己，大概是不一样的吧。

　　伊妍没料到还没等自己到医院，豆大的雨点就砸了下来。她才从出租车上下来，立刻跑到了医院大门旁的商店里躲雨，然后眼睁睁地看着雨越下越大，偏偏她没带伞，小店里也没卖雨伞，她只能被困在店里。

　　雨势看着一时半会儿停不了，她在心里估算着院门口到住院部的距离，然后计算着自己淋雨生病的概率。如果感冒了，那必定又会影响工作，这样就有些划不来了。

　　伊妍很郁闷，所以说她最讨厌下雨天了，一点好事儿都没有。

　　就在她做自我心理斗争的时候，商店门口有个人合了伞走进来，见到在店里站着的人时似乎有些意外。

　　"伊妍？"

　　"奚医生……好巧啊。"伊妍没想到会在这儿碰上奚原，下意识地挺直了腰问好。

　　"我来买瓶水。"奚原立刻就猜出了伊妍在这儿的原因，"没带伞？"

　　伊妍窘迫地点头："我以为不会这么快下雨的。"

　　奚原让老板拿了两瓶水，又问："去看你朋友？"

　　"嗯。"

　　奚原付了钱后递了瓶水给伊妍，伊妍受宠若惊地接过，道了声谢后就听到奚原说："正好我要去随诊，一起走吧。"

伊妍的心跳从这句话开始就紊乱了。

奚原走到店门口撑开伞，回头看了眼。伊妍这才心怀忐忑地走上前，站到了他身边，双手握着水局促地摆在身前。

"麻烦你了。"

"不会。"

奚原撑着伞，伊妍亦步亦趋地跟着他，又不敢贴他太近，她觉得自己有一半的身体都是僵的。

奚原特意走得慢，见伊妍一半肩膀露在伞外，便主动往她那儿靠近了一步，将伞倾向她。

伊妍察觉后更是绷紧了身体，缩着双肩。

"伞比较小。"奚原解释了句。

雨滴啪嗒啪嗒地敲击着伞面，更像是敲在了伊妍的心上，敲得她心慌意乱、意马心猿。

和他共撑一伞这样的场景，她也只敢在看少女漫的时候大胆地幻想一下，可现在却真实地发生了。她没什么实感，总觉得是自己的梦中下了一场雨，而他再次走进了她的梦里。

"你朋友怎么样了？"奚原打破两人之间的沉寂。

伊妍回神，马上回道："挺好的，已经做完手术了，医生说再观察两天就可以出院了。"

"嗯。"奚原低头看她，"你呢？"

"什么？"

"最近还犯胃病吗？"

伊妍没想到奚原会关心自己，张了张嘴，不争气地结巴起来："最近……呃……还行，胃没怎么痛过……就是偶尔会有点不舒服。"

"要按时吃饭，别饿着，胃就要靠平时养着。"

听到奚原的叮嘱，伊妍有些动容，心底隐隐又泛起一股难以言明的苦涩。

毕业这么些年，刚开始她还能从老同学那儿旁敲侧击地打听到一些消息，到后来听说他出国留学，她就彻底失去了他的音信。

伊妍原以为这辈子自己都没可能再和奚原有交集了。她此前从不敢奢想有一天他们能这样并肩走着，他还会叮嘱自己好好吃饭，即使是出于医生的职责，她也已然满足。

雨水似乎打进了伊妍眼中，她的眼眶湿热起来，遂低着头使劲地眨了眨眼。

"伊妍？"

"嗯？"伊妍掩饰着自己的失态。

奚原盯着她看了会儿才说："到了。"

伊妍抬头，这才后知后觉他们已经到了住院部的楼下，原来这段路竟是这么短。

他们一起进了电梯上楼，路雨文病房所在的楼层先到。电梯门打开的时候，伊妍踌躇了下，说了句："奚医生，我先走了。"

她说完走出电梯，奚原突然喊了声："伊妍。"

伊妍回过身来，心里隐隐有些希冀。

奚原按着电梯看着她，眼神里似乎有情绪但又让人分辨不清。

"怎么啦？"

奚原过了片刻，突然说："我妹妹很喜欢你。"

"嗯？"

"她想知道你们工作室在圣诞举办的那场见面会你会参加吗？"

伊妍一愣，这个问题真是始料未及。她不知怎的，鬼使神差地点了头，应道："会的。"

奚原笑了："她会很高兴的。"

"再见。"奚原松开按着开门键的手。

电梯门缓缓关上，伊妍立刻掏出手机给陈墨钦发了条消息，过后她低叹一声，觉得自己有些色令智昏。

……

奚原看完两个病人出来就收到了奚沫轰炸过来的消息，她发了一大串的话来表达她的激动之情，大意就是伊妍大大刚才发微博说她会参加今年的圣诞见面会。奚沫还特意把伊妍的那条微博截了下来，一起发了过来。

奚原点开图片看了眼，就看到微博内容写着：【我不在这里上班，我也不是个图书推销员，我只是看见然后跟着你走进这家书店。如果你走进一间餐厅，那我就会变成一个服务生；如果你走进一幢失火的大楼，那我就会变成一个消防员；如果你走进一部电梯，那我就会在两层楼之间让它停下，我们就在那里共度余生。（引自电影《天堂可以等待》）】

伊妍引用了一部电影的台词，最后写道：【好想拥有让时间停止的超能力，可惜我没有。大家努力朝着未来前进吧，我们在圣诞那天一起过节。】

奚原盯着伊妍发的微博看了许久，不知道在琢磨什么。

奚沫一直在发消息，她可怜巴巴地求奚原再次充当她的"通行令"，带她出门去参加见面会，又发了一堆哀求的表情。

奚原这次没有犹豫，很快就回复了她：【好。】

- 第 九 话 -
贺卡

加了奚原的微信后，伊妍一次也没和他聊过。她没有什么立场，也没有什么理由去打扰他，他和她之间，唯一比较合理的关系就是医生和患者，但她并不想以病人的身份私下再去麻烦他，他一个医生在医院里就已经够累了。

路雨文见伊妍仍是这样不温不火地"急死太监"，直呼自己白病了一场，并怂恿了她好几次，就差抢她手机帮她发消息了。

路雨文是真的着急，她看着伊妍把大把的光阴耗在一个人身上，再不好好把握，那可真是虚掷了。

那段时间，伊妍养成了一个习惯，那就是定时去看"微信运动"里的排名。她每天都会去看奚原的步数，如果这天他走的步数才一两千，她就猜他应该有手术，所以才没怎么走动。如果步数稍多，那他今天可能是在坐诊，如果步数破万了，她就猜他今天很有可能休息外出去了，去运动或者去见好友？

这件事其实很无聊，伊妍却乐此不疲。从一个简单的数字里去想象奚原的生活，猜测他今天做了什么事、去了哪些地方、见了什么人，她能从中获得一点满足感。

　　以前微信的这项功能于她而言实属鸡肋，她天生四体不勤，高中一次满分八百米已经是她人生中唯一的一次巅峰了。平时除工作外，她能不动就不动，是个名副其实的宅女，所以"微信运动"里的好友排名她总是垫底的。

　　可自从加了奚原的微信后，伊妍破天荒地去跑了步，回到家后还拿着手机来回走着。

　　她想当他好友里的第一名并且祈祷着他的好友都是懒鬼，这样至少他会有可能看到她的名字。

　　那天伊妍连跑带走地把步数累到了两万步，第二天她就蔫了。

　　路雨文觉得伊妍疯了，伊妍也觉得自己有些魔怔了。但是她想，喜欢一个人大概就是变成疯子的过程吧，一种为社会所认可的精神错乱（注：改自电影《她》）。

　　路雨文问过伊妍，这么多年重新见到奚原，难道一点失望都没有吗？他和她的想象没有出入吗？她已经成为一个优秀的人了，再去看他的时候还会像以前那样崇拜吗？

　　的确很多人回想起青春时期喜欢的那个人，当一切滤镜退去后，也许会不理解自己当初为什么会喜欢上这个人，可能是因为那个人不再像曾经那么优秀，也可能是自己已经变得出色。

　　伊妍认真想过这个问题，但她对现在的奚原一点都不失望，一点都不。

　　她想，当初她喜欢上他，仅仅是因为他是奚原，而他刚好很优秀。在再次碰上他之前她对他有过想象，她会想象他现在在哪个城市，做着什么工作，和高中比是不是更成熟了……她对他有很多种的设想，可当她再次见到他，她发现一切假设都毫无意义，因为奚原就是奚原，还是奚原。

　　圣诞节那天正好是周末，见面会的时间是晚上七点。奚沫等不及，在家里吃完饭，就催促着奚原赶紧领她出门。他无法只得顺了她的意，和奚母说了一声。因为是周末，奚母也不太拘着奚沫，愿意让奚沫出门玩玩，再者有奚原带着她也放心，所以叮嘱了几句就让他们走了。

奚原开车刚出小区，奚沫就苦恼地嚷着："要给伊妍大大买什么礼物好呢？"

她独自嘀咕了半天，最后一拍手："圣诞节就要送苹果呀。哥，你先带我去买苹果。"

奚原无奈，打了方向盘带她去了附近的一家水果店。

恰逢圣诞，老板也很会做生意，特意地把店里的苹果用各种精美的包装包了起来，奚沫光是挑包装就挑花了眼。

"哥，你说哪个好看？"

奚原看着这些花花绿绿的包装，也实在是分不出有什么差别。

"算了，我怎么会想到问你这个没有情趣的男人呢。"

"……"

奚沫千挑百选，最后挑了一个粉红色包装盒："就这个了。"

奚原低头扫了眼，最后拿起一个红色包装盒，说："买两个吧。"

奚沫有些奇怪，问："哥，你要送谁？"

她八卦地凑近奚原，挤了挤眼睛，笑得贼兮兮的："你是不是有喜欢的人了？"

奚原看了眼腕上的手表，淡定道："见面会的时间快到了。"

果不其然，奚沫立刻就急了，拿着苹果说："老板，快，多少钱？"

奚原一笑，付了钱后就开车带着奚沫直奔见面会现场。

伊妍所在的工作室每年在圣诞节这天都会办一个小型的见面会，算是给粉丝的一个小福利。

刚开始几年，伊妍还会露个面，后来随着配音行业越来越被人所知，每年来的人也多了，她怕生的毛病就犯了，因此这几年她没有再参加此类活动，最多就是录个音频。

今年她主动提出要参加见面会，让所有人都大吃一惊，粉丝更是怀疑过的不是圣诞节而是愚人节。

工作室租了一个场地，晚上七点还未到，台下就已经被一大群人围住了，几个保安在极力维持着秩序。

伊妍被这阵势吓到了，转头问陈墨钦："不是有名额限制的吗？怎么还这么多人？"

陈墨钦笑说："还不是听说你这次会参加，所以孟哥多放了些人进来。"

来的人比伊妍预想的还要多，她在后台候着，还没上台手心里就已经攥着汗了。

"放轻松，没什么需要紧张的，就是和粉丝们互动互动。"陈墨钦安慰她。

伊妍点头。

"以后多露露面就不会这么紧张了。"陈墨钦顺着说，"之前和你提过的那个线下宣传活动也去玩玩？"

伊妍这才想起前不久陈墨钦提过的和各中学联合举办的宣传活动，这段时间事多，她都把这事忘在脑后了。

"我就去一中？"她问。

陈墨钦点头，说："你去的话效果会更好，毕竟是学姐，学生和你会更亲近。"

"什么时候？"

"过几天，元旦假期前。"

伊妍忖了会儿，想到自己也有段时间没回学校看看了，心里突然有了些念想。

"那我去吧。"

"说定了啊。"

"嗯。"

晚上七点整，孟哥上台来了段开场词，他的段子一套一套的，惹得底下的人一阵又一阵地哄笑。

然后就是全体配音演员登场，底下一时又骚动了起来，各种呼声喊声交杂在一起，有喊演员名字的，有喊角色名字的，总之气氛非常火热。

奚沫夹在其中，不停地挥着双手喊着"伊妍大大"。她突然想到什么，把自己的手机往奚原怀里一塞，奚原一下就明白了她的意思，摇头一笑，举起手机帮她拍照。

奚原将相机聚焦在伊妍身上。和上次一样，镜头里的她面色不安，勉强露着笑，看得出有些不自在。

看来她是真的很不会应付这样的场面。

奚原有些出神，直到又一阵呼声响起。

既然是配音演员的见面会，那配音环节就是必不可少的。伊妍的工作室在圈内算是有名的，也配过许多人气作品，因此当听到他们要在现场配一段的时候，底下的粉丝就按捺不住了。

伊妍接过话筒的时候深吸了一口气，再怎么说也不能在这个环节出差错，否则真是丢人丢出圈了。

孟哥选了工作室负责的一些作品中的几个经典片段来进行现场的还原，有动漫、游戏、电视剧甚至广告。

伊妍毕竟是吃这口饭的，即使再紧张也不至于出大纰漏，一开口说出熟悉的台词时她就找到了感觉，几个片段配完之后她反而放松了。

在她给一个游戏人物配音时，底下一群男生哄喊出声，十分激动。

上回的漫展过后，奚原对伊妍的高人气已经不太意外了，反倒是伊妍自己，被这么一吓，顿时又紧张了起来。

配音环节结束后就是和粉丝的互动时间。底下粉丝太多了，孟哥就让台上的人每人挑一个粉丝上来，满足对方一个不太过分的小愿望。

伊妍才把目光投向底下的人，就有一群人踮着脚尖冲她招手，她没点那些人，眼神不断睃着，像是在搜寻着什么。

奚原举着手机，视线忽和屏幕里的人对个正着。他眼波微澜，放下手机看向她。

伊妍的心跳霎时漏了一拍，她想过奚原可能会来，可真在现场看到他，她仍是忍不住感到欣喜，又有些慌张。

孟哥问她："伊妍大大，你选哪个幸运粉丝啊？"

伊妍盯着一个方向，伸手一指说："那个小女孩吧，红色衣服的。"

奚沫看着伊妍的手，又低头看看自己的衣服，不可置信地抬头看向边上的奚原，懵然道："哥，伊妍大大……指的是我吗？"

她这受宠若惊的表情让奚原忍俊不禁。

他点头，说："是你，上去吧。"

奚沫这才真的反应过来，"嗷"了一声，兴奋地挤开前面的人往台上走去。

奚沫一上台就往伊妍身边走，两眼冒光地盯着她直勾勾地看着，就差直接抱上去了。

奚沫的眉眼和奚原很像，性格似乎和她哥不太一样，伊妍看着她，露出一个亲切的笑来。

奚沫一时更是激动得难以自控。

孟哥问她："小妹妹，你有什么愿望想让伊妍大大帮你实现的？"

奚沫从上台开始就一脸迷妹样。听到提问，她接过话筒，直接丢出了一句"语不惊人死不休"的话："其实我想让伊妍大大当我嫂子。"

此话一出，全场静了一瞬，随即就闹腾了起来。

奚原在底下也是被自家妹妹吓了一跳，他看向伊妍，见她愣在原地，表情怔怔地，显然同样被吓得不轻。

孟哥被小姑娘的话吓了一跳后立刻反应过来救场："妹妹，你这是想拆了我们'研墨'CP啊，使不得使不得。"

奚沫好似没发觉自己引起了多大的骚乱，耸耸肩说："这是我最大的愿望，我只是憋不住说出来，伊妍大大不用有负担，我不会强迫你的。"她说着还朝伊妍调皮地眨了眨眼。

伊妍心里五味杂陈，奚沫的这个愿望她倒是想帮忙实现，可是心有余而力不足啊。

"刚才说了，不太过分的小愿望。当你嫂子这个愿望有点超纲了，小妹妹还有没有其他的愿望？"孟哥问。

奚沫忙不迭地点头，说："想让伊妍唱首歌。"

孟哥松一口气："这个简单，伊妍，可以吧？"

伊妍敛了情绪，颔首道："可以，想听什么？"

"都行，大大你就唱你想唱的吧。"奚沫善解人意地说。

伊妍的目光落在台下的一个点上，沉吟片刻后说："那我就唱一首我喜欢的歌吧。"

现场没有音乐伴奏，伊妍也不在意，深吸一口气后就缓缓启唇：

"如果说你是海上的烟火，我是浪花的泡沫，某一刻你的光照亮了我……"

一开口，伊妍就走了心。

她唱《追光者》的时候眼睛根本不敢往奚原所在的方向看去，大家都以为这首歌是唱给所有人听的，只有她自己心里清楚，这是献给一个人的掩耳盗铃的告白。

见面会到晚上十点才结束，工作室的人下台走后，人群在保安的指引下慢慢疏散。

后台十分热闹，一群同事在整理着粉丝送的礼物，闹哄哄地说着刚才见面会发生的趣事，不一会儿就提到了伊妍。

"刚才真被那小姑娘吓一跳，看来真是伊妍的狂热饭，都想让你当她嫂子了。"孟哥戏谑地说，"刚应该先问问她哥长什么样的才对，指不定我们伊妍就瞧上了呢。"

"孟哥，你这是不把我们墨钦大大放在眼里啊。"一个同事回说，"你可不许拆了他俩，我还等着哪天能吃上喜糖呢。"

伊妍对他们这样的打趣早已见怪不怪，压根不会放在心上。她和陈墨钦共事这么多年，虽然经常搭档给官配配音，粉丝也开玩笑说这么多作品，来来回回就是他们两个在谈恋爱，可实际上，他们之间是清清白白的，一点暧昧都不沾。

公私分明伊妍比谁都做得好，就算是陈墨钦，一开始的时候对着她也容易恍惚，毕竟搭档久了，有时候人的感情容易有倾向。他也曾觉得他们似乎还挺登对的，工作上合作默契，私底下相处甚欢，配音演员这职业从无人问津到今天的小有成就，他们也算是携手度过了一段坎坷艰难的时期，说是患难与共也不为过。

但陈墨钦能察觉得到，伊妍对他并没有男女之情，她对他的感情仅仅只是战友之间的革命情谊，这点他早就认清了，所以在很早之前就整理收拾了自己的感情。她在工作上靠近他，在情感上远离他，或者说是远离所有人，认识至今，他还没见过她对哪个男人敞开心扉。

在陈墨钦看来，伊妍要么就是无心男女情爱，要么就是心里早已有了一个人，并且根深蒂固。

工作室一行人收拾了东西说要找家店聚一聚，于是又转场到了一家烤肉店。

今天圣诞，大家又难得地全员到齐聚在一起，自然热热闹闹的，相互打趣，聊来聊去，最后又说到了脱单这个话题上。

今年到了年末，工作室里有人脱单有人分手，还有像伊妍这样一如既往保持单身的。

孟哥不解了，问道："我说伊妍，你这么个大美女，怎么一直没有动静啊？"

伊妍故作苦恼状，说："我也不知道啊。"

"来，说说都喜欢什么样的，哥给你介绍。"

伊妍半开玩笑地回道："不劳烦您了，我有粉丝给我介绍，正准备给人家当嫂子呢。"

她这样一说，别人都以为她是在拿今晚见面会上的事说笑，没人当真。

伊妍的思绪却一下子拐到了别处去。

很显然，奚原是因为奚沫才来的见面会，上次的活动好像也是这样，他对妹妹看来是很在意的。

伊妍很庆幸奚沫喜欢自己，因为这样，即使奚原不是为她而来的，她也能托奚沫的福见到他，哪怕只是远远地看上一眼。

伊妍拿出手机打开微信，点进和奚原的聊天页面，页面上一个对话框都没有。她突然有股冲动，很想在这样的节日里和他说上一句话。

伊妍来来回回打了好几句话，又通通删掉了，最后只简单地打上了"圣诞快乐"四个字。她还特地加上了圣诞老人、圣诞树、铃铛、苹果、雪花和一个笑脸，让这条消息看上去就像是一个不走心的复制粘贴的群发，而她也有意伪装成这样。

她踌躇良久才一闭眼按了发送，把自己的真心藏在费尽心思的掩饰背后，既希望他看出来，又祈祷着他千万别看穿她的伎俩。

消息发送成功后，伊妍忽觉紧张，心脏不受控制地怦怦怦地震颤着胸腔，手指也微微地颤抖着，甚至开始后悔，开始思量"圣诞快乐"这几个字是否合适。

是不是太唐突了？会不会打扰到他？如果他没有回复呢？

思及最后一个问题，伊妍的眼神就落寞下来，一颗心也渐渐凝出了一层冰霜。

时间一分一秒地过去，周遭的热闹似乎也被带走了。

伊妍觉得有些煎熬，暗暗抱怨自己为什么要找罪受，不自量力。她正心灰意冷地想把手机丢回包里时，微信却跳出了一条消息：【圣诞快乐。】

仅仅四个字，伊妍的心像是被注入了鲜活的血液，重新勃然了起来。

她握着手机盯着屏幕，正犹豫要不要再回一句时，屏幕上又跳出了一句话：【见面会结束，已经回家了吗？】

伊妍使劲眨了眨眼，这才确定这真不是她的幻想，奚原真的主动给自己发了消息。

伊妍哆嗦着回复道：【还没，和同事一起在外面聚餐呢。】

奚原：【胃病别喝酒。】

伊妍愣住了，盯着这句话反反复复地看，几个字掰开揉碎了去品读。

她又特地加上称呼地回复了一条：【好的，奚医生。】

既然已经开了话头，伊妍不想就这样轻易地揭过，她又迅速问了句：【你们已经到家了吗？】

那边很快就回了：【嗯，刚到不久。】

哦，难怪没有第一时间回复信息。伊妍乐观地想着。

奚原又发了句：【奚沫今天很高兴，谢谢你。】

伊妍：【不客气。】

伊妍抿出了笑来，她今天也很高兴，谁谢谁还真是说不准。

陈墨钦回头见伊妍捧着手机在傻笑，忍不住问："和谁聊天呢，笑得这么开心？"

"男神。"

陈墨钦想了下，故作惊讶道："童自荣老师？"

"我哪有童老师的联系方式啊。"伊妍笑道，低声神秘地说，"在童老师之前，他就已经是我的男神了。"

　　陈墨钦没追问那个人是谁，只知道伊妍露出的笑容是今晚最发自内心的……

　　"大家圣诞节快乐呀！在今天这样的节日里，你会想和谁一起度过呢？家人、朋友还是……"元熹颇有意味地停顿了下，接着说，"你有什么话想对特别的人说吗？还是说你正在犹豫，没有勇气开口？那么勇敢一次吧，在这个被祝福的节日里，希望正在听广播的你，可以被祝福。"

　　元熹说完就放了一首应景的《Jingle Bell》。她捂着胃隐隐觉得有些不适，最近这阵子她总觉得胃不太舒服，但并没有放在心上，只当是饿着了。

　　播完广播，元熹就背着书包离开了播音室。

　　十二月份天气转冷，午后有阳光的时候倒还算暖和，南方不下雪，圣诞节似乎和这样的气候有些出入。

　　元熹想，圣诞老人来这没办法滑雪橇，那可真是交通不便。

　　她往校门外走，迎面碰上了言弋和几个男生，他们应该刚吃完饭，此时正说着话。

　　元熹远远地偷瞄了几眼言弋，等走近了反而把脑袋埋得低低的。

　　"言弋，今天圣诞节，放学后有什么安排？"

　　"那还用问，当然是和我们薛忱大美女有约啊。"

　　言弋无奈，摇了摇头，说："我去市图书馆。"

　　"我去，你这个学神还给不给我们留活路了！"

　　……

　　擦身而过时，元熹就听到这几句话，一时情绪复杂。

　　薛忱从不掩饰对言弋的好感，对待别人的调侃也是落落大方，丝毫不忸怩。

　　尽管言弋并没有回应过薛忱，但元熹想这应该是迟早的事，毕竟薛忱是这么优秀的女孩，他们未来肯定会在一起吧。

傍晚放学，元熹给家里打了个电话说晚上要去市图书馆看书，就不回家吃饭了。她妈妈觉得她用功，叮嘱了两句也就同意了。

元熹等在教室门口，看到言弋从楼上走下来，就把目光挪开，装作在等别人的模样。

言弋和几个男生一起往校外走，元熹就在后头不紧不慢地跟着，跟太远了怕跟丢，跟太近了怕被发现。

到了市图书馆，元熹跟着言弋上了楼，见他找了个空位，放下书包后就去书架上找书。

元熹其实很想坐在他对面的空位上，但她没那个胆儿，更怕未经同意私自闯入他的世界会惹他反感。

还坐在他的后面吗？元熹有些犹豫。

就今天这一次，她不想看他的背影。于是她鼓起勇气，坐在了他前面好几桌的位置上，确保她能看到他又不至于让他发现自己。

言弋正在挑书，元熹扫了眼，他所在的那块区域是医学类分区。

原来他对医学感兴趣啊，元熹觉得自己好像又了解了他一点。

言弋拿了几本书坐在了位置上，元熹慌忙拿起课本遮住自己的脸，隔了会儿偷偷地露眼探看了下，发现他低着头，正认真地在翻书。

分班已有半年了，元熹觉得自己已经好久没见过言弋看书的模样了，此时怎么看都不够。

他看着书，她看着他。这是一种最稳定的状态，元熹不想打破。

中途言弋拿了杯子去接水，元熹看着他空出来的座位，突然冒出了一个大胆的念头——想和他说一句"圣诞快乐"。

她从书包里拿出一张贺卡。

这张贺卡是她今天中午买的，早已写上了祝语，只是没想送出去。

可是现在……难道不是一个机会吗？

元熹下定决心后站起身，目光四下探看了一圈，大概因为今天圣诞，馆里并没有很多人。

她故作平常地走着，假装自己要去找书，路过言弌的座位时，迅速地把那张贺卡放在他摊开的书上，然后匆忙躲进了旁边的书架后。

做完这件事，她的手心已经紧张得沁出了一层细汗，胸口擂鼓一般。

言弌拿着水杯回来，坐下时似乎有些惊讶地看着书上莫名出现的贺卡。透过书与书之间的间隙，元熹见他翻看了下贺卡，之后就转着脑袋在找人。

元熹缩着身子躲在角落里，嘴角缓缓地上扬。

原本光明磊落的她，在遇上他之后学会了偷看、偷听，以及偷偷地祝福。

- 第 十 话 -
返校

胃痛来得毫无预兆，伊妍蜷着身体几乎一夜未眠，在冬夜里出了一身冷汗。夜里她来来回回地点开微信，去看和奚原的聊天记录，他们上次的对话在互道祝福后结束。

她说"奚医生，我不打扰你休息了，圣诞快乐"，他回"圣诞快乐，回去路上小心"。

胃一阵接一阵地抽痛，奚原之前说过如果再犯胃病可以联系他，可真到了这个当口，她又犹豫了。

且不说现在已经是深夜，他要是在休息那她就是发了也没用，他要是在值班，本来就很累了，她不应该给他多添麻烦。

伊妍没打搅他，转而去预约第二天的消化内科门诊。奚原明天上午坐诊，她去预约时只剩下了最后两个号，时间都是近十二点的，虽然其他医生还有更早的号，但她毫不犹豫地预约了奚原的。

虽然胃病犯得急，但是起码时间还挺恰巧。如果他明天不在门诊，她想，那还真是亏了。

伊妍吃了颗止痛药，焐着热水袋暖胃，生生地忍了一夜。

天蒙蒙亮的时候，她才觉得好些，也实在累极了，合着眼睡了过去。

再醒来时，她恍了下神，反应过来后立刻抓过手机看了眼时间，距离预约时间已经不到一个小时了。

伊妍立刻掀被子起床，胃还有些不适，但睡了一觉起来已经不像昨晚那样折磨人了。

洗漱时，她看着镜子里那张憔悴萎靡的脸，犹豫了。

难道要这样去见他吗？

母亲曾说过生病去看医生就别想着美了，但伊妍觉得不行，她是去看医生也是去见男神的，再怎么样也不能形象太差。

洗漱完毕，她麻利地给自己化了个淡妆，简单地捯饬了下才出门。

打车到了医院，伊妍匆匆地去自助机上取号，之后就坐在候诊区等着。不知道是不是因为紧张，她总觉得胃部又隐隐作痛了。

等了约莫十分钟就到了伊妍的号，这时候诊区已经没多少人了。她深吸一口气，扯了扯自己的外套，理了理发鬓才往诊室里走。

奚原在电脑上看到伊妍的名字时有些微讶，见她从外面走进来，他开口直接就问："犯胃病了？"

伊妍轻点头，不太敢对上他的眼睛似的。

"胃痛？"

"嗯。"

"怎么个痛法？"

伊妍皱着眉回想着："就一阵一阵……抽痛。"

"痛了多久？"

"从昨天夜里……到早上。"

奚原听着，眉头微微一皱："痛了一晚上，为什么不早点来医院？挂一个早点的号找医生看看？"

"我……"奚原的语气有些严厉，表情也很严肃，是伊妍从未见过的模样，她有些被吓住了。

　　她绞着双手，像个做了错事被老师批评的学生，一时半会儿不知道该怎么回答。她总不能说自己就想挂他的号，而他的号又只剩下这个时间点的了吧？

　　奚原看着她，沉下声音说："什么都没有自己的身体重要。"

　　他起身走到身后的床前，示意道："躺上来。"

　　伊妍有之前的经验，知道他要干什么，此刻虽然难为情，也只能乖乖听话。

　　伊妍脱了鞋躺上床。奚原看着她，等着她下一步的动作。

　　伊妍觉得自己的脸一定红了，她屈起腿，咬了咬牙，掀起了自己的衣服，露出白皙的肚皮。

　　奚原伸手按了按她的胃部，问："痛吗？"

　　伊妍没敢看他，视线死死地盯着天花板，僵硬地回答："有一点点。"

　　"这儿呢？"

　　"也有一点点。"

　　"这儿？"

　　"好像也痛。"

　　奚原换了几个位置按了按，伊妍此刻已经感觉不出胃痛不痛了，她的全部神经似乎都用在了感知他触在她皮肤的手上，除此，她身上的其他部分全无知觉。

　　"好了，起来吧。"

　　伊妍如蒙大赦，拉下衣服坐起身，身上的血液却都像是倒流到了脸上，冲得她两颊发热，耳朵羞红。

　　奚原洗了手坐下，又问："最近有按时吃饭吗？"

　　伊妍眼神飘忽，支吾着应道："这几天有点忙，吃饭时间不太固定……"

　　她又立刻补上一句："但是我都有吃的。"

奚原写病历的手一顿："今天吃早饭了吗？"

伊妍一噎，想撒谎又不敢，只好唯唯诺诺地低着头，心虚地低声说："早上……睡过去了。"

奚原抬头，视线被她还没褪去颜色的耳朵攫住，恍了下神。

伊妍没听到奚原的声音，双手抓着衣摆更是不安，嗫嚅道："对不起。"

奚原见她这样小心翼翼，这才后知后觉自己今天对她似乎太过严肃了。

"为什么道歉？"他放轻语调问。

"因为……没遵循医嘱。"

奚原淡淡地笑了："今天工作请假了？"

伊妍老实回答："请了一上午。"

他把医保卡和病历本递给她，说："先去拿药，拿完之后在一楼等我。"

"嗯？"伊妍的表情蒙蒙的，似乎没听懂他的话。

奚原和她对视着，神情温和："我想请你吃个饭，你有时间吗？"

伊妍的心脏猛地一跳，有些不可置信，回过味来又很是受宠若惊。

"当然有。"她快速回道。

直到走出诊室，伊妍还有种恍如梦中的感觉。她掐了掐自己的脸，痛感告诉她这是真的。

奚原真的要请她吃饭，幸福来得太突然了。

伊妍去药房里拿了药后就等在一楼的入口处，正午时分，医院的人少了很多，反倒是有很多外卖员拎着外卖走进来。

伊妍数到第五个外卖员时，身后传来了熟悉的声音："走吧。"

奚原脱下白大褂，穿着便服，往院外走的路上好多人和他打招呼，跟在他身边的伊妍也收到了不少他人投来的好奇打量的目光。

伊妍觉得这样也太容易被误会了，她倒无所谓，可奚原毕竟在这儿工作的。她于是缩小了步伐，放慢了脚步，悄悄地和他拉开了距离。

奚原察觉到伊妍落在了自己身后，停了脚步，侧身等着她。

"不舒服吗？"

伊妍忙摇头否认："没有。"

"没吃早饭饿得走不动了？"奚原难得说一句玩笑话。

"我以后会记得吃的。"伊妍小声嘟囔了句。

奚原等她走上来，询问道："有什么想吃的？"

"奚医生你决定就好了，我不挑食的。"

能和他一起吃饭已经是天大的好事了，就算是一会儿桌上放着一碗她最讨厌的葱花，伊妍想，她也会笑着吃下去。

奚原忖了片刻，说："跟我来。"

医院附近有很多快餐店，家家生意都不错，这个点几乎坐满了人。市一院的人流量大，住院病人的家属也需要吃饭，而医院的食堂又时常爆满。

奚原下午还要上班，伊妍原以为他会带自己在附近的餐馆吃一顿，可他却直接带着她去了停车场，把车开了出来。

伊妍坐在副驾驶座上一脸不知所措。

"先吃点零食垫垫肚子。"奚原拿过一包沙琪玛递给她，"这是奚沫落下的。"

"哦。"伊妍接过，拿眼神觑了觑他，干咽了下开口问，"奚医生，我们这是……去哪儿？"

奚原一边发动车子，一面回答她："带你去吃饭。"

"需要开车去吗？会不会耽误你工作？"

奚原打着方向盘，把车驶上了道路："来得及，顺便送你回公司。"

伊妍所惊非小，这种程度已经不是天上掉馅饼了，难道圣诞老人真的听到了她的心愿？

她仔细回想了下最近发生的事，最后得出的结果就是——因为奚沫。圣诞节那天她邀请了奚沫上台，而他事后也对她表示了感谢，所以今天他不过是想把这谢意落实了而已。

除此，还有别的合理的理由吗？

伊妍拆开沙琪玛咬了一口，警告自己，千万别想那么多。

奚原开着车上了高架，在车厢这么小的空间内，窗户紧闭，不知道是不是心理作用，伊妍觉得有些透不过气来。

没见到他人时，她觉得有一肚子话想说，真见到了他，她反而一个字都憋不出来。

她眼轱辘转啊转，搜索枯肠想找个有趣的话题和他聊聊，最后视线却落到了仪表台上放着的一个红色小礼物盒上。

伊妍一时连嘴里的沙琪玛都忘了嚼，直直地盯着那个盒子看。

这种礼物盒她不陌生，圣诞那天她从粉丝那里收到了许多，小盒子里装着一个苹果。

他这个……谁送的？

伊妍不由自主地去猜测，送这种礼物基本可以排除了男性的可能，那么是护士？

奚原觉得身边太安静了，他余光看了眼副驾驶座，见伊妍盯着一个地方一动不动，嘴巴还塞着东西，鼓鼓的，倒像是一只小仓鼠。

他眼里有了笑意。

下个路口等红灯期间，奚原拧开了一瓶水递给伊妍："快到了。"

伊妍恍然回神，发觉自己嘴巴里的东西还没咽下去，顿时觉得丢脸。

她接过水，猛喝了一口，过了会儿才低声说："谢谢。"

奚原带伊妍去的地方是一家药膳馆，她既意外又觉得以他医生的身份是情理之中的。

这家药膳馆的装潢风格古色古香的，一进门就能闻到浓浓的草药味，伊妍此前从未来过这样的地方吃饭，所以有些新奇。

坐定后，奚原把菜单递给伊妍："看看想吃什么。"

她又推回去："你是医生，还是你来吧。"

奚原笑了："这是吃饭，不是看病。"

虽是这么说，他仍是照着她的身体状况点了几样药膳。

伊妍打量着四周，问："奚医生，你怎么找到这个地方的？"

"奚沫介绍的，她的学校在附近，偶尔会和她一起过来。"奚原一边说一边倒了杯温开水。他拿过伊妍放在一旁的袋子，取出两盒药，"这两种药饭前吃。"

"哦。"伊妍顺从地取了药片，就着温水服下。

药片有点苦，她皱了皱眉头，抬眼对上奚原的目光又抚平了眉。

服务员先是端了一碗粥上来。

奚原示意对方将粥放到伊妍面前，是山药排骨粥。

"山药养胃。"他说。

他真是处处周到，伊妍想。

之后服务员陆陆续续上了菜，几乎每样菜里都有几样草药，饭桌上弥漫着一股西洋参的味道。

伊妍吃得很是拘谨，这是她第一次和奚原一起吃饭，她已经紧张得连筷子都拿不好了。

两人都不说话，气氛有些不自在，伊妍想打破这种略微尴尬的氛围，于是张口就问："之前你也是带燕妮来这儿吃饭的吗？"

话才落地，伊妍就想咬断自己的舌头，问什么不好偏偏问这个？

伊妍的问题让奚原愣了下，倒也不觉得被冒犯。

"不是。"奚原回答，"家里人定的地方。"

"哦。"伊妍恨不得把头埋在粥里。

"她和你提过我？"

"啊……之前说过。"伊妍绞尽脑汁地措辞，"她说你……长得帅，人也好。"

奚原轻轻一笑："这应该不是她说的话。"

"真的真的。"伊妍又低声补了句，"就是给她发了张好人卡。"

奚原笑着摇了摇头。

既然说到这儿了，伊妍瞄了奚原一眼，故作自然地顺着往下问："奚医生，燕妮挺好的，你不喜欢她是不是因为已经有喜欢的人了？"

奚原给伊妍舀了一碗汤："不是这个原因。"

伊妍的身子下意识地往前探了探，接着问道："那你喜欢什么样的女孩？"

奚原抬眼，不知道是不是伊妍看错了，他的眼里似乎闪过了一抹笑意，等她想去细看时，他仍是一副云淡风轻的平常模样。

"你在帮她打听吗？"奚原问。

"不是不是……"伊妍磕巴地解释，"我就是好奇像奚医生这样的人会喜欢什么样的女孩。"

"我这样的人？"奚原笑问，"我是什么样的人？"

伊妍毫不犹豫地说道："长得好看，又有能力，性格也好，学习……应该也很出色。"

她对上他的眼睛，突然就退缩了。

难得他们的关系有了点进展，她可不能太冒进了。

奚原听着褒扬，脸上仍是挂着淡淡的笑："可能只有你会这么认为。"

这句话初听时似乎是在自谦，仔细一想又似乎别有深意一般。

伊妍没敢细想。

吃完饭，伊妍本怕耽误奚原的工作，想自己去工作室，可他坚持送她，她只好明面上不好意思，却偷乐地接受他的好意。

到了工作室楼下，伊妍道了谢要下车，奚原突然喊住她。他把仪表台上的小礼物盒递给她："这个给你。"

"嗯？"

奚原解释："圣诞那天和奚沫一起买的，本来就是要给你的。"

"谢谢。"伊妍捧着盒子，嗫嚅道。

下了车，她站在原地目送着他开车离去，嘴角忍不住上扬。

伊妍晃了晃礼物盒子，就是一颗苹果。他说是和奚沫一起买的，可她明明记得圣诞那天，奚沫亲手送了她一个，那这个是……备份？

她觉得有些莫名地高兴。

不管怎样，这不是小护士送给他的……

元熹昨晚熬夜做了作业，今天就睡过头了，她匆忙洗漱完毕，背起书包连早餐都没吃就往学校赶去。

这学期最后一次月考的成绩出来了。早读刚过，班上就讨论开了，说的无非是自己这次成绩的起伏、各科分数、排名诸如此类。

这次考试理科榜首又是言弋，而薛忱却屈居文科第二，这对薛忱的打击似乎挺大，一下课她的座位旁就围了一群人，大家出于好意纷纷安慰她。

"第二名也很厉害了。"

"不过这次没考好而已，下次一定能拿回第一的。"

"没关系的，你的实力还是很强的，这次就是个意外。"

薛忱却仍是郁郁不乐："第二就是第二，言弋都能一直拿第一，我也必须做到，不允许有意外。"

她是这么说的。

元熹听到时，打心底里佩服她。她都已经这么优秀了，却从不放松对自己的要求。反观自己，元熹低头看着自己的成绩条，尽管自己已经很努力了，但这次的成绩还是不上不下的。

校园里的氛围单纯，大家一心扑在学习上，想要取得一个好的成绩，自然而然地就会把成绩当成衡量自己和别人的标准，这个标准僵化刻板却能说明一定的问题。

元熹想，聪明的男孩大概不会喜欢笨女孩吧。她很喜欢看《恶作剧之吻》，言弋在她看来就是江直树，长得好看又聪明，可她不是袁湘琴，她既不可爱也没有袁湘琴的勇气。

他是天生的主角，而她甚至还不是他故事里的配角。

上午最后一节是体育课，这是元熹一周里最期待的课，可当体育老师说这节课要进行八百米测试时，她的心情就由满心欢喜转为了愁云惨淡。

元熹的班级考八百米，言弋他们班考三步上篮，正好岔开了。

女生八百米分两组考，这次前面没有言弋，元熹能拖则拖，她还没开始跑，言弋就已经考完了，三步上篮对常打球的男生来说算不上难事。

元熹在篮球场边上看了会儿，待女生第一组跑完后，她就颤颤巍巍地站上了跑道。本来她就怕长跑，加上早上没吃饭，她的两条腿都是软的。

她祈祷着千万别出差错，可墨菲定律就是从不缺席。

元熹刚跑完一圈，拐弯时腿一软就被自己拌倒在地上。她想爬起来，肚子却骤痛，只能蜷缩着身体躺着。她觉得自己两眼发黑，耳朵里嗡嗡作响，只隐约听到错杂的脚步声还有别人的询问声。

"来几个男生，把人送去医务室。"

"老师，我来吧。"

很奇怪，元熹明明痛得头脑发昏，却能准确地分辨出言弋的声音，他的话像一道光破混沌而来。

有人扶起元熹，之后她就被一个人背了起来，似乎怕颠着她，他的步伐很平稳。

"能听见我的声音吗？"言弋问。

元熹怎么会听不见？她现在只听得到他的声音，可她没有力气，腹部的绞痛让她只能无力地应了声。

"你是在生理期吗？"

"……不是。"

"没吃早饭？"

"嗯。"

元熹的声音轻得像羽毛，许是两人离得近，言弋都听到了，于是安慰她："没事的，应该是低血糖。"

到了医务室，元熹被扶着躺上了床，闭眼休息时就听到言弋和医务室老师讲自己的情况。

那是元熹第一次胃痛，她忘不了那种痛心切骨的感觉，也忘不了在言弋背上时，心里不由自主产生的安全感。

奚原一周回家一趟，奚沫平时见不到他人，每次他回家时就喜欢黏着他，就算没有互动她也乐意。

常常的情况是，奚原在看书，奚沫就在一旁玩自己的，然后时不时地打扰他。像今天这样，拉着他一起听电台也是最近常有的事。

结束音乐是一首略带伤感的钢琴曲，绵绵悠悠的旋律让人一时半会儿还沉浸在电台让人感伤的内容中。

奚沫长叹一口气，说："哇，好心疼元熹啊！"

她扭头看向被她拉过来的奚原，问："哥，你暗恋过人吗？"

奚原摇头。

"也是，你个木头疙瘩怎么会暗恋人。"

"……"

奚沫又问："那你被人暗恋过吗？"

奚原扫她一眼，没开口。

奚沫又自问自答："哦，暗恋让你知道就不叫暗恋了。"

奚原敲了下奚沫的脑袋。

奚沫拉过自己的书包，从里面抽出一本还没拆封的新书，说："伊妍大大的电台更新得太慢了，我就去买了一本回来。"

她手上拿着的正是路雨文的《你不知道的事》。

奚原从奚沫手里拿过那本书，书的封面是一幅手绘图，画的是学校的操场，场景看着有点眼熟。

"快期末考了，你复习了吗？"

"哎？"奚沫一脸莫名其妙，"你突然问这个干吗？"

"没复习还有时间看课外书，不怕考砸了挨批？"

奚沫不满："哥，提学习多扫兴啊，你把书还我，我要看。"

奚原拿着书起身，垂下视线看她，无情道："书先放我这儿，等你考完了再找我拿。"

"什么？哥……哥！"

回应奚沫的是一道关门声，奚原拿着她的书回了房间。

奚沫彻底傻眼了，以前奚原从不干涉她的爱好，即使是学习他也并不见得对她多严格，今天这是什么情况？

傍晚，奚原应了盛霆的约去一中打球，路过操场时，他停下了脚步。

盛霆抱着球走近："怎么了，是不是有点怀念学校生活了？"

"没什么变化。"奚原说。

"几栋教学楼翻新了，操场这块倒是没怎么变。"盛霆撞了他一下，"走吧，热热身。"

他们来的时候正值一中下午放学，很快球场上就有很多男孩来打球，因为场地有限，几个男孩就和奚原盛霆他俩一起玩。

"我们也是一中的，他……"打球空隙，盛霆指了指奚原，"我们那届的理科状元。"

几个男孩惊叹出声，看着奚原的眼神忽地崇拜了起来。

"都是过去的事了。"奚原投了一个球，篮球在篮筐上转了两圈进了。

就在这时，校园广播里传出"喂喂"两声，显然是在试音。

"学弟学妹们好呀，欢迎收听'校园之声'，我是播音员伊妍。很高兴还能有机会再次回到母校播音，这里是我梦想开始的地方，也将会是你们的。今天呢，我想告诉大家一个消息，在学校礼堂，我和几个配音演员将会举办一场宣讲活动，对配音感兴趣的学弟学妹们欢迎前来收听，我们以声会友。"

"奚原，愣着干什么呢，接球啊。"盛霆喊道。

奚原问边上的一个男生："学校今天有活动？"

男生点头："我们班班长下午说有个配音工作室要来我们学校宣讲，据说还有一个一中毕业的学姐，让我们感兴趣可以去听听。刚才一下课，好多人都去礼堂了。"

盛霆走过来，问："怎么了？"

奚原扯下挂在篮球架上的外套穿上，一边说："我有事，不打了。"

说完，他就往球场外走。盛霆喊不住他，只好抱着球带着一肚子困惑跟上去。

礼堂里座无虚席，就连走道上都站满了人。

奚原和盛霆就站在最后，一群高中生在前面兴奋地讨论着，整个礼堂里十分嘈杂。

盛霆怎么也没想到奚原会来听这种宣讲，忍不住说："我说，你当年连名校宣讲都不听的，怎么毕业这么多年还来听这种……'以声会友'，配音演员宣讲？这是什么？"

奚原没回他，因为这时全场爆发出了热烈的掌声，几个配音宣讲人上台了。

盛霆伸长脖子，眯着眼睛去瞅，在看到一个人时眼睛倏地一亮，扭头去看奚原，见他视线只往一个方向去，心里顿时通透了。

他又惊诧又惊叹，脑袋里只剩一个想法：哇，成真的了。

伊妍没想到来听宣讲会的人会有这么多，虽然是学弟学妹，但到底是生面孔，她这怕生的毛病还是犯了。

她扫了几眼底下统一穿着校服的学生，心里感叹光阴飞快，白云无心也成苍狗。转眼她已经毕业多年了，学校的冬制校服也换了新的款式，可她的感情还停留在那个青葱岁月。

主持宣讲会的人是学生会的主席，一个小女生，她挨个介绍了几个配音演员，还特地隆重介绍了下伊妍。

她在介绍时，边上的陈墨钦低声说了句："荣归母校了。"

伊妍低叹一口气，她又没建立基金会，又没捐楼的，哪算得上"荣归"，不如说是蹭母校热度比较妥当。

"学姐，你和大家打个招呼吧。"

伊妍有些拘谨地凑到话筒前，傻里傻气地冲底下招了招手，友善道："我是伊妍，你们的学姐，学弟学妹们好啊！"

"学姐好！"底下的学生很热情地回应着。

"咦？"这边盛霆眉头一皱，问奚原，"她和我们同一届的？"

"嗯。"

盛霆回溯了下自己仅存的关于高中的记忆："哪个班的，我怎么没印象。"

配音演员的宣讲会自然少不了来配个音，伊妍他们信手配了几段，底下惊叹声连连，反响很好。

"学姐，我要听你配音。"有同学喊。

伊妍于是就用萝莉音打了个招呼："大家好呀，很高兴见到你们，配音很有趣，希望你们会喜欢我们哟！"

"御姐音。"又有人喊。

她又换了个声音，语气一下子高冷了起来："听过我的作品吗？如果没有，哼……自己看着办吧。"

"一定要去听我的作品，嘻嘻。"

盛霆听到伊妍变换各种声线给不同的角色配音，惊得目瞪口呆，直呼厉害："她嗓子里装了变声器吗？声音完全不像啊！"

奚原作为一个已经见识过伊妍实力的人，早就见惯不怪了，虽然对她的业务能力已经了然于心，但每次听她配音仍是觉得新鲜。

现在二次元文化在青少年群体中十分受欢迎，伊妍他们开头的这一段配音很容易就把气氛带起来了，也顺利地勾起了学生们对配音的兴趣。

孟哥就趁热打铁，详细地介绍了配音这个行业。

"……配音演员这个工作很有趣，同时也很辛苦。在以前，配音完完全全就是幕后工作，很少人知道这个职业，更别说了解了。我们现在就在慢慢地从幕后走出来，想让公众多多了解我们这个行业，也想让更多的新鲜血液加入我们。你们看日本的声优行业已经发展得很成熟了，一些人气声优能够直接把作品带出圈，还能开个唱。难道中国的配音演员会比他们差吗？我们伊妍大大唱的歌不好听吗？她长得也很漂亮吧？"

"对！"

底下学生异口同声应道，倒把伊妍整得不好意思地低下了头，难为情地摸了摸鼻子。

奚原看着她，眼底闪过一抹笑意。

"……你们别看配音演员看上去好像光鲜亮丽，一开始的几年其实是很艰难的。那时候动漫不像现在这样拥有这么多的受众，所以经常没活儿干，只能接一些杂活儿，我还给人家录过彩铃呢。以前配音棚的设备也是很差的，为了防止杂音，棚里不能开风扇，大热天的，在里面一遍一遍地录，中暑那都太正常了。

"很多人会觉得配音没什么难的，只要声音好听就行。这种看法其实是很片面的。配音不只是玩声音的，还需要戏感，不然你配得不贴合角色很容易让人出戏，它本质上也是表演工作，只不过是用声音进行表演。

"也有人说，配音演员多好啊，张张嘴就行，又不费体力，对着稿子读也不费脑子。这种想法完全是偏见，配音工作没那么容易。你在棚里可能一张嘴就要说上一整天，嗓子完全处于超负荷的状态，几乎所有配音演员的嗓子都有一些慢性病。还有就是配音的时候要求配音演员要全身心地投入，这样一天下来，人的情绪就会被掏空，是很累的，配音并不容易。

"配音这个工作，没有激情干不了，只有一腔热血也不行，它还需要毅力和牺牲。你看我们几个，比如说伊妍，你们的学姐，刚进入这个行业时也坐了好几年的冷板凳，配了好几年的配角和群杂，给别人当配音助理。和她同一批工作的很多人都吃不了这个苦转行了，她也是咬牙坚持了下来，现在呢，算是熬出头了。我印象特别深刻，她配的第一个主角，是一部不太出名的动漫，拿到剧本那一刻，她哭得稀里哗啦的。"

孟哥转头问："伊妍，还记得吧？"

伊妍点点头，眼眶发红。

孟哥的一番话引起了她很大的共鸣，外行人或许不清楚，内行人绝对深有感触。一路走来，那些坎坷辛酸都不足为外人道也，就连她自己也常常一笑而过。可当有人把其中的艰难剖露出来时，她还是难免动容。

奚原听得很仔细，尤其是孟哥在讲伊妍时，他的视线就没有从她身上移开过。

此前他都是从奚沫的口中听到一些关于她工作的评价，大多是人气高、作品好之类的褒奖，今天才知道她取得现在的成就并不轻松。

孟哥的演讲赢得了一阵热烈的掌声，他一席话结束，接下来就是提问环节，主持人让有疑问的同学举手提问。

举手的同学特别多，很多人对配音工作有疑问，这反倒让伊妍他们很欣慰，有疑问就说明孟哥的话起作用了。

礼堂里有问有答，气氛非常热烈，时间也在台上台下的互动中消逝。

"时间有限，最后一个问题，谁要问？"主持人点了一个女生起来。

"我想问伊妍学姐。"

伊妍突然被点到，愣了下说："你问。"

"我想问学姐，是在什么契机下让你想要从事声音工作呢？"

伊妍沉吟片刻："因为以前有个人说我的声音好听。"

"哇，这个人一定对你很重要。"

"对。"

"那学姐你从事配音以来，有没有坚持不下去的时候？"

"有啊。"伊妍老实回答，"很多时候，尤其是刚开始做这个工作的时候常常自我怀疑，觉得自己不适合，很沮丧。"

"那是什么支持着你坚持下来了呢？"

这个问题……伊妍缄默了片刻，再开口语调柔和了下来："我男神。"

底下因她的回答一阵骚动。

那个女生追问："我能问下学姐的男神是谁吗？墨钦大大？"

陈墨钦抢答："不是我，唉，虽然我很想当。"

他这一否认，更是勾起了别人的好奇心。

几百双眼睛直勾勾地盯着伊妍，就连孟哥他们几个也是一脸好奇。

"他是一个很优秀的人。"伊妍想到了什么，脸上泛出了笑，"他一直是我的动力，也是我的目标。难过的时候只要想到他我就觉得没什么困难是我克服不了的，我很感谢他，让我成为一个更好的人。"

奚原心里一动。

那个女生又问："学姐，我有在听你的电台，你最近更新的《你不知道的事》我很喜欢，你也暗恋过吗？"

伊妍垂下眼睑，不知道要怎么回答这个问题。说有吧，他们肯定会想知道是谁。奚原那么优秀，在他们这届这么出名，说不定轻易就被人猜出来了；撒谎说没有？她做不到，哪怕只有一次，她也不想否认自己喜欢他。

最后还是主持人有眼力见儿地及时帮她解围，岔开话说："哎呀，已经超过一个问题啦，不能再问了，我们进行下一个环节吧。"

盛霆盯着伊妍打量了很久，嘴里还不停地反复念着她的名字，不断地在脑海里搜索着。他突然一拍手，恍然道："我想起来了，伊妍，高一的时候我们班好像有这么个人，和路雨文同桌来着。"

他看向奚原，问道："你们这是什么情况？你早知道她是我们的同学？"

"嗯。"

"她呢，她也知道？"

"嗯。"

盛霆不解："那她是没认出我？你怎么也不和我说一声，都见过几次面了，老同学还能叙叙旧啊。"

他说着灵光一闪，忽地抓住了一闪而过的猜想："她刚才说的那个男神……不会就是你吧？"

奚原过了会儿才开口，却不是回答盛霆的话，而是问："高一那个班，我是班长，班长能组织同学会吗？"

"当然。"盛霆诧异，"十年都过去了，你要组织聚会？"

"十年。"奚原看着台上的伊妍，轻笑一声，"不是个聚会的好时机吗？"

盛霆看着奚原，心情很复杂，一边觉得不可思议，一边又觉得果然是奚原，十年如一日。

不了解奚原的人总觉得他是个不温不热、十分随和、没有野心的人，但他这个老友清楚，对于想要的他从来都是会不遗余力地去争取的，就如同当初学医那样。

他此时这个模样，真是久违了啊！

- 第十一话 -
聚会

　　每年元旦前学校都会办一场元旦晚会，动员三个年级共同参与。去年元熹因为言弋参加了诗朗诵，今年她没了动力也就没参加任何节目，只是当一个普通的观众。

　　而言弋，还是站在台上的那个人，和去年一样，他是晚会的主持人，和他并肩站在一起的，是薛忧。

　　元熹安慰自己，去年因为要上台，所以她一整晚都很紧张，也没办法好好观看其他节目，这次好了，没有压力了。

　　这样想着，她心里还是控制不住地难过。

　　整场晚会，元熹也没认真看表演。比起同学们精心准备的各种节目，她更想看到言弋站在台上的模样，因此她的反应和别的同学截然相反。别人看表演时兴致昂扬，而她则兴致缺缺，主持人一上场她反而双眼放光，笑意盎然。

　　陆雯于是说："也就是别人没注意你，不然分分钟露馅。"

　　元熹想，那能怎么办呢？她就是控制不住自己啊。

　　几天前胃痛，是她记事以来身体上经受的最大的折磨。她哭得稀里哗啦，胡思乱想着自己年纪轻轻的就死了也太可惜了，不如把器官都捐出去吧，好歹也能帮助别人。

伊妍陷入了一种焦虑的状态。

路雨文上次和盛霆碰过一次面之后就互加了微信，但之后他们并没有聊过天。就在昨天晚上，他突然给她发了一条消息，而这条消息就是伊妍焦虑的原因。

他说要办一个高中同学会，照理说他和路雨文高二高三一个班，聚会也应该是他们那个班的，可偏偏不是。盛霆说是高一班的聚会，让她通知下还有联系的同学，到时候带来一起叙叙旧。

路雨文还有联系的高一同学就只有伊妍这么一个，因此她还特地问了下班长会不会参加，盛霆的回答是肯定，因为这场聚会就是奚原提出来的。

"哎呀，你别转了，看得我头都晕了。"路雨文靠在沙发上，眼珠子随着不停来回走动的伊妍转动，最后实在忍不住开了口，"不就同学会嘛，去不就得了，有什么好纠结的。"

"你不懂。"伊妍抓了抓自己的头发，很是苦恼，"去了奚原就知道了。"

路雨文："知道什么？你和他是同学？这有什么啊，难道你还想一直瞒着他？"

"我……"伊妍愁眉苦脸，耷拉着肩，"到时候怎么说啊，他会以为我一直在骗他的。"

路雨文帮她出谋划策："你到时候见了他就装出一副十分惊讶的样子，然后说'你怎么在这儿'？"

"装作没认出他？"伊妍指指自己的脸，"你觉得我演得出来吗？"

伊妍见了奚原，眼睛里的喜欢根本藏不住，路雨文想也就是奚原看不出来。她叹口气，说："没出息的，平时给角色配音的时候戏感这么好，到他面前连专业技能都释放不出来。"

伊妍自暴自弃，一屁股坐在沙发上，一把抱过抱枕，说："要不我不去了吧。"

"不行！"路雨文义正词严道，"多好的机会啊，你不抓住以后再有可就难了。"

她又道："再说了……同学会同学会，能成一对是一对，你不去，那可还有好多女同学去呢。你也知道，奚原有多受欢迎吧，你难道想让别人捷足先登？"

伊妍把脸埋进抱枕里，喃喃道："我有点害怕。"

陌生人伊妍和高中同学伊妍，她心里其实很清楚，对他来说都没有分别，甚至前者于他而言会更熟悉。她害怕把这层隔膜捅破后，他们之间好不容易建立起来的一点联系会被推翻归零。

她原是个在风雪中踽踽独行的夜归人，走着一条看不到目的的夜路，这么多年好不容易看到了微渺星芒，如果这点光都灭了，她不知道还能不能坚持下去。

她不敢冒这个险。

前两天，胡燕妮好奇地问她，是什么让她坚持这么多年只喜欢一个人的？胡燕妮尚不能相信竟然有人会默默地喜欢一个人这么久，甚至直接问："伊妍，你是不是只是不甘心，不想输，不想这么些年的感情付之流水？"

可天地为鉴，伊妍从来都不是一个争强好胜的人。

要不要去同学会这件事，伊妍和路雨文商量了许久都没有得出定论，她把纠结带进了被窝里，辗转反侧之际，收到了一个意料之外的人发来的微信。

奚原：【睡了？】

伊妍看到奚原发来的消息时，一个鲤鱼打挺就从床上坐了起来，手指

哆哆嗦嗦地打出了两个字：【没有。】

奚原很快又问：【药吃完了吗？】

其实伊妍上次拿的药还没吃完，有时候忙起来总会忘记，但面对奚原的询问，她就像是被老师查作业的学生，只能唯唯诺诺地回道：【吃完了。】

奚原：【那就好。】

奚原接着发了一句：【明天有空吗？来医院一趟，我再给你开一个疗程的药。】

伊妍想了下，明早有配音任务，只要和孟哥商量一下把她的戏份提前录了就行。

她回：【有时间的。】

奚原：【好。】

伊妍没想到奚原还惦记着自己的病，她算了算如果自己有听他的话按时吃药，那么今天正好把上回的药吃完。

她心里感动，就把想说的话发了出去：【奚医生，你真是个敬业的好医生。】

奚原：【嗯？】

伊妍：【每个病人的病情你都记得住。】

奚原过了会儿才回了句：【你太高估我了。】

伊妍盯着这句话琢磨。她忍不住去猜想这话背后的信息，又觉得自己是对奚原太在意了，所以才会对他说的话解读过多，其实他不过是在自谦而已。

奚原又发来一句：【别熬夜，早点睡才能把病养好。】

尽管知道他是出于医生的角度说的，伊妍仍是满心欢喜。

她是他的病患，不单是胃病患者，伊妍肉麻地想，她还得了一种名叫奚原的相思病。

伊妍趴在床上来来回回反反复复地看着那几句对话，还高兴地哼起了歌儿：

"七月的风，八月的雨，卑微的我喜欢遥远的你。你还未来，怎敢老去，未来的我和你奉陪到底。你若同意，我一定去，可你并不在意我的出席，你的过去，无法参与，但我还是喜欢你……"（注：歌曲《遥远的你》）

唱着唱着，伊妍的眼角蓦地就湿润了。

他是星辰是太阳，是清风是明月，是一切不可捕捉的伟大之物；她是野草是落英，是碛石是沙尘，是所有毫不起眼的渺小之物。

遥远的他啊！

伊妍上午完成配音任务后，和工作室里的人招呼了一声就匆匆离开了。她低估了早上的工作量以至于现在时间紧迫，偏偏打车去医院的路上还遇上了好几个红灯。

"师傅，麻烦开快点。"伊妍不停地看时间。她很着急，现在已经超过预约看诊的时间了，如果半小时之内没到医院，她预约的号就作废了。

一路紧赶慢赶，到了医院门口后伊妍又跑着去了门诊楼，好不容易赶在预约失效前在自助机上签了到，取了号之后她又赶着去消化内科诊室。

消化内科在五楼，她搭着扶梯上了楼，看到显示屏上就剩她的名字，于是一口气都没歇就去了诊室。

伊妍走进奚原的诊室时气都还没喘匀，额头上因跑动在大冬天里愣是出了一层薄汗。

奚原先是诧异，而后眼里带了笑，问："跑过来的？"

伊妍点点头，坐下后才觉得两条腿发软。她最近一次运动还是上次刷微信步数的时候，那时距离现在也有段时间了。

奚原从自己的抽屉里拿出一包抽纸放在她面前，说道："不用这么着急。"

伊妍抽出一张纸擦了擦汗，抿了抿有些干燥的嘴唇，小声解释："我怕来不及。"

"你可以和我说一声，我会等你。"

伊妍心头一悸，怔怔地看着奚原。他的眼神很认真，让她一瞬间竟然分辨不清他是对职业的负责还是对她的关怀。

"那也不能耽误你下班。"她讷讷道。

奚原对她一笑："吃过药之后，这段时间感觉怎么样？"

伊妍这才回神，想起自己来这儿是看病的，她虽'醉翁之意不在酒"，但也不能叫他看出来了。她忙拿出自己的医保卡和病历本递过去，同时回道："最近没痛过了。"

"我都有按时吃饭的。"她又补了句。

奚原抬头，伊妍这时的表情像极了奚沫每次做完作业求表扬的模样。

"很好。"他说。

伊妍低下头摸了摸鼻子，露出了笑。

"张开嘴，我看看你的舌头。"

"啊？"伊妍紧张地干咽，犹豫着张开了嘴伸出了一截舌头，心里暗自庆幸着还好之前把那颗蛀牙给补了。

"我再给你开几样药，你还是按时吃，有什么不舒服记得和我说。"奚原写着病历，忽然想到了前几天听的宣讲，于是停下笔问道，"你的嗓子……平时有什么不舒服的地方吗？"

"嗯？"伊妍摸摸自己的脖子，有些不解。

"听说很多配音演员的喉咙都有一些毛病。"

伊妍恍然："是这样。"

"你呢？"

伊妍不好意思地搓了下手："我可能是资质还不够深，嗓子现在还没什么大毛病，就是忙的时候用嗓比较多，容易哑。"

奚原帮她开药，叮嘱了句："自己多注意。"

"嗯。"伊妍不走心地应着，注意力全放在他的侧脸上。

这时有人敲了敲诊室的门，问："奚原，你还没——"

盛霆的声音在伊妍转过头来时消弭了下去，过后他看着她走近，边走边说："我记起你是谁了，你是——"

伊妍的心脏骤紧，双手下意识地攥紧自己的包，心里暗道一声"完了"。

盛霆未出口的话被掐在了奚原投过来的警告的眼神中，他生生地把话拐了个弯，说："你是那个很出名的配音演员伊妍是不是？"

伊妍的心脏都提到了嗓子口了，随着他这一句又骤然落下，一惊一松之间她出了一身的虚汗。

"我就说看你眼熟，之前应该看过你的采访。"

伊妍悄悄呼出一口气，朝盛霆露出一个客客气气的笑。

"我最近在玩的游戏里有几个角色是你配的音，奚原可是一下子就听出你的声音了。"

伊妍愣怔，回头看向奚原。

给游戏角色配音往往要求配音演员往夸张里去配，就连路雨文这样极其熟悉她声音的人都很难立刻分辨出角色 CV 是不是她，奚原能听得出？

奚原看向盛霆，后者朝他不怀好意地挑了挑眉，表情极为得意。

"药开好了，再忙也要记得按时吃饭，不能饿着。"奚原交代伊妍。

盛霆站在一旁饶有趣味地盯着看，要是换了别人，奚原不过是在履行医生的职责，可这人要是伊妍，那就不一样了。

伊妍自然想和奚原多待一会儿，可实在抵不住盛霆这样打量，她生怕他看久了真想起了什么，所以接过奚原递来的病历本后匆匆站起身来告别。

"奚医生，我还要回去工作，今天麻烦你了，再见。"

"伊妍。"奚原喊住她。

"啊？"

奚原看了伊妍一会儿，她的神情有些慌张，眼神里还存着惯常的紧张情绪。

以前他不明白为什么每次在他面前她都有点忐忑不安、小心翼翼，他以为她就像是小孩子天然惧怕医生一样才会如此，现在他才知道她怕的不是医生，是他这个人。

"路上小心。"奚原温和地说。

伊妍走后，盛霆看着奚原，促狭道："'路上小心'，这要是让外面的小护士听到了还不得疯了，奚医生对待患者真是如春风般温暖，我真是自愧不如啊！"

奚原没搭理他的调侃，自顾收拾着东西。

"你不打算告诉她你已经想起她了？"

奚原手一顿，片刻后说："还不到时候。"

"啧，你还特地组织同学会。"盛霆敲敲桌子，"要我说呢，你不如直接告诉她你记起来了。"

奚原摇了摇头，突然无声地笑了："她不经吓。"

……

伊妍从奚原诊室出来后就直接去了药房拿药，等候期间她又想起刚才就诊时的种种细节。他关切的眼神、温声的询问、叮嘱的话语……无一不昭示着他为人做事的风格，和以前一样妥帖。

想着想着，她又叹口气，要说她也和以前一样，在他面前还是这么不争气。

伊妍拿了医保卡去取药，把一袋子药拎出来时，她发现里面居然有两盒护嗓的含片。她立刻转身去问拿药的医师是不是给错药了，医师重新刷了她的医保卡后说没有错，给的药就是奚医生开的，让她有什么问题就去咨询下他。

伊妍在窗口处站了好一会儿才渐渐回过味来。

刚才奚原关心她的嗓子，她还以为只是随口问问的，没想到他放在心上了。

伊妍拿着两盒含片，眼波荡漾。

这一刻她觉得什么循序渐进、徐徐图之都是浮云，她不想再做一个默默跟在他身后只看得到他背影的无名者了，她想靠近，想和他并肩站在一起，就算只有一次，哪怕一次也足够。

就算失败，她也想为他勇敢一回。

一次社团活动上，年前学生会主席组织了一场聚会，让学校几个社团的成员都来参加。

元熹是广播社的一员，社长邀她时她本是想婉拒的，可后来她想起言弋也是学生会的成员，抱着他指不定也会去的念头就应下了。

说是社团活动，其实不过是一群人去了学校附近的麦当劳一起坐了一坐。

言弋来了，元熹很高兴，可她忘了薛忧也是学生会的人。

"言弋，坐这儿。"薛忧落座后就冲言弋招手。

一起参加活动的还有高一和高三年级的人，他们只知道言弋和薛忧分别是高二文理科的学霸，但是不清楚他们之间到底是个什么关系，因此难免心生好奇。

元熹看到言弋笑着摇了摇头，她心里本是欢喜，有个同年级的男生却打趣说："不是胜是啦，时间问题，是吧薛忧？"

薛忧看了眼言弋，脸上挂着笑却没有反驳。

元熹看着言弋并没有和薛忧坐一起而是往另一桌走去才算是好受些。

大家点了饮料和小食，几个社团的人坐在一起，平时他们偶有交际，所以还算不上陌生，但也不至熟稔。

至少元熹和他们并不相熟，她平时只是按时去广播室播音，很少参与这样的活动。

　　学生会主席和大家说了几句话，无非是辛苦各个社团的成员为丰富校园文化贡献了自己的一分力量，今后也要一起加油之类的客套话。

　　这次活动是为了促进社团之间互相交流了解的，各社团社长分别介绍了下自己社团的基本状况后，学生会主席就让各社团派一个代表来展示社团特色。

　　街舞社的同学即兴来了几段舞蹈，声乐社的就演唱了几首歌，话剧社的就表演了一小段话剧……元熹所在的广播社实在是没什么特色，在这种场合总不能念一段广播稿吧。

　　可他们社长却把元熹提溜了出来。

　　"元熹，你来，把你的个人技表演一下。"

　　"啊？"霎时，所有人的目光都投向了元熹。

　　她挺直了腰板有些无措。

　　社长还在那儿说着："元熹可厉害了，能模仿好多女演员的声音，自己一个人就能用声音配出一部戏。"

　　社长这么一说，很多人就有了兴趣。元熹恼社长自作主张，不问她意见就把她推出来。模仿和配音是她平时练着玩的，她觉得自己这点雕虫小技根本上不了台面，可现在就算是她不愿意也不好意思当着众人的面推托，不然显得自己多不识趣。

　　骑虎难下，元熹只能硬着头皮上了。

　　"那我就……表演一段。"元熹语气怯懦，压根不敢抬头去看别人。

　　她讲了一个大家熟知的童话故事，用不同的声线去表演每个角色，虽不难听出她很紧张，但也足够让人惊艳。

　　"哇，可以啊，真看不出来广播社藏龙卧虎啊。"

　　"就是，这位同学应该来我们话剧社啊。"

　　元熹听着同学们的褒赞之词露出了腼腆的笑。她想去看言弋的反应，又怕太过直接，于是就装作无意的样子，眼神从在场的人身上一一掠过，最后极快地看了言弋一眼。

元熹的视线和言弋对接了一秒，待她再看过去时，他正和边上的人说着话，让她怀疑刚才他根本就没在看她，那短暂的一秒不过是她看差了。

既然是社团活动就肯定有一些游戏，学生会主席邀请各个社团的人一起参与。玩的都是一些娱乐助兴的小游戏，大家本就是年纪相当的年轻人，几轮游戏下来就算是原先不认识的人也很快就玩在了一块。

元熹慢热，在这种场子里她也不太主动，因此只待在一旁默不作声地看着言弋。大家都在玩游戏，就没人注意到她，她就可以大着胆子多看他几眼。

"言弋，你别干坐着，和大家一起玩啊。"薛忱喊道。

几个男生也过来拉上他。

学生会主席问："下个游戏，'说反话'，还有谁要参加？"

元熹看着言弋，片刻后缓缓举起手："我可以吗？"

元熹加入了游戏阵营，她根本不知道"说反话"这个游戏的规则到底是什么，她不过是想离言弋近一点。

"'说反话'，顾名思义就是故意说和事实相反的话，比如我说言弋是个学渣，这就过关了；如果说的不是反话就会被淘汰。"学生会主席拉着他们几个人围成了一个圈，"你们先按顺时针来一轮。"

元熹如愿站在了言弋的身旁，仅是这样她就紧张得连呼吸都困难。

"游戏开始。"主席喊道。

最先开始的是一个高二的男生，他对着一个学弟说："你真帅。"

在场的人爆笑。

那个学弟不乐意了，举着手说："淘汰淘汰，学长说的不是反话，而是在陈诉事实。"

就这样吵吵闹闹了一阵，游戏才继续。

言弋的另一边站着的是薛忱，轮到她时，她看着言弋，言笑晏晏地说：

"言弋，你笑起来不是很好看。"

"哦——"底下一阵哄声。

言弋的神情看上去有些无奈，只不过这无奈不知是对薛忱这样赤裸裸的坦白无法应对的苦恼还是对她束手无策的纵容。

元熹咬了下唇，开始后悔为什么要参与这个游戏，为什么要站在他身边？

言弋转过身看向元熹，似乎在思索该说什么，而元熹比他更焦灼，心里又是期待又是不安。

"你的声音很难听。"

元熹眨眨眼，继而傻傻地回了句"谢谢"。从表情上看，言弋有些惊讶，旋即笑了，显然是被她这出乎意料的回应逗笑了。

元熹愣神，心里想的是，好久了，距离上次他对自己露出笑容。

一轮游戏下来又淘汰了几个人。

学生会主席又喊："现在逆时针来一轮。"

前面的人在说时，元熹就微蹙着眉在想着自己应该和言弋说些什么才好，他外表出众、成绩优秀、性格又好……他的优点也未免太多了些，她苦恼着该说哪一个。

"元熹？"广播社社长喊她。

元熹回神才发觉已经轮到自己了。她抬头看向言弋，对上他温和的眼神时心跳漏了一拍，竟觉得像受了蛊惑般要陷下去。

"言弋。"元熹失神地讷讷道，"我喜欢你。"

所有人静了一瞬，言弋的表情更是惊讶。

"言弋，没想到你也有今天，我还以为女生全都被你迷住了呢，原来还有一条漏网之鱼啊。"有人用幸灾乐祸的口气调侃他。

"哇，元熹，这一招厉害，会心一击！"

其他人很快就附和着开起了玩笑，就连言弋自己都忍不住笑了。

那种心脏被攥住透不过气来，像是被丢进深潭里快要溺毙的感觉，元熹记得很清楚。她多想告诉他，你别相信我说的，又想对他说，你要相信我说的。

可最终她什么都没说，懦弱如她，只敢将一片真心混进一堆假话中捧到他面前。

一个人就是一张交际网，奚原高中时候的人脉还算不错，托了几个朋友前后联系了一番，很快就有了大部分同学的联系方式。

盛霆还特意拉了一个群，很多同学听说奚原要组织一个同学会都很意外。毕竟他名声很响，可以说是风云人物，谁也没想到他会想要组织聚会。

路雨文被盛霆拉进群里，但是伊妍一直没有加进来。

加了群就会暴露，奚原以为她还没做好心理准备，却忽略了一种可能性——她不会来同学会。

考虑到很多同学在外地工作，同学会举办的时间就定在了年前，地点是盛霆预订的，一中附近的一家酒店。

奚原见到路雨文时下意识地往她身后看去，却没有看到想见的人，他以为她们是分开来的，可当大部分人都到齐时，她仍没现身。

十年未见，很多人又同班了一年，彼此间已经十分生疏了，但大家都已入了社会，成人间的交往法则他们早已深知，即使有些人一点印象都没有，他们也能笑着寒暄两句，因此场面倒不见得尴尬。

和奚原攀谈的人最多，陆陆续续有人找他叙旧，他却显得有些心不在焉，眼睛时不时地往入口处看去。

"哎，女主角怎么还没来啊？"盛霆把奚原拉到一旁嘀咕，"她要不来，你这同学会就白办了，要不我去问问路雨文？"

奚原摇了摇头。

伊妍不来，大概是不想来，他也不必强求，否则反倒让她难以自处。

奚原想得开，心情却有些微妙。

沮丧吗？这种情绪他很少有过，倒是有些陌生。

离约定时间已经过去了半个小时，路雨文找了个角落给伊妍打电话。刚接通，她就压低嗓音问："你怎么回事啊，不是说了会来的吗？"

"我……我还是不过去了。"

伊妍的声音听着不对劲儿，路雨文一时没放在心上，只当她是配音配久了嗓子哑。

"怎么突然反悔了？"路雨文觑了觑周围，背过身去说，"你不是决定要跟奚原坦白的吗？"

伊妍顿了片刻，低声说："我想了想……还是算了，他不会想见到现在的我的。"

"啊？你在说什么啊？"路雨文还想问，电话就被挂断了，"伊——"

路雨文看着手机傻眼，她没往别处想，单纯地以为伊妍又犯尿了。

"胆小鬼。"她怒其不争道。

伊妍这样瞻前顾后的，不知道猴年马月才能和奚原有进展。作为一路看着伊妍走过来的好友，路雨文自然看不下去了。

那些光阴伊妍舍得浪费，她可不忍心。

"奚医生，还记得我吧？"路雨文拿了一杯酒款款走到奚原面前。

"记得。"奚原说，"伊妍的朋友。"

"上次在医院麻烦你了，没想到我们居然还是同学，真巧啊。"路雨文假笑两声。

奚原看着她，忖了片刻到底还是问了："伊妍不来吗？"

路雨文所惊非小，瞪圆了眼睛问："你知道伊妍……"

她转而一想，奚原组织同学会，肯定要知道班上有谁，他估计也就是最近才知道的。

"伊妍还说你不记得了就不用特地提醒你。"路雨文帮着伊妍说了句话，随后又质问，"你既然知道了，怎么不喊她来？"

奚原反问："你没告诉她？"

"说是说了，她明明说会来的，不知道为什么临时变卦了。"

路雨文猜伊妍反悔的原因无非是没有勇气面对奚原，不过她不敢自作主张帮伊妍表白，这种事外人插不得手。

奚原的猜测其实和路雨文无二，左右不过是怕见到他。

伊妍没来，对奚原来说这场同学会就变成了一场应酬，反而让他疲于应对。

等到散场时夜已深了，奚原叫了车一个个地把人送走了，等场子空了才算歇口气。

"计划落空了，奚医生。"盛霆搭上他的肩，"难得看你吃瘪，接下来打算怎么办啊。"

"换种解题思路。"奚原说。

从酒店离开后，奚原几次拿出手机想给伊妍发个消息，问问情况，最后都作罢。他想，既然已经猜到了原因，就别让她费力去想其他理由了。

他到家时已经十一点了，客厅的灯亮着，奚沫还没睡，坐在沙发上玩着手机，连他回来了都没意识到。

"怎么还不睡？"奚原走到沙发背后，轻轻敲了下奚沫的脑袋。

奚沫回神，抬头却是义愤填膺地说："气死我了！伊妍大大今天被骂惨了！"

-第十二话-
冬夜

以前配音演员纯粹就是幕后工作，拿着微薄的薪水默默无闻的。这几年，这个行业开始为更多的人熟知，好听的声音越来越受欢迎，配音演员也有了不少的粉丝，工作机会也随之增多。这自然是他们喜闻乐见的，但换个角度看，因为走到了台前，暴露在了大众的视野中，他们也受到了不少的误会和攻击。

事事有利有弊，为了推广配音文化，承受一些误解、鄙视甚至谩骂不过是需要付出的代价之一。

伊妍入行这么多年，在配音这个领域并非一帆风顺。虽然她在大学时也配过一些广播剧，在配音上不说经验丰富但也有些基础，但真正成为配音演员，她一个新人还是受到了很多的质疑。

她扛过了最初那个备受打击和自我怀疑的阶段，今天的她或许不是这个领域内的佼佼者，但也绝不是无名之辈。她的专业能力有目共睹，这些年也算是用实力证明了自己，封住了悠悠众口。

入行这么多年了，伊妍没想到自己还会被卷入这样的骂战中。

前段时间伊妍接了一个工作，和陈墨钦、胡燕妮一起给一部电视剧配音。那部电视剧的女主角是由当下热度很高的一个流量小花扮演的，伊妍以前也给她主演的电视剧配过音。

那部电视剧近期登上了各大卫视平台，一开播就引起了热议，其中备受争议的就是那个小花的演技。网上很多人嘲讽她从出道到现在演技毫无进步，扮演的每个角色都像是一个模子里刻出来的一样，完全不能表现出人物的性格。

事情的导火线就在于有人说了一句：演技全靠配音拯救，给她配音的演员应该要加钱。

就这样掀起了一场骂战。

小花的粉丝众多，对这样的评论自然不乐意，他们开始进行反驳，甚至对伊妍进行人身攻击，伊妍的粉丝自发地维护她。双方的矛盾摩擦愈演愈烈，最后就出现了壁垒分明的两个阵营——一边是维护小花的人，明嘲暗讽配音演员的咖位不够只会蹭热度；一边是维护伊妍 diss（轻视、鄙视、看不惯）小花演技的人，此外还有很多人是抱着看热闹的心态添油加醋的。

事情变得越发不可收拾，小花毕竟是正当红的演员，粉丝数量多，当伊妍知道这件事时，她已经被骂上热搜了。

她的微博一下子炸了，私信里充斥着漫骂和诅咒，十分诛心。

比起对她的人身攻击和辱骂，更让她难过的其实是他们对配音演员和配音这个行业的看轻和贬低。

那些字眼就像一根根银针，刺痛她的眼睛又扎进她的心里，让她难过至极。

这是她所热爱的一切啊，那些人怎么可以把别人视为珍宝的东西踩在脚下任意践踏？他们凭什么？

【配音演员？不就是一个声替嘛，也配叫演员？现在真是谁都能和演员挂上钩了。】

【要不是现场收音不好，谁需要配音啊，何况声音也没那么好听。】

【不过是给我们家配音的，连替身都比不上。】

【还是老老实实地去给动画片配音吧，别出来博眼球了。】

【还好意思说演技全靠配音，多大脸啊。】

【这种人也就只能骗骗二次元的宅男宅女。】

......

"你看这些人说得多过分，伊妍大大看到该多伤心啊。"奚沫给奚原看网上的恶评，愤愤不平地说，"网上说话不用负责任，真是气死我了。"

奚原的表情有些凝重。

路雨文说伊妍本来是要来参加同学会的，但临时变卦了，他本以为她是因为不想见到自己。或许他想错了，她会缺席有可能是受了网上这件事的影响。

奚原拿出手机，这才想起自己没有伊妍的手机号码，而当初他把自己的私人号码给了她，她却从来没给他打过电话。

倒是疏忽了，他想。

奚原打开微信，给伊妍发了个消息：【伊妍？】

没有收到回复。

他退出和她的聊天界面，打算去找盛霆要下路雨文的手机号，手指奔着通讯录点去，结果点差了，他点到了边上的"发现"，然后意外地在朋友圈看到了伊妍的头像。

他点进朋友圈去看，她最新一条朋友圈是五分钟前发的。

【当我对世事厌倦的时候，我就会想到你。想到你在世界的某个地方生活着、存在着，我就愿意忍受一切。你的存在对我很重要。】（注：电影《美国往事》）

"我出门一趟。"奚原突然说。

"哥，哥，这么晚了你去哪儿啊？"奚沫喊道。

奚原匆匆离开，并没有解释原因。

奚原出了门就给伊妍拨了语音电话，始终没人接听。他不放心，就向盛霆要了路雨文的手机号。

"她没回来，手机是关机的，也没回她爸妈那儿，这么晚了，不知道跑去哪儿了。"

路雨文是这么回答他的。她语气焦急，显然也知道了今天发生在伊妍身上的事了。

连好友都想不到伊妍会去哪儿，奚原更是猜不到。

他想着她那条新的朋友圈里写的内容，心里有个猜测，又觉得不可能，但抱着试一试的心态，就开着车奔着目的地去了。

没有了白天前来看病的人流，市一院到了晚上沉寂了不少，门口的白求恩像独自站立在夜色中，眼神一如既往的坚定。

院门口有很多摩的师傅停着车在拉客，偶有救护车鸣笛而来，迅速地往院内开去，然后就有一群穿着白大褂的医护人员飞奔而出。

伊妍盯着对面看得认真。她在想，奚原平时应该也和这些医护人员一样吧，为了从死神手里抢人而争分夺秒。

这个点同学会应该已经结束了吧？她今天是真的打算去见他的，甚至已经坐上了去酒店的车，却在半路上看到了网上的消息。

那些恶评铺天盖地地将她淹没，辱骂的话语、恶毒的字句，她从没想过世界对一个人的恶意可以这么大，那些素未谋面的陌生人可以用最险恶的用心去揣测别人，甚至无端伤害他人。

入行这么久，伊妍从来都是谨小慎微、十分低调的，她热爱配音这个职业，也始终将之视若自己会坚持一生的职业，可那些人这样轻贱她。她原以为自己在职场里摸爬滚打了这么多年，挨过了最艰难的时期，心理承受能力一定比以前强多了，可出租车师傅却问她："姑娘，怎么哭了？"

伊妍其实按时到达了约定的酒店，她在酒店外站了许久，寒风始终没把她的眼泪吹干，她努力了好几次，都没能把难过的情绪遏制住。

路雨文给她打电话时，她妥协了也放弃了，她以最完美的状态面对奚原尚且还觉得不自信，又怎么能让他见到这样狼狈的自己？或许老天就是不想成全她的感情，所以才会在今天安排了这么一挡事，把她好不容易鼓起的勇气给耗尽了。

又一辆救护车驶进医院，伊妍情绪低落。心情越糟糕的时候她就会越想见到奚原，又越不敢见他，最后只能跑到他工作的地方看看，从这里获得一些慰藉和重新振作起来的动力。

她叹口气，拿出手机本想看一眼时间的，按了几下屏幕都没亮。她这才记起工作室里好多人给她打了电话，她的手机早在发完朋友圈后就没电关机了。

伊妍又沮丧地叹了口气。

她估摸着时间不早了，正想起身离开时，抬眼却看到了马路对面，站在医院门口的顾长身影。

他也正看过来，他们的视线在空中相接。

伊妍觉得自己一定是哭久了，眼睛出了毛病才会产生这样的幻觉，否则怎么解释这个点奚原出现在这里，明明今天他休假云参加同学会了啊。

奚原无法形容在看到伊妍的那刻他心里的感受。

她真的在这里，透过医院对面便利店的玻璃墙能看到她孤零零的身影，她的身上覆着一层暖光反而显得表情落寞。

奚原很清楚伊妍为什么会在这里，就是因为清楚，所以他的情绪才难以言明。

奚原穿过马路，一步步地往便利店走去，他的视线始终落在伊妍身上，温柔又庄重。

伊妍眼睁睁地看着奚原推开便利店的门走进来。如果说她的眼睛看到的是幻象，那么便利店的铃声则是真实的。

真的是他。

奚原走近，看了会儿伊妍红肿的双眼，又扫了眼她面前的桌子，无声一笑，问："一个人喝酒？"

伊妍的表情还很呆滞，她反应了几秒，回过神后立刻别开头避开他的视线，对着桌上的一罐啤酒不知怎的像是被抓包的学生一般，很是心虚。

"奚医生……你怎么会在这儿？你今天不是没值班吗？"

"嗯。"奚原没急着解释，反问她，"喝酒前吃饭了吗？"

伊妍更心虚了。她抬头想和他说什么，对上他的眼睛时又急忙低下头。她眨了眨干涩的眼睛，抿着嘴不敢吱声。

奚原轻叹，弯腰拉过她放在膝上的手，柔声说："走吧，带你去吃点东西。"

伊妍受了蛊惑般，随着奚原站了起来，又主动跟着他往外走。直到出了便利店，冬夜的冷风一吹，她才清醒过来，然后感觉到了他手心里的温度。

温暖又不真实。

"奚医生。"

"嗯？"

伊妍看着他牵着自己的手，咽了咽口水，讷讷地说："你……这么晚来……来医院是有事吗？如果你有工作要忙，不用管我，我可以自己回去。"

奚原目光四顾，这么晚了很多饭馆都关门了。他一边拉着伊妍往前走着，一边说："我没工作，你不用担心。"

"那——"

他回头："你不想和老同学待在一起吗？"

伊妍心头一跳，愣住。

"你知道了？"她讪讪道。

"嗯。"

毕竟组织了同学会，伊妍想，奚原知道了也在情理之中。

奚原过了会儿没再听到声音，遂停下了脚步，转过身低头看着伊妍。

"没第一时间记起你，很抱歉。"

"啊……没什么的，以前我们交集不多，你不记得我也是正常的。"

奚原看着伊妍笑着帮自己解释，还未消肿的眼睛弯了弯，明明自己心里难受却还想着宽解他。

他眼波微澜，往前紧了一步，开口说："既然这样，我们就重新认识一次。"

"啊？"

看他走想追，看他来想躲。伊妍不知道为什么奚原一靠近，她反而下意识地想往后躲，甚至挣了挣手。

可奚原没给她机会，他握紧她的手，不给她退后的余地——

"伊妍，我想追求你，你介意吗？"奚原问。

……

最近学校里几乎人人在讨论言弋，他再次成了备受瞩目的热点人物，正式进了一中的"封神榜"。

高考将近，一轮又一轮的模拟考连轴碾来，其中最重要的莫过于省统考。这场考试被称为"小高考"，考试高度还原高考的模式和难度，能在一定程度上反映学生在省内的水平，具有很大的参考价值。

参加这场考试的除了全体高三生外，学校还允许高二的学生自主报名，提前体验一下高考的感觉。

高二还没正式进入总复习阶段，大部分学生没有信心参加这样一场考试，他们都觉得与其浪费两天的时间在考场里干坐着，倒不如多翻几页书来得有用。

元熹就是这么想的。高一的知识她忘得差不多了，这样的考试于她而言是没有意义的。

只有一些成绩拔尖的同学才有胆量和勇气去报名，他们热衷于挑战，想看看以自己现在的水平参加高考能取得什么样的成绩。

言弋就是报名考试的其中一个，而他取得的成绩不能用"不错"来形容，简直是优越到令人发指。

他一个还没进入总复习的高二生，总成绩超过了高三年级的所有理科生，成了全校第一，省内排名第三，这在此前是从未有过的事。

排名一出，整个学校都轰动了，老师们纷纷赞叹他是个不可多得的人才，是明年高考状元的极有力竞争者。高一的学弟学妹们对他示以崇拜，高二同学们觉得与有荣焉，高三学长学姐们的心情比较复杂，毕竟被一个还没总复习的学弟碾压不是一件值得高兴的事。

而话题人物言弋却没有因为这场考试而有什么改变，每每有人夸他厉害，他都只是礼貌地回之一笑，并没有任何倨傲自大的表现。

这样的他，元熹见过很多次。

反之，元熹最近两次考试的成绩都不太理想。她的数学总是拖后腿，她想和它好好相处，可它似乎并不想和她做朋友，屡战屡败让她很沮丧。

每天晚上她都和数学死磕到很晚，有段时间她的梦里都是各种几何图形、函数图像，偶有一次她被数学题整烦了，不由得在心里感慨一句，这个学科只有像言弋这样聪明的人才学得会。

那个晚上她就梦到了他。

在梦中他们不再是陌生人的关系，他会主动和她说话，见到她会向她打招呼，会喊她的名字……

可惜是梦总会醒，梦境越美现实越失落。

学校广播大会上，校长亲自点名表扬了言弋。

彼时元熹正纠结于刚才数学课上老师讲解的一道大题，她脑袋的转速跟不上老师的节奏，只能把板书都抄下来，自己课后慢慢琢磨。

听校长提到言弋的名字时，她撑着脑袋认真地听着。不只是在她这里，他在所有人的眼里都是优秀的。

他就是耀眼的宝石，元熹觉得他永远是她的可望而不可即，就像这个数学动点题，于她而言就是道不可解的难题。

她想，不知道最后解出他这道题的会是个怎样的人……

伊妍不知道自己是在做梦还是梦想成真了。

该怎么表述她的心情呢？

暗恋多年的男神突然倒追她，这比中了彩票还幸运，她至今都不敢相信这是真的。

伊妍把这件事告诉路雨文后，路雨文的反应非常大，直呼她守了十年的铁树总算是开花了，简直可喜可贺。

此外，路雨文作为好友还很心酸。倏忽十年，从豆蔻年华到亭亭玉立，是一个女孩的全部青春，这些掩埋在时光背后的深情和专注，除了尹妍自己，又有谁觉得值得？

路雨文原是想让伊妍吊吊奚原的胃口，让他也感受下备受折磨的心情，可她一看伊妍那副春心萌动的模样就知道没戏了。

"当……当然不介意。"今天晚上，伊妍是这么回答的。面对奚原，她还有其他答案可说吗？

"你啊，真是十年如一日，就不能硬气一点吗？"路雨文点点伊妍的脑袋，"这么轻易答应了，显得你很容易追到手一样。你知道吗，女孩子是要懂得欲擒故纵的。"

伊妍抱着腿坐在沙发上，将脑袋搁在膝盖上，嘴角都要咧到耳根处了。面对路雨文的训斥，她只是傻傻地说："可他是奚原。"

"奚原奚原，你这辈子就栽在他手上了。"路雨文心里其实也为伊妍高兴，她在伊妍身旁坐下，问，"他约你明天出去？"

伊妍点头，想到刚才奚原打电话给她，她心里就乐开了花。今天晚上他要了她的号码，她怎么也没想到，他们之间的第一个电话会是他打来的。

"哎。"路雨文撞撞伊妍的肩，"他还不知道你喜欢他这么多年吧，你不准备告诉他？"

说到这儿，伊妍犯难了，反问道："你觉得呢？"

这事儿就有些纠结了——说吧，奚原既然现在对她有好感，此时说好像有点刻意；不说吧，奚原就不会知道她这么多年对他用情至深。

"还是不说好了。"伊妍叹口气，突然有些惆怅，"不知道他看上了我什么，可能过段时间他就会发现我其实很平凡，说了反倒给他压力。"

伊妍并不想用自己十年的感情去绑架奚原，他们的关系进展到现在这样，她已经很知足了，至于将来，她不敢想。

路雨文给了伊妍一个"栗子"，不满道："又妄自菲薄，你很好，奚原不知道几辈子修来的福气才能被你喜欢，他要是敢对你不好，我第一个饶不了他。"

伊妍感动，扑到路雨文怀里环住她的腰，故意用娇滴滴的声音说："文文，你真好。"

"哎哟，拿你这声音去和奚原说话，保管他被你套得牢牢的。"

"在他面前我可说不出来。"

伊妍和路雨文玩闹了会儿就回屋睡觉了。想到明天要和奚原出去约会，她就激动得睡不着觉，同时又觉得紧张，简直比她第一次给主角配音还要来得忐忑。

第二天，天一亮伊妍就起床了。

因为今天的约会，她精心打扮了下，又怕太精致显得刻意，所以光是衣服她就换了好几套，最后才挑出一套勉强合适的。

整整一天，伊妍都不在状态，配音的时候出了好几次差错。孟哥他们以为她还没从网络暴力中缓过神来，因此并不苛刻，还十分体谅她，下午特地让她提早回家休息。

如果他们知道她一整天心里想的是男人，下班后是去约会，不知该作何感想。

伊妍接到奚原的电话后就匆匆从楼里下去。她坐过他的车，所以很容易就找到了停在路口的轿车。她上车前深吸了一口气，心跳的频率却还是不断地攀升。

上了车，她都没敢扭头去看奚原，系上安全带后就端端正正地坐着，连呼吸都小心翼翼的。

奚原察觉到后，只轻笑一声，并不戳穿她。

"平时都这个点下班？"

"啊？不一定的。"伊妍轻声细语地回答，"通常会录到晚上。"

"从早到晚？"

伊妍解释："早上嗓子黏，一般中午开嗓后开始录。"

奚原点头，启动车后问她："想吃什么？"

伊妍因他这个问题又紧张了，她无意识地握了握放在腿上的手，说："你决定吧，奚医生。"

"我已经下班了。"

"什么？"

奚原看向她："现在不是医生。"

伊妍一下子就明白了，她的耳朵悄悄地染了红，踌躇片刻后才聂嚅地开口："奚……奚原。"

奚原笑了，问："没有想吃的东西？"

伊妍想了想，最后试探地说："不然还是去那个药膳馆？你不是说奚沫的学校在那附近嘛，可以把她带上。"

"把她带上你就别想好好地吃一顿饭了。"奚原想到什么又补了句，"还要和她解释我们怎么会认识。"

"我们是同学呀，我还是你的病人。"伊妍没想这么多。

奚原忍俊不禁，冲她笑着点了下头："也是事实。"

他这么回答倒让伊妍觉得是她有意想隐藏什么事实一般。

他们很多年前是同学，之前是医患关系，现在……伊妍不太好界定。

确定了目的地，奚原就开车往奚沫的学校驶去。途中，他看了眼伊妍，她紧张的情绪已经掩饰不住了，要是他再不开口，她大概会一路都绷着。

"这两天胃有不舒服吗？那天晚上喝了酒。"他问。

"没有。"伊妍赶忙解释，"我平时不常喝酒的，那天我也是……心情不太好。"

奚原见伊妍一副如临大敌的模样有些无奈，在她眼里他还是个医生。

"现在呢，心情好点了？"

伊妍小心地瞄了他一眼，点点头。

因为他，她的心情不只是好点了，而是太好了。

"这种事经常发生？"

伊妍知道奚原问的是网上被骂的事，她想了下回答他："偶尔，也是我自己能力不足才会这样。"

奚原发现伊妍总把错处归咎到自己身上，于是温和地回她一句："奚沫不会同意你这么说自己的。"

伊妍摸摸鼻子，心里有些欢喜。

"配音演员经常要给电视剧配音吗？"奚原继续找着话题，希望让伊妍放松下来。

"嗯，拍摄现场收音不好。"伊妍说。

奚原想起奚沫那天晚上义愤填膺地吐槽现在的演员明明台词功底不行才需要后期配音，结果出了事，锅都是配音演员背。

"需要模仿演员的声音？"

伊妍点头："声音要贴脸，不能让观众觉得出戏。"

她悄声说一句："其实我不太喜欢给电视剧配音。"

"嗯？"

"给电视剧配音主要是依托在演员身上的，就算别人喜欢也不是因为我，不像动漫、游戏、广播剧这样的作品，那些角色是我自己的，是因为我的声音才活过来的。"

果然提到配音，伊妍就有了话说。奚原看她脸上洋溢着的自信的笑容，也跟着笑了。

"以前你的声音就很好听，去广播站当播音员还是我建议你去的。"奚原顿了下，反问她，"你还记得吗？"

奚原猝不及防的一句话让伊妍又惊又喜，她没想到他还记起了这件事，毕竟这么久了，他能想起她这个人就很不容易了。

"当然记得了。"伊妍回想起了从前的事，微微动容，"要不是你，我也不会发现自己的声音有潜力。"

"胃病也是那时候有的？"奚原状似无心地提了一句，"你妈妈说你是因为经常中午去播音才饿出病来的。"

"她什么时候……"伊妍摆手否认，"你别听她瞎说，不是这样的，是我自己乱吃东西。"

又是归错于己，这样反而间接证明的确是因为他。

奚原轻叹一声，不知出于什么心情说了一句："还好我是医生，能对你负责。"

- 第十三话 -
礼物

工作日中午，盛霆约着奚原一起去吃饭，奚原见他一脸揶揄就知道他又要调侃自己了。

"伊妍的那个私人电台你听过了吧？"盛霆刚落座就按捺不住开口。

"嗯。"

"我这两天去听了下，最近她正读的书叫……《你不知道的事》，书里那个男主角高二参加高三省模拟考还拿了第一名，这明显写的就是你啊。"盛霆激动地说，"这本书的作者笔名是路雨文，不是巧合吧？"

奚原抬头看他："你想说什么？"

盛霆贼兮兮地笑着，冲奚原挑眉："伊妍早就喜欢你。"

奚原不置可否。

不说话就是默认了，盛霆啧然道："难怪啊。原来你早就知道人家喜欢你，还装作一副不知情的样子，真够腹黑的啊，奚医生。"

奚原默不作声，任他打趣。

"十年的时间，别说毕业后，你们在学校的时候也不见得有多少交集，她怎么能坚持做到这么多年只喜欢你一个人的？"盛霆端详着奚原，"是你的魅力太大了，还是她太长情了？"

奚原也不知想到了什么，突然极浅淡地笑了笑，说："她是傻了点。"

盛霆见奚原那表情，有些无奈又带些纵容，比以前提到他最疼爱的妹妹时还有过之而无不及。

"你别得了便宜还卖乖，人家也只是对着你才会犯傻，那是紧张的，不然能让你忽悠走？"盛霆突然神神秘秘地把身体往前探，冲着奚原勾勾手示意他附耳来听，"你听说过'暗恋成真'诅咒吗？"

奚原不解。

"就是一个人和暗恋的对象在一起后就会发现他们压根不合适，然后这段恋情很容易就会失败。"盛霆坏笑道，"你想啊，暗恋一个人肯定会在心中把他的形象进行美化，她喜欢的指不定是自己想象中那个人的模样，等真正在一起了就会发现实际上并不是这样，那个人原来有很多毛病，也没有想象中那么完美，理想和现实的差距很容易就会让恋情破灭的。'暗恋成真'的感情其实很脆弱，这就是个'诅咒'。"

盛霆幸灾乐祸道："你别觉得伊妍喜欢你这么多年，你就胜券在握，对人家不用心，现在你是没有优势的，主导权可是在她手里。"

盛霆意欲激起奚原的危机感，想看看他焦虑的模样，却没能得逞。

"优势从来不在我这儿。"

奚原是这么说的。

盛霆稍稍愣住。

以奚原这样的条件，无论是从前还是现在，喜欢他的人不在少数，也有不少主动追求献殷勤者，但他一概不为所动。伊妍对他而言绝对是特别的，盛霆对这一点毫不怀疑，否则就算是二十年三十年，也别指望奚原这块顽石会有回应。

盛霆所没料到的是，奚原似乎比他预想得还要喜欢伊妍，真是活久见了。

盛霆突然想起一件事，问道："你答应陈老头去一中开讲座了？"

奚原点头。

陈老头是他们那届的段长，现在已经是一中的校长了，他几乎每年都会请奚原回校给学弟学妹们开个讲座，但奚原每次都婉拒，这回奚原会答应邀约倒让盛霆颇感意外。

"你不是一向不喜欢这些活动的吗？他年年邀你，你次次拒绝，怎么这回就答应了？"

盛霆以为奚原是有什么特殊理由的，可他只是笑着，很平静地说："不是我答应的，陈老师来找我的时候，正巧伊妍也在，她耳根子软。"

她耳根子软拒绝不了别人，他对她心软拒绝不了她。

盛霆一口水差点呛住，他怎么也没想到有一天能被奚原塞一嘴狗粮。

伊妍最近心情好是明眼可见的，工作室的人都在怀疑她是不是为了不让他们担心而强颜欢笑，直到有同事看到一个男人来接她下班，大家这才幡然醒悟，原来是因为谈恋爱了。

配音圈里的当家花旦，工作室里的钉子户脱单了，这个消息传开后立即引起了轰动，工作时所有人见到伊妍都要揶揄一番。许多人对她的对象多有好奇，几番探听后知道对方是个医生，于是他们纷纷开玩笑说伊妍"金屋藏娇"，一点底都不肯透露，护着小鸡仔似的，生怕别人把她男朋友抢走。

同行里唯一一个知道奚原的人就是胡燕妮，她在得知这个消息后，又是惊讶又是感叹。她讶于伊妍这么多年不宣于口深藏于心的感情有了结果，让她慨叹的也在于此。

"你真不告诉奚原，你喜欢了他这么多年？多亏啊！"胡燕妮在得知伊妍还未剖明心迹后说，"我还以为你已经结束了漫长的暗恋，结果是换一种方式而已。"

在她看来，伊妍的做法就像是南极的冰山，给人看到的不过是一角，却将庞大的躯体藏在海面之下。

伊妍对奚原的感情何止她表现出来的这些，那些随着时间愈深愈浓的情感，她都藏在心的深处，小心翼翼地不敢让他发现。

以前偷偷地喜欢他和现在偷偷地喜欢他，倒说不出哪种更让人觉得心酸。

但伊妍从不觉得委屈，喜欢他这么久都是她自愿的，她又何必让他为那些光阴负责？

别人都不理解她怎么会这么轻易满足，她为什么不去索取更多以补偿过去那些暗恋岁月里的遗憾、难过、辛苦甚至痛苦。

可只有她自己知道，与对着空谷幽山呼喊而听到的回声相比，大海的回声是多么珍贵而叫人欢喜。

伊妍很久以前就想过，要是有一天能和奚原一起回趟母校该有多好，即使仍像以前那样远远地看着他的背影她也知足了。

读大学的那几年，伊妍还会经常浏览一中的官网。她觉得像奚原这样的高考状元一定会被当作榜样邀请去激励学弟学妹们的，可是学校请的尖子生里始终没有他。第一年没有，第二年没有，第三年、第四年直到她得知他大学毕业后出国深造的事，她都没能再看上他一眼。

伊妍前两天在市一院里见到陈校长时很惊讶，当得知他的来意后，她就释然了。原来从毕业到现在，奚原就没答应过陈校长的邀请，她并没有漏看官网的通知。

陈校长见到奚原和伊妍在一起非常意外。前不久伊妍回校宣讲，陈校长还特地去看了下，没想到当年数学不好的小姑娘，现在已经成了一个出色的大人了，在自己的领域里有了一番成就。

陈校长高中教了奚原三年，对奚原很看重，他一直想让奚原回校分享下学习经验，就算是讲讲医学也好。但奚原一点面子都不给他这个老师，屡屡回绝。这次他索性改变了战略，以伊妍为突破口，曲线劝说，没想到居然成功了。他这个油盐不进的学生原来也难过美人关。

奚原回校那天正好是学校期末考的最后一天，学生们听说是奚原的讲座，考完试后就去了大礼堂抢座位。

奚原的名字之所以在这么多年后还有这么大的号召力，不仅在于他这个理科状元的名头，更在于陈校长这么多年始终拿他为例来教导学生。

伊妍是等讲座开始，礼堂差不多坐满学生后才混进去的。她才来学校宣讲不久，为了防止被人认出来，她特地戴了个口罩，鬼鬼祟祟地躲在角落里听讲。

上次她来宣讲的时候，学校礼堂只开了一层，这次奚原回来，学校把上下两层开了还坐得满满当当的，连校长都出席了。

伊妍实在不得不感叹人和人之间的差距。

这场讲座奚原是主角，可他前后总共讲了不到半个小时的话，校长让他分享一下学习经验和方法，伊妍总结了下他说的，大概就是——课上认真，课后放松。

底下的学生纷纷赞叹，就连伊妍也佩服不已。想当年她读书时，为了提高成绩，哪还分什么课上课后，简直恨不得把睡觉的时间都拿来刷题。

奚原讲话时，伊妍听得比底下坐着的学生更认真。

这不是她第一次看奚原在台上讲话，高中那会儿，几乎每个学期他都是作为优秀学生代表发言的。现在的他和以前的他一样出色，仍是台上那个耀眼的存在，而现在的她和以前的她一样，还是那个在台下默默仰望他的人。

讲座最后，有学生举手提问："学长，听校长说您当初已经取得了保送清华的资格，后来又为什么放弃了呢？"

奚原回答得言简意赅："我想学医。"

"校长说他那时候还劝过您，毕竟学医太辛苦了，您后悔过吗？"

边上陈校长不自在地咳了声，奚原轻笑，回道："我很感谢陈校长，但我不后悔。"

他的视线微微偏转，落在一个定点上，接着以一种诚挚的语气说："我不随意做选择，一旦做了，就不会后悔。"

奚原很轻易就看到了角落里的伊妍，可伊妍却因为奚原刚才说的话而陷入了回忆之中，没能把他最后一句话听进去。

讲座结束后，有好多学生上台和奚原交谈，显然他们对这个"封神榜"上的学长很感兴趣。

伊妍见奚原一时半会儿脱不了身，又怕别人认出自己来，散场后就随着离场的人流走出了礼堂，寻思着在外面找个地方等他就好。

她就等在礼堂大门口的柱子背后，这个位置能第一时间看见从礼堂里走出来的人，又正好可以避开来往的学生。

伊妍觉得有种久违的熟悉感，以前在学校里她也常做这种事，独自一人躲在角落里，等着奚原路过。

约莫过了二十分钟，奚原和陈校长一起从礼堂里走出来。

伊妍正要从柱子背后走出来，余光看到又一个面熟的老师走上前和奚原攀谈。

伊妍认出了那是奚原高二、高三时的班主任，他们师生相谈甚欢，她此刻出去难免尴尬，于是就收住了脚，又躲了回去。

班主任询问了下奚原的近况，又感叹时光飞逝，以前的得意门生已经是个独当一面的成熟男人了。

"还没结婚呢？"班主任突然问起了这个。

奚原摇头。

"陈雪呢，我前段时间还见着她了。"班主任笑着，"我记得以前年级里总传你们俩的事，我可是都睁一只眼闭一只眼。"

奚原下意识地扭头往一个地方看。

"哎，别乱点鸳鸯谱了。"陈校长这时插进话来，"他有女朋友的。"

他又看向奚原问："伊妍今天没跟着你来吗？"

奚原往边上的柱子那儿看去，他刚从礼堂出来时就看到了躲在柱子后面的伊妍，她不愿意出来他也不勉强，可现在他不想让她就这么躲过去。

柱子后刚才还露出的衣角已经被扯回去了，他一笑，喊道："伊妍。"

过了片刻，伊妍才从柱子后探出脑袋，颇有些尴尬地走出来，向两位老师打招呼："校长好，老师好。"

陈校长回以和蔼的笑，奚原以前的班主任则略感惊讶。

"伊妍也是一中毕业的，和奚原同一届，现在是个著名的配音演员，前段时间也来学校宣讲过。"陈校长打趣，"也算是'肥水不流外人田'了。"

伊妍不好意思地摸摸鼻子，自然不会天真地以为"肥水"指的是自己。

陈校长拍拍奚原的肩："好了，你们年轻人约会去吧，没事就多回学校看看。"

伊妍等两位老师走了之后才松了口气。

奚原见状，笑问："这么怕见到老师？"

伊妍难为情："我那时候成绩很差的，最怕老师喊我单独谈话，不像你这么优秀，老师只会表扬你。"

奚原嘴角噙着笑，眼里蕴着柔情："你也很优秀。"

伊妍因他这一句称赞，脸上绽开了笑容，说："如果你当年和我这样说，我会高兴得一晚上都睡不着的。"

"是吗？"

伊妍心头一跳，懊恼自己一不小心就说漏了嘴。

"啊……当然了。"伊妍打着马虎眼，"你是学神嘛，你夸谁谁都会高兴的。"

奚原微微摇头。他现在能看穿伊妍的一切伪装，看她努力对他隐藏自己真实的想法，他有时无奈，有时又觉得有点可爱。

他能做的就是不让她一个人努力。

奚原想着就朝伊妍伸出了手。

伊妍怔怔地，紧张地攥紧了自己的手，似乎怕会错了意。

"陪我走走。"奚原说。

……

　　高三就是一道坎，两只脚跨进去后，似乎所有人都有了一个共同的认知，那就是一场持久战开始了，此时不搏更待何时。面对更加激烈的竞争，高三生们拉紧了自己脑袋里的一根弦，再不敢掉以轻心。

　　自上了高三，元熹唯一的感受就是累。每天从睁开眼的那一刻开始，她就把所有的时间都花在了学习上，渐渐地，她觉得自己变成了一个机器，反复看书背书做题，然后逐渐麻木。

　　每天清晨的早读她不敢荒废，站在阳台上读一读自己喜欢的诗和文章是独属于她的自我放松的方式。此外，傍晚放学后的锻炼也是她得以在机械化的生活中获得喘息的方式之一。

　　其实熟悉元熹的人都知道，她一点都不爱运动，而世界上能让她主动去做自己不喜欢的事并甘之如饴的人，就是言弋。跑步不是她解压的方式，但他是。

　　元熹发现言弋上了高三后几乎天天在傍晚放学后去操场跑步，有时和朋友一起，有时一个人，他常跑个四五圈后才去吃饭。

　　上了高三后他也感到压力了吗？元熹暗自猜测，学渣有学渣的压力，学霸也应该有学霸的压力吧？

　　新的学期，他们的体育课就不在同一节课了，元熹能见到他的机会除了那些刻意的偶遇和课间操短短的一瞥外，就只剩下傍晚他跑步的时候了。

　　陆雯被元熹拉着一起跑步时，身上散发的怨气足以让人退避三舍。

　　"我说你啊，都高三了，要把心思花在学习上才对。"陆雯不情愿地跑着，"你多看他两眼，分数能提高了不成？"

"可以的。"元熹望着前头的背影，喘着气说。

陆雯再次觉得元熹走火入魔，中毒不浅。

天上繁星万千，元熹偏就只盯着言弋这一颗，还能看出他比别的星辰更耀眼，这让陆雯觉得匪夷所思，思来想去得出的结论是——元熹看言弋时眼里自带了光芒。

"现在已经高三了，等明年一毕业，大家就各奔前程了。熹熹，你有想过未来吗？你要想清楚，你和言弋不可能一直在一所学校里的。"

这是陆雯对元熹说过的最狠心的话，她戳穿了元熹残余的幻想，逼着元熹看清现实，看清了她和他之间的鸿沟。

他在云之端，她在地之涯。

难道元熹没想过这个问题吗？

想要的得不到是不够努力，得不到的还想要是不够成熟。

元熹一开始以为他是前者，她总觉得只要自己努力一点，再努力一点或许就能慢慢靠近他，或许就有机会站在他身边，所以她才那么刻苦用功，日日不辍。

可后来她才清醒地认识到，他是后者啊。

"听说了吗？言弋拿了奥赛冠军，已经取得保送清华的资格了。"

周一一上学，班上就在热议这个话题，有同学向薛忱求证，她没有否认这件事，反而还颇为骄傲地说："这不是意料之中的吗？"

是啊，意料之中。

元熹失神地想，他的脚步太快了，她拼命追也赶不上。

甚至她还自嘲地想，他一只脚已经踏进了全国最高学府的大门，而她的英语还只背到了"A"开头的单词。

元熹立起书本遮住自己发红的眼圈，强忍住在眼眶里打转的泪水，借着背单词来为自己的失态打掩护。

"abandon，a-b-a-n-d-o-n，abandon，放弃……"

春节期间，最兴奋的要数奚沫。好不容易放了寒假，她有大把的时间可以使劲造了，补番、刷剧、听广播剧等各种因学习而"耽误"的娱乐活动统统安排上了。

而奚原和她比起来可辛苦多了，医院一年到头总是忙碌的，生病的人并不会因为过年过节就减少。医生这个职业说是有年假，其实也必须要时刻待命，轮流值班。

奚原过年期间住家里，有时在医院忙完回来，看着奚沫坐在家里吃着零食玩着电脑，他也不得不在心里叹一口气。

不过工作也有工作的好处，这样他就有正当的理由避开母亲的各种携着女儿登门拜访的好友了。母亲打的什么算盘，他很清楚，以前他不接受，现在更不会去应承。

他还没打算告诉她关于伊妍的事，以母亲这样的急性子，要是知道了怕是会央他把人带回来。伊妍这样的"易受惊体质"，他不想把人吓着。

而奚沫，奚原本意没想瞒着她的，上次他和伊妍去药膳馆吃饭，本想顺道带上她，可那天她说自己有社团活动要参加，和同学们一起吃饭总比和他这个无趣的哥哥吃有意思。

总之，奚沫亲自拒绝了一个原本可以见到伊妍的机会。上次错过了，之后奚原也没再特意告诉她，她的圣诞愿望实现了。

这天，奚原从医院回来，进门就看到奚沫毫无形象地趴在沙发上，跷着脚闭着眼戴着耳机，不知道在听什么。

奚沫一睁眼看到她哥坐在一旁吓了一跳，摘下耳机抱怨道："你什么时候回来的，也不出声。"

"是你听得太认真了。"奚原说。

奚沫凑过去，说："伊妍大大在微博上唱了一首歌，还发了新年祝语。"

她把耳机线拔了改为外放，伊妍的声音一下就从听筒里淌出来。

"唱得真好，是吧？"

奚原点头："嗯。"

不只是好而且熟悉，就在进门前他还和她通过电话。

"伊妍大大最近心情好像很好，除夕那天他们工作室开直播，她还露脸了。"奚沫回忆道，"孟哥说她已经是有主的人了，也不知道是不是在开玩笑。如果是真的，那她男朋友是谁呢？"

她嘀咕了句："不是真是和墨钦大大在一起了吧？"

奚原嘴角微扬，轻咳一声，问："这次生日礼物想要什么？"

奚沫是元月出生的，再过两天就是她的生日。

"我说想要伊妍大大这样的嫂子你能做到吗？"

奚原愣了下。

奚沫叹口气，埋汰道："不指望你了，发个红包算了。"

奚原忖了片刻，忽说："带你去见一个人吧。"

奚沫能想到的奚原会带她去见的人无非是他的那些朋友，可当她在咖啡店里见到坐在窗边的伊妍时，她傻眼了。

"哥，你帮我看看，那个是伊妍大大吗？"奚沫扯了扯奚原，不太确定地问。

"是她。"

奚原拉着奚沫往伊妍坐着的位置走，奚沫反而拉住他，急道："哥，哥！我们别去打扰她，这是私人时间，她指不定有私事呢。你不是要带我去见一个人嘛，我们快去吧，别让人家等久了。"

奚原被拖着动弹不得，无奈之下只好出声喊道："伊妍。"

"哎，你别——"奚沫伸手想捂她哥的嘴，却看到伊妍回头往他们这儿看过来。

她心里的第一个念头就是：完了，自己在伊妍大大的眼里要变成一个讨人厌的"私生饭"了。

"你们来啦。"伊妍起身，还笑着冲奚沫招手，"奚沫。"

"哎？"

奚原拉着奚沫走近，看着伊妍问："等很久了吗？"

"没有，比你们早到了一会儿而已。"

奚原把奚沫按坐在座位上，自己坐到了伊妍旁边。

奚沫还瞪着眼睛，眼轱辘在两人身上来回转动，显然还没搞清楚目前的状况。

"哥，这是……怎么回事啊？"

奚原平静地回答："实现你的生日愿望。"

他补了句："还有圣诞愿望。"

奚沫慢慢张大嘴巴，然后捂住嘴无声地尖叫。

圣诞那天她对伊妍说希望伊妍能当自己的嫂子，前两天她又对奚原说希望他能给她找一个伊妍这样的嫂子。

次元壁裂了，这是奚沫脑海里的第一个念头。

她看着伊妍，结结巴巴地说道："哥，你真是对我太好了，你是故意找伊妍大大假扮你的女朋友哄我开心的对吧？等我生日一过，你们就结束了？"

奚原听奚沫这么问，下意识地看向伊妍。她本来对他就没安全感，此时还不知道怎么多想的。

他肃然低斥奚沫："别瞎说，她会当真的。"

当真？那就是说他们不是假扮情侣，而是名副其实地在交往？

奚沫想到除夕夜的直播，伊妍大大的男朋友竟然是她哥？她掐了掐自己的脸，痛的。

奚沫盯着伊妍的脸好一会儿才开口道："大大，我和我哥关系不怎么样，就住在一个屋檐下而已，平时也说不上几句话，他绝对不会为了我去骗你的，真的——"

"好了。"奚原颇有些头痛地打断她，再说下去她估计都要和他断绝兄妹关系了，"我们是来给你过生日的。"

伊妍看着奚原和奚沫兄妹俩的互动，不由得失笑。她让服务员把准备好的生日蛋糕送上来，又拿出了自己备好的礼物递给奚沫，祝福道："生日快乐。"

奚沫接过一看，是她心仪已久的动漫周边，还附有众多配音大大的签名。

"我也不知道该送你什么，希望这个礼物你能喜欢。"

"喜欢喜欢，大大你送什么我都喜欢。"奚沫激动得语无伦次了。

她又看向她哥，谄媚道："哥，今年这个礼物我很满意！以后再不会说你无趣了，你就是惊喜本人！"

"你啊。"奚原无奈，"吹蜡烛吧。"

伊妍附和说："先许愿呀。"

"你都成我嫂子了我许还什么愿啊。"奚沫笑得都找不着眼睛了，她看着伊妍，说，"要不我把许愿的机会送给大大吧。"

伊妍一愣，旋即摇头，她偷偷瞄了眼奚原，正好对上他看她的视线。

她心里很知足了，这么多年的愿望已经实现了。

奚沫第二天一早就敲开了奚原的房门，一脸懵懂地看着他，难得有些呆。

"哥，我昨晚做了一个梦，梦见伊妍大大成我嫂子了……"

奚原忍俊不禁："她是不是还给你送生日礼物了？"

"对。"奚沫抓抓头发，"你是不是趁我睡觉的时候在我床头上放了一套动漫周边？"

　　奚原见奚沫真是睡糊涂了，也或许是他和伊妍在交往的这个事实太过让人难以置信了，所以她到现在也没敢相信。

　　"我可拿不到那么多签名。"

　　奚沫瞪大眼，抓着她哥的手摇了摇："所以真是伊妍大大送我的生日礼物？"

　　"嗯。"

　　"你们真的……真的……"奚沫差点咬到自己的舌头，"在交往？"

　　奚原没否认。

　　奚沫还是觉得不可思议，毕竟在她的认知里，他们根本不是一个次元的。

　　"没道理啊。"

　　"……"

　　"你们应该不会有什么交集的啊，难道伊妍大大是你的病人？"

　　奚沫看她哥的表情就知道自己猜得八九不离十了："哥，你不会是为了我才去追的大大吧？"

　　"我和你关系不怎么样。"奚原给了奚沫一个"栗子"，拿她昨晚说过的话回她。

　　奚沫拍拍胸口，松了口气说："那就好，那就好。"

　　"……"

　　"你别欺负她，不然我一定帮她对付你。"

　　奚原暗叹，在奚沫心里他这个亲哥和伊妍相比，孰轻孰重毫无悬念。

　　确定了昨晚发生的事是真的，奚沫的八卦之心就熊熊燃烧了。

　　"哥，是你主动追的伊妍大大吧？"

　　奚原沉默了片刻，应道："嗯。"

　　"她怎么会答应啊，你这么不懂情趣。"

　　"……"

"你们进展到哪一步了？"

"……"

"你们——哎哎哎。"

奚原要关上门，奚沫忙抵住，仰着头特别狗腿地说："哥，能给我嫂子的微信吗？"

奚原实在拿她没辙，叹口气说："你不能缠着她。"

- 第十四话 -
愿望

新年新气象，伊妍从未觉得这句话这么符合现实过，新的一年，她觉得自己的人生似乎往前跨进了新阶段。

工作上，去年发生的那些糟心事已经被她抛在了身后，她不再去理会外界的舆论，只一心投入配音事业中，想要拿出更好的作品回馈给那些喜欢自己的人。

感情上，伊妍觉得自己和奚原的进展很平稳，他们的相处变得自然。彼此忙的时候偶尔在微信上说几句话，他时常会叮嘱她按时吃饭、早点休息，她也能从中分辨出医生奚原和男朋友奚原的细微差别并暗自欢喜。闲暇时，他们也会见个面，一起吃饭、散步、聊天。

他们真有了交往的状态，这是伊妍从前想都不敢想的。

年后第一个休息日，伊妍收拾打扮后就打车直奔市图书馆，到达后毫不停留地直接上了楼，果然就看到奚原一个人坐在窗边看书。她恍惚了一阵，以为看到了十年前的少年。

伊妍悄悄地绕到了奚原身后，轻轻拍了下他的肩，又笑着从另一边探出脑袋。

奚原回头看见她，自发地笑了，问："怎么知道我坐这儿？"

"医学书籍就在这块啊。"伊妍理所当然道，"一直都没变。"

"你以前也喜欢看医学书？"

"我——"伊妍想说自己是跟着他来的，可对上他的眼睛时她又畏缩了，"也没有，找书的时候来过几次就记下了。"

她扫了眼奚原的笔记本，上面密密麻麻的都是英文单词，大多是她看不懂的医学术语。

"写论文吗？"伊妍问。

奚原知道她有意岔开话题，也没点破，顺着回答道："差不多。"

伊妍走到奚原对面坐下，从包里拿出厚厚的一沓文稿示意道："我看剧本，不打扰你。"

伊妍也真的说到做到，之后再没有开口说过一句话，只不过时不时地往对面偷偷瞄几眼。奚原戴着眼镜专心翻书的模样不知为何让她的心口微微发烫，颇受感动。

陌生又熟悉，和她记忆中的模样无二。

伊妍以为自己偷看得不动声色，可奚原就是能察觉到她小心翼翼的视线，像羽毛般搔动着他的心。

奚原抬头，就见伊妍迅速低下脑袋，做出一副正在认真研读剧本的模样。他无声笑了，摘下眼镜放在一边。

伊妍看到后问："写完了？"

奚原摇头，他只是觉得把她一个人晾着于心不忍。

"有点累，休息一会儿。"

伊妍当了真，微微皱眉："很难吗？"

"嗯。"

"啊，你都觉得难，那我肯定帮不上忙。"伊妍朝他眨眨眼，"关于动刀子的文章我只看过《庖丁解牛》。"

奚原失笑："那就能帮得上忙了。"

"哎？"伊妍惊讶，她本是想开个玩笑让他放松一点的。

她开口想问自己能帮上什么忙，却察觉到奚原正盯着她的脸在看，他的视线是温和不带侵略性的，可又似有实感。

"坐着就好。"奚原轻笑着说。

伊妍的脸一下就红了。

谁说他是个不懂情趣的人呢？

医生是个辛苦的职业，这个事实伊妍一直知道，但是她没想到它还是一个危险的职业。

伊妍和奚原从事的都是工作时间不定的职业，他们的休息时间很难恰好对上。所以有时奚原按时下了班就会去接伊妍，有时伊妍提前结束了配音工作也会主动去医院等他。

这天，伊妍完成了一阶段的配音工作，看着时间还早，就想着去找奚原。她也没告诉他，自己偷偷地就过去了。

然后就碰上了一场闹剧。

伊妍到了医院才知道奚原还在手术室里，她就候在手术室门口，想着他手术结束出来就看到她在这儿肯定会觉得惊喜。

可没想到被吓一跳的人反而是她。

半个小时后，手术室门上的灯暗了，不一会儿伊妍就看到奚原从手术室里走出来。她正想开口喊他，边上有个阿姨突然快速地从她身边掠过，直往手术室冲去。

那个阿姨扑到奚原面前，神色愤怒，没来由地就指着奚原破口大骂，周围等候着的家属皆是被骇了一跳，纷纷躲开。

而被人指着骂的奚原并没有被激怒，他愣怔了片刻后，也只是好声好气地安抚那个阿姨。那个阿姨的情绪并没有被安抚下来，反而指着奚原骂得更难听了，时不时还推他一把。

伊妍在一旁看着，心里莫名就窝了一股火，也没多想，直接走了过去，挡在了奚原身前，和那个阿姨对峙。

"你怎么能骂医生呢？"

奚原意外："伊妍？"

"怎么不能骂？医院没治好人就该骂。一群庸医。"

"我不许你这么骂他。"伊妍也拔高了音调。因为生气，她白皙的脸颊上都充了血，

发难的阿姨不知道伊妍是谁，见她不知好歹地和自己针锋相对，就不辨是非连着她一起置骂，甚至还出手打人。

阿姨的情绪已经失控，下手也没个分寸，奚原见她动手，迅速把伊妍护在怀里，抬手挡了下。他的表情从一开始的温和转为凝重，显然已经不悦。

"医生打人了，医生打人了。"那个阿姨倒打一耙，扯开嗓子喊叫。

医院里的安保人员听到动静后赶来，这才把那个阿姨给拉走。

奚原等人走了才低头去看怀中的伊妍。

他往后退一步，喊她："伊妍？"

伊妍缓缓抬头，奚原对上她发红的眼圈时心里一拧。

他伸手摩挲了下她的脸颊，那处有一道被指甲划破的红痕，分外扎眼。

"疼吗？"

伊妍吸了吸鼻子，摇摇头。

奚原以为她是受委屈了，却听见她不满地低声说："她怎么可以那样说你。"

原来是替他委屈。

奚原叹一口气，拉着伊妍的手往医生休息室走，经过护士站时他让一个小护士拿了一个医药箱。

关了门，奚原让伊妍坐在椅子上。他打开医药箱，拿了棉签，弯着腰

小心地捧着她的下巴给她的伤口消毒。

"痛吗？"

伊妍眨眼："还好。"

"以后碰到这样的事别往前冲，容易被误伤。"奚原温和地批评她。

"可是……"伊妍抬眼，小声地辩道，"她骂你骂得这么难听，我实在看不下去。"

奚原把棉签扔了，低头问："心疼我？"

伊妍抿着唇，巴巴地看着他没出声。

奚原在对面坐下，开口说："伊妍，我是个医生，有时候挨骂也是我的工作。"

"才不是。"伊妍难得顶嘴，"你是救死扶伤的医生，别人凭什么骂你。"

"因为我能力不足。"奚原垂下眼，认真道，"你忘了你之前就是这么说的了？"

上次伊妍被网络暴力，她也是把原因归结于自己能力不足。

"那不一样，你这么优秀。"伊妍撇嘴。

奚原缄默了片刻，看着伊妍问："还记得你过年的时候问过我，我的新年愿望是什么吗？"

"嗯。"

奚原低叹："我的愿望是，希望在你的心里，我可以不那么完美。"

……

最近学校又在热议高三的言弋，不过这次大家对他的评价就不太积极了，原因在于他主动放弃了保送名额。

这种行为对于还在苦海中挣扎的高三生来说是不能理解甚至是鲁莽自负的，全国最高学府的橄榄枝，那是多少人梦寐以求的，可有人却这么轻易就放弃了。

有人觉得可惜，有人觉得不解，有人觉得不成熟。

"言弋是不是读书读傻了？清华，说不去就不去啊。"陆雯吐槽道。

"他肯定有自己的想法。"元熹坚定地认为。

而言弋也的确有自己的想法，这还是元熹偶然一次听到他和薛忱的对话后才得知的。

"你真的要放弃保送资格吗？"

"嗯。"

"真的决定学医？"

"对。"

"言弋，我希望你再考虑考虑，不要冲动。"薛忱说，"我还想和你上一个大学呢。"

元熹在转角处站着，听到薛忱这么说，很想告诉她，言弋并没有冲动做决定，这就是他内心真实的想法。

不仅薛忱，很多人都不理解言弋，就连年级里的老师也是。

元熹在课间操期间好几次看到陈段长把言弋喊到一旁谈话，从段长焦急和无奈的神色中可以想见他们的交流并不顺利。

言弋的父母也被叫来了好几次，可他们最终都没能动摇他的决心。

言弋有自己的坚持，元熹始终相信他。

言弋高中生涯中唯一一次跌出年级前五就是在放弃保送之后。

成绩一出，很多人明里暗里地嘲笑他自食其果，过于自负不识时务是会遭到反噬的。

很多人在看他的笑话，而元熹在为他担心。

那几天傍晚，元熹在操场边上，看着言弋一圈一圈不知疲倦地跑着，不知道为什么就想流泪。她开始懂得了因为一个人的难过而难过是种什么感受。

她多想告诉他，无论怎么样，她都是支持他的，他不是一个人。

在你孤独，悲伤的日子
请你悄悄地念一念我的名字，
并且说：有人在思念我，在世间我活在一个人的心里。
（注：普希金《我的名字》）
元熹当晚在日记里写道。

"……除了你再也没有一个我可以爱的人了。但是尔是我的什么人呢，你从来也没有认出过我，你从我身边走过，就像从一条河边走过，你踩在我的身上，就像踩在了一块石头上面，你总是走啊，走啊，不停地向前走着，却叫我在等待中逝去了一生。"

元熹在阳台上读完《一个陌生女人的来信》的这一段，长长地唱叹一口气，心头忽有了难以排遣的惆怅。

高三的生活节奏紧张忙碌，尤其是进入了百日倒计时后，年级里的气氛更是紧张万分，大家都在和时间赛跑，都渴望在最后的冲刺阶段创造奇迹。校园里每个高三生的步履总是匆匆，课间外出走动的人越来越少，就连食堂都特地开设了一个高三窗口。

元熹在一次又一次的模拟考中有了焦虑的情绪。

她的成绩很不稳定，像六月的天时好时坏，像过山车忽高忽低，这让她的心情也随之起起落落，时晴时阴。

她总担心自己高考时会考砸，这种焦心的情绪日渐积累，就像雪球越滚越大，最后她在一次模拟考后崩溃了。

这段时间每次考完试，班上都有人控制不住地号啕大哭，哭声听得人心有戚戚焉。

但元熹从不在人前哭泣，她是个情绪内敛的人，她的崩溃是悄无声息的。纵使心里难过极了，她也没打算和人倾诉，和父母说反而让他们担心，与好友说，陆雯也在备考，她不能自私地把自己的负面情绪传递给对方。

元熹不擅长处理自己的情绪，她所能想到的方法就是偷偷地哭一场。

可她没想到会被言弋看到。

图书馆的侧门楼梯鲜有人走，元熹坐在阶梯上默默地抹着眼泪，心里想着自己现在的成绩，大概是考不上好的大学了，更别说赶上言弋。

她越想就越伤心，越伤心哭得就越潸然。

言弋就在这个时候出现了。

元熹在泪眼婆娑中看到他，吓了一跳，赶忙低下头去擦眼泪。她心里觉得被他看见了自己的哭相很丢脸，一时间不仅刚哭过的眼睛在发热，就连耳朵也开始有了热度。

言弋见到楼梯口坐着一个女生，脚步只是微滞，他不做停留，很快就从她身边走过，径自上了楼梯。

元熹正想松口气时，又听到了折回来的脚步声。不一会儿她的眼前就出现了一只手。言弋给她递了包纸巾，在她愣怔间温声说了句："加油。"

元熹接过纸巾，等言弋走后都没缓过神来。他给予的关心恰到好处，既不会让人有被撞破的尴尬，又能让人倍感温暖。

这就是言弋。

最后两个多月的时间，元熹为了节省时间就和妈妈说好了中午不回家吃饭。她每天在食堂吃完午饭，就会去学校图书馆看书，然后她发现了言弋也会在那儿。

元熹看见他常坐在角落靠窗的那个位置上，一个人安静地看书做题。她以他为坐标，找了个能看到他的座位。偶尔复习累了，抬起头就能看到他的感觉让她觉得他们似乎在一起奋斗。

他就是她的灯塔。

高考前的省统考，言弋是全省第一。那时学校里关于他放弃保送的议论已经很少了，所有人都知道他有这个实力，即使不通过保送也能顺利考进最高学府。

元熹这次考得不错，老师说过省考和高考很相似，这倒是给她打了一针定心剂。

她觉得这次的进步多亏了言弋，虽然他并不知道。

那天中午，她并没有急着去吃饭，而是先去了趟图书馆，鬼鬼祟祟地徘徊在言弋常坐的位置附近，趁没人注意悄悄地放了一杯橙子汁。

她不由得暗自猜想，他看到她贴在杯子上的纸条时会不会觉得莫名其妙呢？

【谢谢你，加油！】

……

"我希望在你的心里，我可以不那么完美。"

这句话到底是什么意思？

伊妍思来想去也没能堪破奚原这句话的所指，她觉得他是想表达些什么的，只是她脑子太笨想不明白，只能请路雨文来点解她了。

"奚原是不是已经知道你暗恋他很多年了？"路雨文听完伊妍倾诉的烦恼后突然问。

伊妍惊慌地微张着嘴，半晌之后才抱紧怀里的抱枕摇摇头："不会的，我没和他提过，也没多少人知道这件事。"

路雨文盯着伊妍看，问她："你和他在一起的这段时间有什么感觉？"

"就很开心啊，每天都像做梦一样，觉得好不真实。"伊妍傻傻地笑着，"你知道的，以前我只能远远地看着他，现在能在他身边已经是天大的恩赐了。"

"问题就在这里。"路雨文追问道，"你把他看得太重要了，和他在一起你是不是总是小心翼翼地，怕做错事惹他不高兴？"

伊妍咬咬唇，语气迟疑："有点吧。"

她又为自己解释："我觉得好不容易能和他在一起，应该要好好珍惜才行。"

"你啊。"路雨文叹口气，认真和她掰扯道，"你事事以他为先，处处为他着想，这样对待他反而会让他有压力的。"

"啊？"

"你有没有想过，他或许并不想当你的男神，只是想做你的男朋友？"

伊妍陷入了沉思。

奚原没答应院里的老教授去医科大客座，但是答应了偶尔帮对方代一两节课。

许是因为好奇他这个新面孔，每次他代课时，教室里总会坐得满满当当的，学生们的反应热情得让他有些意外。

奚原不是那种爱开玩笑的人，对他来说，上课就是传授知识，别无目的。所以他并不会特地花时间去和学生亲近，更做不到像其他老师那样和学生打成一片，他和他们之间就是纯粹的师生关系，他教他们学，仅此而已。

他原以为自己这样的授课方式并不受欢迎，但结果总出人意料。学生们形容他，散发着古板的气息。

这评价还是盛霆告诉他的，奚原听后很无奈，他就只是怕麻烦，不想在人际关系上多费心力罢了。

伊妍也从盛霆那儿听到了学生对奚原的评价，奚原的任何一面，她都不想错过。所以她在工作之余抽了个空，背着他潜入课堂偷偷地听了一节他的课。

那天伊妍特地穿得休闲，把平时披肩的长发束了起来，将自己打扮得像个大学生，然后去了医科大。她的大学就在本地读的，离医科大其实不算远，但她从未踏足过这里，所以对校区很陌生。

伊妍按着学校里的指示牌绕了好久，几番询问后才找到奚原要上课的教学楼。她站在教学楼前扬扬得意，以为奚原在这儿看到她肯定会大吃一惊，却没想到她的秘密行动已经被发现了。

距离上课时间还有几分钟，奚原在教室外的走廊上站着等铃响，低头往底下一看就看到了伊妍。除去一开始的意外，他很快就猜出了她的意图。为了配合她的伪装，上课后他始终装作浑然不觉的样子，好似没有看到坐在后排角落里的她。

伊妍趴在桌子上，在前排学生的掩护下看着正在讲课的奚原。学生奚原她见过了，老师奚原倒是头一次见，她因此觉得十分新奇。

这几天倒春寒，身为医生的奚原也中了招，感冒了。他仔细地讲着知识点，声音有些低哑，时不时别过头咳几声，看得伊妍很心疼。

昨天通话时他提了一句，但她没想到这么严重，此时也顾不上感受他在讲台上的魅力了，只想赶紧下课让他休息会儿才好。

第一节课下课，有很多学生围着讲台上的奚原问问题，他虽然身体不适，但还是尽职尽责地帮他们解答了。

几个女生问完问题还不愿离开，似乎都不想错过这难得的和奚原交谈的机会。

"老师，你结婚了吗？"有个女生问。

"这和你学医有什么关系吗？"奚原反问。

"当然有啦。"那女生笑着说，"如果医院里有你这样优秀的单身男性，我一定努力学习。"

这个女生原本是想抖个机灵，奚原却回答得很认真："不管有没有，你都要努力学习，这不仅是对你自己负责，还是对病人负责。还有，我不是单身。"

这个回答之后，奚原在学生中的评价就成了深情专一的"铜墙铁壁男"。

第二节课下课铃响，奚原咳了几声，看着底下说："最后一排右数第三个同学留下，其他同学下课吧。"

伊妍蒙了，等教室里的人走得差不多了才反应过来，不知道什么时候奚原已经发现自己了。

奚原站在讲台上看着她，表情和刚才上课时的肃然大不相同，而是噙着笑显得平易近人。

伊妍摸摸鼻子，起身往讲台上走："你什么时候看到我的？"

"你进教室前。"

"啊？"

奚原扫了眼伊妍今天的打扮，白白净净的，倒真像是个大学生。

"你怎么来了？"

伊妍解释："盛霆和我说你今天来代课，我本来想给你个惊喜的，没想到计划失败了。"

她的语气难掩沮丧，奚原笑着安慰道："人来了就够了。"

明明是平常话语，从他嘴边说出来却格外让人心动。

伊妍把手上提着的一杯饮料递给他，说："橙汁。你昨天说感冒了，我就榨了一杯带过来。"

等奚原接过杯子，她又接着往下说："最近天气变冷了，你自己要注意点，感冒很难受的，要记得吃药，多喝热水——"

伊妍抬眼对上奚原满含笑意的目光，打住了还没说完的话，不好意思地嘀咕了句："你是医生，应该比我还懂。"

"医生生病，不能得到关心吗？"

这话听着倒有点可怜，伊妍没忍住笑了。

她看着他，心里涌动着一股奇妙的感觉。

以前他们隔着千重山万里海，可现在似乎只在咫尺间，她伸手就能碰到他。

花开堪折直须折，不管以后怎么样，她只顾得上眼前了。

伊妍上前一步，主动伸手挽住奚原的胳膊，仰着头看向他，用她平时给甜妹配音的声调说："奚医生，你今天没事了吧？剩下的时间就留给我行吗？"

奚原忍俊不禁："当然。"

伊妍一边挽着奚原的手往教室外走，一边和他说着刚才看他上课的感受："你上课的样子和在医院里差别好大。"

"怎么说？"

"在医院里你对病人都很温和，但是刚才你对学生挺严厉的。"伊妍悄声说，"你上课的样子有点像……陈校长。"

奚原笑："你是不是想说我上课很无聊？"

伊妍摇头，否认道："我可没这么说。"

"你这么说也没关系，奚沫就经常说我无趣。"

伊妍忍不住笑："也就是亲妹妹才会这么说你，别人夸你都来不及。"

她又说："等哪天有时间，我约奚沫一起出来吃个饭吧。"

"一起吐槽我？"奚原故意问。

伊妍抿嘴一笑，玩笑似的点点头说："听听她到底是怎么评价你这个哥哥的。"

奚原低头，语气带上了几分认真："那你就要做好接受一个不完美的我的心理准备。"

伊妍看着奚原，郑重地点了点头。

奚沫怎么也没想到，伊妍会主动给她发消息，约她一起玩。

从自家哥哥那儿要了伊妍的微信后，她都没敢打扰伊妍，也不敢持着奚原妹妹这个身份肆意地去接近伊妍。她怕自己失了分寸会让伊妍反感，万一搅和了她哥的好事，那罪过可就大了。

　　毕竟这是她哥这么多年来第一次拱白菜，还拱到了上好的白菜，多难得啊！

　　伊妍和奚沫约了周末见面。奚沫赶到约定的广场时，远远地就看到伊妍站在喷泉边，她背过身捂着嘴无声地尖叫，又回过头深呼吸了几次，调整好情绪让自己显得不那么激动。

　　偶像约她见面并且此时正在等着她，这简直是追星迷妹的人生巅峰了，这一刻奚沫觉得人间值得。

　　"大大。"

　　伊妍回头，见到来人灿烂一笑："来啦。"

　　奚沫本是大大咧咧的性格，此刻见了伊妍倒显得有些局促羞涩，她不好意思地问："大大，你等很久了吗？"

　　伊妍摇头，把手上的奶茶递给她。

　　奚沫受宠若惊："给我的？"

　　"嗯。"伊妍点头，"我不知道你喜欢喝什么口味的，你哥哥说你什么都喝，所以我就买了两杯一样的。"

　　奚沫觉得自己捧着奶茶的手都在颤抖，小心翼翼地，好像收到的不是一杯奶茶而是一件艺术品。

　　"我不挑的。"

　　奚沫难掩激动，伊妍觉得她看自己的眼睛都在放光。

　　"又不是见面会，你就把我当作是普通人。"伊妍笑道。

　　奚沫听她这么说，想了片刻开口就喊："嫂子。"

　　"……"虽然这个称呼伊妍听着怪开心的，但她总觉得自己是在占便宜。

　　不仅占了奚沫的便宜，还占了奚原的。

　　"那还是喊大大吧。"伊妍最后说。

奚沫以为伊妍是难为情了，嘻嘻一笑，就遂了她的意，豪爽地喊道："大大！"

伊妍应了声，主动拉过奚沫的手，说："你想去哪儿逛逛，我们走。"

伊妍约奚沫出来其实也没什么目的，只是今天她休息，奚原又要上班，她一个人闲着没事干，突然就想起了加了她微信却从未找她聊过天的奚沫。

奚原很疼爱这个妹妹，伊妍和奚沫见过几次面，对这个小女孩也很有好感，她之前就想着有时间要找奚沫单独见一面，增进下感情，这才有了今日之约。

她们在商场里逛了一上午，女孩子间总能找到相宜的话题。伊妍本就是奚沫崇拜了好几年的偶像，单是配音这块，她们就能聊个不停。

待到中午，伊妍领着奚沫去找了家餐厅吃饭。

几个小时的亲密相处下来，奚沫对伊妍的喜爱有增无减，心里只觉得伊妍真像亲姐姐一样，亲切又贴心。

她果然没看错人。

吃饭的时候，她们不免聊到了奚原。奚沫很是好奇地问："大大，我哥说是他主动追的你，真的吗？"

论喜欢上对方的时间，自然是伊妍更早，而他们中率先踏出一步的的确是奚原。

"算是吧。"

奚沫不由得感叹一句："真看不出来，我还以为我哥的榆木脑袋开不了窍呢。"

伊妍被逗笑，奚沫冲她暧昧地眨眨眼："看来我哥是真的很喜欢你啊。"

是吗？这个事实伊妍到如今都没敢去确认，她始终觉得，是自己身上的某个点让奚原有了好感，或者说她这个人不让他讨厌所以他才会追求她。

"你们是同学？"奚沫又问。

伊妍点头。

"之前网上有人说你是一中的，我还以为你是我哥的学妹呢，没想到是同一届。"奚沫撑着脑袋看着伊妍，又开始埋汰奚原，"我哥高中的时候是不是也很无聊啊，只知道读书，是个书呆子？"

"不是。"伊妍想也没想就否认了，反应过来自己似乎有些激动，随即缓缓道，"你哥他……那时就是个特别厉害的人。"

"哎呀，他以前的光荣事迹我都听我妈说了上千遍，还老拿我和他来对比。"奚沫嘟囔，"明明是她把优秀基因都给了我哥，不然我怎么会这么笨。"

伊妍忍俊不禁，觉得奚沫小孩子心性着实可爱。

奚沫凑近问："大大，高中的时候我哥是不是还挺受女生欢迎的啊？"

伊妍敛下眼睑，轻轻地应了声："嗯。"

"那你呢？你那时候对我哥什么感觉啊？"奚沫问得迫不及待。

伊妍不提防被这么一问，着实有些心虚，只敢支吾地说："我对他……我和他只同班了一年，分班后就没什么交集了，所以……也不怎么熟。"

"这样啊。"奚沫吐吐舌头，"我还在想，你会不会那时候也对我哥有好感呢。果然你比较独特，不随大流，没被我哥表面上的虚名给迷惑住。"

伊妍苦笑。她并没有特立独行，她不仅从众，而且还是众多喜欢奚原的女生中最没有自我、不知变通的那一个。

"那你有喜欢过什么人吗？"奚沫顺势往下问，似乎也想帮她哥套问出一些关于伊妍的信息。

伊妍愣住："什么？"

"像元熹啊，就是你在电台里读的那个故事的主角。"奚沫朝伊妍挤挤眼睛，"你就别瞒了，你的那个私人电台早就掉马了。"

电光石火之间，伊妍脑子里闪过一个念头。她的身体下意识地往奚沫方向倾去，焦急地问："电台的事你哥哥知道吗？"

"知道啊，我还拉着他一起听过好几话呢。"奚沫并没有察觉到伊妍这句问话里隐含着的焦灼，自顾自说着，"我之前还问过他，如果他是言弋，知道有元熹这样的一个女孩，他会怎么做。"

"他……怎么说？"伊妍攥紧了手，一时怯懦，不敢去听答案。

"他说应该不会接受。"

伊妍的心脏骤然紧缩，像是被人剜出来丢到了寒冬腊月的冰天雪地中，冷得发痛。

她早该想到的，她早该知道的，只是还有点妄想。

- 第十五话 -
山楂

奚原晚上回家见到奚沫一脸忐忑地看着自己，直觉这个不省心的丫头又给他惹事了。

果不其然，她见到他的第一句话就是："哥，我好像闯祸了。"

伊妍今天约奚沫出去玩，这件事她早前就和他提过，所以奚沫这么说时，他就推断出她闯的祸十有八九是和伊妍有关。

"我也不知道。"奚沫自己也说不清楚，只是下午吃完饭后，伊妍的心情就不怎么好，虽然伊妍竭力强颜欢笑粉饰太平，还给她买了很多东西，但迟钝如她也能感觉到伊妍的状态不及上午了。

奚沫把今天和伊妍碰面的始末都和奚原说了，之后小心翼翼地问道："哥，我是不是说了什么不该说的啊？"

奚原听完后就猜到伊妍为什么会心情低落了。他轻叹一口气，摇摇头："不是你的错，是我的。"

他拿出手机走到阳台上给伊妍拨了个电话，却无人接听。

预料之中。

奚原想，这件事要是今晚不解决，伊妍大概会一晚上睡不着觉。

奚原走回客厅，把刚脱下的外套重新穿上。奚沫跪在沙发上看他，说："哥，你要去找伊妍吗？"

"嗯。"

"一定要把我的嫂子追回来啊。"

奚原回头应道："好。"

伊妍其实不想哭，这么多年无望的等待都熬过来了，她实在不应该再为这种已知的挫败哭泣。

但眼泪就是怎么也止不住。

伊妍从没糊弄奚原，当她得知他听过自己的电台后，就完全明白了。

他全都知道了，知道了她的十年，知道了她曾经为他做过的傻事。

那他为什么不说？或许是觉得没必要，或许是不好开口，或许是怕她难堪，毕竟他是一个细腻的人。

伊妍一直有个疑惑，奚原到底看上了自己什么。

现在她懂了，许是体谅她的不容易，觉得应该给她一个机会，他为的是她付出的十年，而不是她这个人。

她想着不能用自己付出的青春去绑架他，可他就是对她有了愧疚，这样才能合理地解释他为什么会突然把她看进了眼里。

人真的是会越来越贪心的，伊妍原先觉得只要奚原身边有她一个位置就足够了，现在她居然妄图更多，他的笑，他的关切，甚至他的心。可她似乎得不到，那么死心吗？倾慕他的一颗心跳动了十年，要放弃又岂是一朝一夕就能做到的事，何况她不想。

伊妍的枕边洇湿了一大片，奚原打来电话时她还在抽噎，泪眼蒙眬中盯着手机屏幕上的他的名字时，心里更是难过。

她不敢接他的电话，她怕一接起来，他们之间就结束了，这短短的相处时光就只是黄粱一梦。

奚原：【伊妍，我在你家楼下，我们谈谈。】

伊妍胡思乱想伤心欲绝时忽然收到奚原发来的微信，她腾地从床上坐起身，迈出一只脚就想下楼，然后又犹豫着缩了回来。

她盯着微信上的那条消息，不敢回复。正踌躇间，手机铃声响了起来，是奚原打来的电话。

伊妍捧着手机很是慌乱，她想要挂断，一紧张反而摁错了。

"伊妍？"

电话接通的那一秒，伊妍就傻了。

过后她凑近话筒，开口说："对不起，您所拨打的电话已关机……"

说完这句话她就果断挂了电话。

奚原听着话筒里机械化的女声有一刻的愣怔，要不是听出了一点鼻音，他很有可能真会被她忽悠过去。

伊妍怔怔地坐在床上，思绪全乱。她还没想好该怎么面对奚原，正心乱间，微信里又进了一条消息。

奚原：【我的感冒还没好。】

就这么一句话，让伊妍的阵线全线崩溃。

她匆匆跑出门，站在电梯里看着镜面上憔悴的面容时，沮丧地叹口气，忽然觉得奚原真是她命里的一个大劫，偏偏她不想渡过去。

奚原等在小区出入口，伊妍不接电话也不回消息，消极回避他，可既然知道她在哭，他今晚是无论如何也要见到她的。

没过多久，他看到了匆匆跑来的伊妍，心想虽然方法恶劣了些，可好歹奏效了。

伊妍心急，下楼时忘了披件外套，衣着单薄地就跑了下来。她停在离奚原几步远的地方，只是看着他，她的眼圈就又红了。

奚原脱下自己的外套朝她走去，沉默地为她披上外套。伊妍没躲，怔怔地看着他，悲观地想着这可能是他最后的温柔了。

"对……对不起。"

"嗯？"

伊妍仰头，泪水在眼里打转，最后还是落了下来。

"我不是……故意喜欢你……这么多年的……"

奚原的人生中似乎从未出现过此刻这样的情绪，后悔、自愧和心疼交杂着涌上心头。

他以为伊妍会责怪他明知却故作不知，恼怒他的隐瞒和欺骗，甚至误会他对她的用心，却从未想过她会向他道歉。

奚原扯了下伊妍身上披着的外套的对襟，把她拉近一步拥在怀里。

这一刻他觉得自己不想让这个女孩再独自徘徊在他的世界边缘，他想亲自把她领进自己的世界里，永远不让她离开。

"伊妍，我拿你没办法了。"

奚原很早就看穿了伊妍的心思。

言弋——伊妍，元熹——奚原。

一开始他以为只是巧合，可伊妍太单纯，虽然她在他面前极力隐藏情感，但她的眼睛不会骗人。就像是一汪平静的湖水，她以为湖里长满了水草他望不到底，可她不知道，每次见到他，就如一阵风过，湖面会泛起阵阵涟漪。

奚原的记性不差，即使忘了从前的一两件事，但不可能事事皆忘。她的私人电台他听过一两回就被勾起了一些回忆，关于他的事，她似乎记得比他还清楚。

他看穿了她的感情，却并不打算说破。起初他是为了尊重她，既然她不想让他知道，他就配合她，假装自己是个眼盲心盲的医生，看不到也感受不到她的情感。

可他没办法完全做到视而不见，他开始格外注意她。见到她小心翼翼又殷切的眼神时，他会于心不忍；在她刻意和他保持距离时，他会主动靠近她，甚至见不到她时他会想起她。

奚原承认自己被她打动了，但这不是全部。

假如伊妍并没有默默地喜欢他十年，他还会认为她是个独特的存在而去在意她吗？

这个假设其实没有意义，但如果有人问，那这个人一定不了解奚原。

奚原这个人，为人处世总给人和煦之感，这是他的性格使然，但如盛霆所说，他也有自己绝对坚持的原则，感情上也是如此。

他对伊妍，不是因为被感动，更不是因为愧疚，而是他喜欢她，而她恰好喜欢了他许多年。

伊妍少时喜欢上他，她对他的感情还未成年，是纯粹而青涩的。而他对她的感情已经成年，更加成熟而深沉，所以他才想小心地呵护她，呵护这段感情。

她喜欢了他这么多年，他给予她的感情时长注定无法与她的对等，但如果可以，他想给她一份同等质量的爱情。

伊妍感冒了，在天气回暖的时候，工作室里人人都以为她是因为天气变化大，一不注意才会着了凉。

"自己要多注意啊，初春容易生病。"

当有同事这么叮嘱伊妍时，她只敢心虚地点点头，默认了自己生病的缘由。

年初工作多，任务繁重，光是分到伊妍手上的动漫、广播剧、电视剧、游戏、广告就让她毫无"出棚之日"，基本从早到晚都在录音室里待着，一轨一轨地录着音。

"伊妍，怎么了，嗓子不舒服吗？"孟哥隔着层玻璃在棚外看见伊妍一动不动的，对着麦也不出声，表情看上去还有些纠结，便忍不住开口询问。

"……"伊妍不知道该怎么解释。

"吻戏嘛，简单的。"孟哥说，"你都录过上百回了，难不倒你的。"

电视剧和广播剧里总有一些男女主角亲热的情节，尤其是广播剧，因为没有画面，所以配音就尤其重要。配音演员必须通过声音表演把情景最大限度地还原，要引人入胜，要旖旎缠绵。

对一个专业过硬的配音演员来说，配吻戏只需要一些技巧，算不得什么难事。而对伊妍而言，这种能力在她经历了上百部作品的磨砺后早已掌握得炉火纯青。

以往她和陈墨钦一个棚里配吻戏时都是脸不红心不跳的，偶尔还会开个小玩笑调侃剧里的人物，可今天她的专业素质掉线了。

那种声音，她突然模仿不出来了。

伊妍张了张嘴，还未出声就面红耳赤，看得外头的孟哥一阵莫名。

她出不了声只好说："对不起啊，孟哥，我嗓子状态不太好。"

孟哥体谅她带病录了这么久，摆摆手说："没事，你先休息会儿。"

到最后伊妍也没能把那段给录出来，这实是她从业以来遭遇的滑铁卢。

初春的夜还很长，天暗得早，伊妍完成今天的任务时已经近八点了。她出了录音室，从包里拿出手机一看，两个未接电话都是奚原的，前后隔了半个小时。

微信里还有他发来的消息：【工作结束了吗？我在路口等你。】

奚原并没有提前知会伊妍说今天会来接她，所以伊妍看到这条消息时稍稍愣了下，随即抓起包和同事打了声招呼。离开工作室前，她还特地去了趟洗手间，一整天待在录音室里，蓬头垢面的哪有什么形象可言。

伊妍把盘着的长发放下，迅速化了个淡妆，最后理了理衣着才下了楼。往常奚原来接她总会把车停在固定的一个路口，她很容易就能找到他的车。

伊妍在离车不远的地方停了片刻，心里的感觉很奇怪。按理说她和奚原已经交往有一段时间了，他也来接过她几次，可她却有种他们才刚开始恋爱的感觉。

这种感觉就像……含苞的花骨朵开了。

伊妍没立即上车，奚原在后视镜里看到她站着不动，低笑一声开门下了车。

"怎么不过来？"

伊妍回神，低下头快步走到了车的另一边，自觉地坐进了副驾驶座。

奚原也重新坐上了车。他偏头见伊妍双手摸膝，正襟危坐的样子倒是比第一次坐他的车时还紧张。他探身靠近，伊妍吓了一跳，下意识地往后紧靠，反应过来才发觉他只是想帮她系安全带而已。

伊妍自觉意识过剩后有些难为情，嗫嚅着说："你怎么没提前和我说一声就来了？还等这么久。"

"今天没加班就过来了。"奚原对她一笑，又伸手从后座够了一个纸袋子递给她，"顺路买的，还是温的，先垫垫肚子。"

伊妍接过一看，是一些糕点，隔着纸袋子摸着还有些烫手，显然是刚出炉不久的。

大概是他见她迟迟没下班，怕她又饿着了才去买的，才不是什么顺路。

伊妍抿出一个笑来，糕点还没入口就已经尝到了甜意。

奚原又递给她一个袋子，袋子上药店的名字很醒目。伊妍本以为是他特地给她买的胃药，打开袋子后才发现是感冒冲剂和止咳糖浆，还有两盒护嗓含片。

伊妍看到药的那刻血液就涌上了脸，她抬头看向奚原，对上了他带有笑意的眼睛。

"把感冒传染给了你，我很抱歉。"

……

高考前一夜，元熹已经无心复习了，她的心情又紧张又兴奋还带了些惘然。

人生中至关重要的一场考试就要来了，三年寒窗苦读，十年一剑，胜负成败就只在接下来的两天里。只要在最后时刻坚持住，就不需再过那种悬梁刺股、晨起夜息的日子，崭新的人生篇章将会翻开。

而那些不想告别的人也会在两天后渐行渐远。

元熹觉得自己和言弋的缘分在高考后就会结束，维系他们的只有学校这一媒介，毕业后她就再找不到机会在校园里和他"偶遇"了。

元熹的考场不在本校，她需要到附中去考试，而奚原则留在学校。

这场高考仿佛是分离的序幕，是她这场暗恋落下的帷幕。

高考第一天早上，元熹早早就在妈妈的陪同下出发去了考场。

天气很好，六月的气候，天气还未炎热，晨起的风还带了从露珠那儿掠来的凉意，空气温润，沁人心脾。

元熹没想到能在半道上遇上言弋。

刚上高三那会儿，她就知道他搬家了。他的新家就在附中附近，和她家在两个方向。

言弋独自背着书包，在这样重要的日子里，他就像是去上学一般稀松平常、坦然自若。

元熹知道一切阵仗在他的实力面前都是多此一举。

擦肩而过时，元熹察觉到言弋看了自己一眼，她猜测大概是因为她穿着一中的校服，显然是和他一样准备赴考的。

"言弋。"

元熹觉得自己没开口，可言弋就是回头看了过来。

她被内心的渴望催动着喊了他的名字，在他不解的目光和妈妈惊讶的眼神中，鼓足了勇气走向他。

"我……我……"元熹觉得口干舌燥，一颗心还未进考场就已怦怦怦跳得飞快，"我来沾沾学霸的运气。"

元熹觉得自己说的理由简直滑稽至极，话说出口的那刻，她就在心里祈祷，希望他别把自己看作是奇怪的人。

言弋只是一愣，很快就笑了。

晨曦似乎就在这一刻照在了她身上。

"祝你考个好成绩。"

这一句，仅这一句，就比父母老师千万句的动员鼓舞都有用。

元熹觉得言弋可能是她的喜鹊，在之后她的确取得了不错的高考成绩。

最后一场考试结束的那个下午，学校里到处是疯狂的高三生，他们欢呼、尖叫、歌唱、哭泣。

元熹抱着陆雯哭了很久很久，这一刻终于还是到了，她的旧阳台是等不到往相反方向走的人的。

她讨厌言弋，讨厌他没经她的同意，就塞给了她一颗柠檬，让她在这三年里饱尝酸涩。

她感谢他，感谢他成为她的北辰星、她航程中的灯塔，指引着她成为一个比预想中更优秀的人。

这三年，虽不尽如人意，但也无怨无悔。

"希望你能得偿所愿。"

这句话是元熹在考前对言弋说的。

那之后他们就相背而行，往各自的未来行进……

奚原就知道奚沫是个靠不住的家伙。

他下班赶回家，开门一看，伊妍正坐在饭桌上，神情紧张地听着他的父亲母亲说话。

"哎，回来啦，还挺快。"奚母笑着对伊妍说，"看他急的，电话才挂断没多久就赶回来了。"

伊妍配合着抿嘴笑，看向奚原的眼神里分明含着求助的信号，看着可怜兮兮的。

奚原朝她安抚地一笑，随即看向坐在边上的奚沫。

奚沫瑟缩了下脖子，有些心虚地干笑道："哥，你回来了啊。"

奚原刚下班就接到母亲打来的电话，他还以为家里出了什么事，没承想她竟然把伊妍请到家里吃饭去了。

奚母会知晓伊妍的存在，这事奚原略一想就知道是谁泄了密。奚沫从小就是个嘴上没把门的人，别人稍微一套话，她就什么都往外倒。

"快过来，吃饭。"奚父给奚原摆了碗筷，就放在伊妍边上。

奚原脱下外套，落座后在桌底下握了握伊妍的手。

伊妍偷偷看了奚原一眼，他手心的温度让她绷了一晚上的神经稍稍松弛下来。

今天奚沫约伊妍吃饭，伊妍欣然赴约，没想到到了约定地点奚母也在，她当时就傻眼了，继而就是紧张忐忑。

奚母让她一起回家吃个饭，伊妍心里其实是有些畏惧不安的，可她也不能拒绝，只能硬着头皮答应了。她没想到自己第一次去奚原家会是这种情况，奚原不在，只有她一个人面对他的父母。现在他回来了，她心里有了倚仗，倒也不那么紧张了。

"小妍，我们刚才说到哪儿了？"奚母和伊妍说话，"现在电视上在播的剧里的女主角真是你配的音？"

伊妍点点头。

"配得太好了，昨晚那段哭戏我都看哭了，一点违和感也没有，我还以为就是那个演员的声音呢。"

伊妍笑得腼腆："哪里，是演员演得好。"

奚原得知母亲把伊妍带到家里吃饭后，就立刻开车紧赶慢赶地回了家，他知道以伊妍的性格，面对他的父母应该会十分无措，可现在看来即使是紧张，她也仍是博得了母亲的喜爱。

　　奚母突然把目光投向奚原，略带不满地质问道："交了一个这么漂亮的女朋友怎么不和我说一声，害我还操心你的事。"

　　许是因为没帮自家哥哥守住秘密，奚沫心里有愧，还没等奚原开口，奚沫就抢白道："妈，我都说了，我哥这么优秀的人根本不用担心。你看他这不是给你找了个漂亮的儿媳妇嘛，还满意吗？"

　　"满意满意。"奚母似乎对伊妍越看越顺心，看她的眼神也愈加喜爱。

　　知子莫若母，奚母了解自己的儿子。从小到大奚原都有主见，学生时代从没让她操过心，唯独这几年他的感情生活迟迟没有消息让她略微着急。她也怀疑过自家儿子是不是真的学医学到清心寡欲了，所以才急着帮他介绍对象，所幸今天这一疑虑被打消了。

　　伊妍既然是奚原看上的姑娘，那人品自不用说，今天一看，人漂亮性格也好，总之奚母心里的一块石头算是落了地。

　　"听小沫说，你们是同学？"

　　"是的。"伊妍接上话，"以前同过班。"

　　"那真是有缘分。"奚母看着奚原，似嫌弃实骄傲地说，"我们家阿原上学的时候只会读书。"

　　伊妍脸上露着笑，心里却庆幸。

　　还没来得及窃喜，伊妍下一秒就听到奚母说："这么大的人了，他也就大学那会儿开过一次窍。"

　　奚原没提防母亲突然提这一茬，不由得愣了下。他知道母亲并没有什么针对之心，只是未经思索就把话顺嘴说了出来，还以为是在打趣取乐。

　　这是说者无心听者有意。

　　奚原看到伊妍愣怔的表情就知道她把这话听进心里去了。他在心里轻叹，家里的两个女同志一个比一个会给他挖坑。

　　这顿饭伊妍吃得战战兢兢的，心里又想着别的事，什么菜到了她嘴巴里都是一个味道，那就是没有味道，偏偏为了表现这桌饭菜很合胃口，她还要大快朵颐。

其实伊妍晚餐一般吃得少，就在她觉得食物快堵到她嗓子眼时，奚原把她的碗移到了边上。

"胃不好晚上别吃太多。"

"小妍胃不好？"奚母闻言关切地问。

伊妍不好意思地笑笑："小毛病。"

"胃这东西娇贵得很，再小的毛病都要放在心上。正好阿原是医生，让他给你调理调理。"

伊妍转过头冲奚原感激地眨眨眼。

吃完饭，伊妍想帮着奚母收拾饭桌，奚母却体谅她明天还要工作，推着奚原让他早点把人送回去，然后把奚沫提溜着去干活了。

奚原谨听母命，拉着伊妍离开了家。

直到坐上车，伊妍才彻底地松口气，揉了揉自己的肚子。

奚原把她的小动作看在眼里，低笑一声，问："撑着了？"

"有点儿。"

奚原启动车子："吃不下不用勉强。"

伊妍摇头："那怎么行，阿姨该以为我不喜欢吃她做的菜了。"

奚原驾着车，余光看一眼副驾，路灯的光在伊妍脸上一晃又一晃，她的表情很平静，似乎并不打算开口问些什么。

鞋子里进了小石子会硌脚，走一小段路或许还勉强能忍受，但要长久地走下去会痛得让人难以忍受。

奚原一打方向盘，平稳地转了个弯。

伊妍开了会儿小差，等回过神时才发现他们走的并不是去她家的路。

奚原把车停在了临湖公园的停车库里，停稳后就去解伊妍的安全带，说："下去走一走消消食。"

伊妍不急着回家，就顺从地下了车，跟着奚原在湖边的长栈道上慢慢地走着。

南方天气回暖，白日里阳光灿烂直逼初夏，入了夜也只是薄凉，微风拂过湖面带着水汽扑面而来，沁人肺腑。

伊妍舒服地眯了眯眼。

栈道上有人卖糖葫芦，奚原想着山楂助消化就给伊妍买了一串。

风把伊妍的长发吹乱了，她手上拿着糖葫芦不方便，奚原就伸手帮她把一绺被风吹到脸上的碎发拨到了耳后，问："今天怎么会去家里？"

"奚沫约我吃饭，没想到阿姨也在。"伊妍忐忑地看向他，"不知道阿姨喜不喜欢我。"

奚原回视她。

她一双剪水秋瞳和边上的湖泊一样在灯光下漾着粼粼波光。

"我妈以前不太喜欢宠物，高中的时候我养了一只猫，后来她比我还喜欢它。"奚原突然说。

伊妍听出他话中意思，脸上微热，低着头嘀咕道："我才不是猫。"

"你喜欢猫？"她又问。

"嗯。"

"现在也养吗？"

奚原摇头："医院太忙，没时间照顾。"

伊妍不假思索地说："你可以养，我帮你照顾。"

奚原嘴角噙笑，温声说："好，以后就在我们家里养一只。"

"嗯。"伊妍盯着糖葫芦思考着该如何下嘴才能显得淑女，她慢半拍才把奚原的话领会透彻，霎时双颊就和手上的糖葫芦一样红了。

奚原站定，低头看着伊妍，缓缓开口说："伊妍，我大学的时候有过一个女朋友。"

伊妍一口咬住一颗糖葫芦，真酸。

"哦。"她含糊应道。

"你有什么话想问我的吗？"

"嗯？"伊妍嘴里含着一颗糖葫芦，一边脸颊鼓鼓的，摇摇头算是回答。她嚼了几下，山楂的酸浸入牙根。

"什么问题都可以，我毫无保留。"奚原抬起一只手摊开放在伊妍嘴边，"籽别吞下去。"

伊妍犹豫片刻，把嘴巴里的山楂籽吐在他手上，然后抬头小心翼翼又胆怯地开口问："是陈雪吗？"

奚原摇头。

伊妍说不上是高兴还是难过，是欣喜还是失落，既不是陈雪那就是别的更优秀的女生，这种情况她早就想过了。

她再咬了口糖葫芦，皱着眉想，真是一颗比一颗酸。

奚原没听到伊妍再开口，反问："没别的问题了？"

伊妍摇摇脑袋："没有了。"

奚原叹口气，不想让这一页就这么草率地揭过去，于是主动说道："大二那年我——"

"你也给她买过糖葫芦吗？"伊妍突然打断他，问了一个出乎意料的问题。

奚原一怔。这个问题倒问了他个措手不及，不知为何他的心情有点像是面对重症病人家属询问手术成功率时那般，居然还有些犹豫和谨慎。

"没有。"

伊妍笑了："那这串糖葫芦就是专属于我们两个的记忆。"

奚原被她的笑意感染，轻声问："如果买过呢？"

奚原觉得伊妍可能会失落、沮丧甚至生气，毕竟女生都想要独一无二，何况她对他的感情本就特殊，他担心自己的一段失败的恋情会让她联想很多。

可伊妍听了后反而笑了，她举着糖葫芦看着他，说："如果你给我的和你给别人的是一样的，那我——就要两份！"

奚原觉得伊妍总有本事让他一次又一次地感到错愕、惊喜，又懂事体贴得让他心疼。

"好。"

伊妍笑得更开心了，似乎已经得到了一个很好很满意的答案。

他的过去她在乎，但她更在乎他的现在。

奚原帮伊妍把嘴边的糖渣拈了，他认真地盯着她的眼睛看了好一会儿，然后温和地笑了。

"伊妍，我现在心里只有你，我不说你好像不知道。"

- 第十六话 -
红绳

高考成绩出来的那刻，元熹可以说是喜极而泣。

她的分数比平时高出一些，排名也比省考的时候还好，她这辆过山车起起伏伏，在高考这个大关卡可算是没有往下掉。

可喜悦过后就是茫然。

大学该报哪个学校呢？

元熹心里其实有个大胆的想法，爸妈不知道，可好友陆雯一眼看破。

"你别冲动啊，言弋是省状元，我听说他报了首都的学校准备学医，你别想想跟着他一起去北京读书。"

元熹的成绩和平时相比而言的确是不错，可放在全国那根本不够看的，如果要报首都的大学，那根本没有挑选的余地。

"你不是想学播音吗？你难道想为了他被调剂到不喜欢的专业去？"陆雯步步紧逼，势必要让她清醒过来，"为了别人将就自己的理想是很幼稚、对自己很不负责任的行为，如果你以后后悔了，难道想让言弋为你担责吗？熹熹，这是你自己的人生。"

报考学校的那几天，元熹把北京的学校翻遍了，如果她想去好的学校学播音，那北京就不是她能肖想的。

她恨自己不争气，可到底没有死心，她就是这么死脑筋。

"薛忧也报了北京的大学，你想跟着去看他们谈恋爱吗？"

陆雯的这句话才是压死骆驼的最后一根稻草。

奚原真的喜欢自己，这是伊妍经历了一场小变故后真切体会到的，也可以说是因祸得福。

伊妍一直觉得自己除了胃有点毛病，身体底子还算是好的，至少从小到大并没什么大病大灾。所以当医生告诉她需要尽快动手术时，她的脑袋是蒙的，甚至还有些怀疑检查结果。

伊妍的例假一直不太规律，周期时长时短，经量也是时多时少的，她以为是自己作息不调，工作强度太大才导致内分泌失调的。以前她没把这事放心上，直到这个月例假迟迟未来，路雨文才建议她去看看医生。

伊妍一个姑娘家，从前体检也没有特地去做过妇科检查，却没想到这一检查就查出了问题。检查报告上的那个"瘤"字看得她心慌意乱，从科室走出来后她的眼圈就完全红了，一种灭顶的感觉笼罩住了她。

检查结果伊妍只告诉了路雨文一个人，路雨文也没想到伊妍竟然到了要动手术的程度，当即就被吓住了，随后又百般安慰伊妍。

伊妍和路雨文在网上搜了很多关于"畸胎瘤"的资料，但她们毕竟是门外汉，再加上心里焦虑难安就更难收集到有效的信息。

"你真不打算告诉奚原吗？好歹他是医生，肯定比我们懂得多。"

伊妍双眼茫然，木然地放空了几秒，然后坚持道："不了，不告诉他。"

路雨文很不理解："为什么？他是你男朋友，这种事不应该和他说才对吗？"

伊妍现在心里乱得很，她想到今早医生和自己说的话。"畸胎瘤"长在左侧卵巢上，从 B 超结果上看已经不小了，应该尽快入院动手术切除，否则就有破裂和翻转的可能。"畸胎瘤"这个问题可大可小，如果肿瘤是恶性的，那么就要清除一边的卵巢和输卵管并进一步化疗。

伊妍不知道要怎么和奚原开口说这件事，她强迫自己乐观一些，如果结果是好的，她也不是非得告诉他让他担心，只要自己悄悄地做个手术就行，等出了院就当什么事都没发生。

如果结果是坏的……她不太敢想，也不知道该怎么办。

手术要在例假结束后才能进行，伊妍吃了医生开的药后月经就来了。她和孟哥请了半个月的假，只说身体不适要调养一段时间，并没有告诉他们她要动一个手术。

而奚原这边，她则假称自己要出差半个月。之前她偶尔也会去外地参加活动，她本以为奚原不会怀疑，可在入院的前一天她却在家门口见到了他。

那天伊妍回家和父母吃饭，她其实不大想和家人提起自己生病的事，可手术需要家属签字，不得已，她唯有告诉他们这件事。

伊父伊母被吓得不轻，伊母更是涕泪涟涟，伊妍自己也害怕，可她还是强颜欢笑，乐观地安慰他们只是个小手术，并不碍事。

医院打电话来让伊妍明早去住院部办理住院，她心里筹划着怎么样才能在医院里避开奚原，却不想就接到了他的电话。

彼时伊妍正坐在房间里，手机铃声响起的那刻她抹了抹眼睛，然后清了清嗓子。

"喂，奚医生。"

伊妍和奚原交往后，在他的授意下改口喊了他的名字，但偶尔打趣开玩笑或撒娇时她还是会喊他"奚医生"。

"怎么这么晚了还给我打电话，才下班吗？"伊妍故意用一种轻快的语气说话。她是配音演员，即使内心满目疮痍，也能用声音瞒天过海。

奚原一直没出声，就在伊妍以为信号不好，正要挂断重拨时，就听他沉着声音说了句："伊妍，我在你家楼下。"

伊妍愣住，心里有一丝慌乱，她强自镇定，还特意笑出了声，说："你忘啦，我出差了。"

她接着轻声说："我不在公寓，你快回去休息吧，等……等我出差回来就……就去找你。"

伊妍暗暗深吸了一口气，静静地等着奚原挂电话，却只听到他叹也似的重复道："伊妍，我在你家楼下。"

伊妍起先不明白他的意思，不由得沉默。两人静默的时候她似乎听到了潺潺的水声，一时怔住，随即起身，推开房门匆匆走到阳台。

她站在护栏边往下一看，奚原正抬头看来。

小溪潺潺流着，他们的视线在半空中有个交接，十年前初见的画面一下子就浮现在了眼前。伊妍心弦一动，眼眶就热了。

兜兜转转这么多年过去了，她的旧阳台终于等到了往相反方向走的人。

伊妍转身往楼下跑，手摸上门把要开门时却停下了动作。

奚原会来家里找她，就说明他知道她在撒谎了，他很有可能也知道了她为什么会撒谎。

想到这一层，伊妍心里就凉了三分。她犹犹豫豫地开了门，咬了下唇才下决心走向他。

奚原站在路边的路灯下，就这样静静地看着伊妍走来。

伊妍在奚原面前站定，双手抓着衣服的下摆，小心地觑了他一眼，见他默不作声，心里就敲起了鼓。

她没见过奚原真正生气时候的模样，可她知道这次他真的生气了。

"对不起。"伊妍耷拉着肩，低着脑袋主动开口。

又是道歉，奚原觉得有必要摆正一下他们的关系，他是她的恋人不是债主。

"要动手术的事为什么不告诉我？"

奚原言语间难得带了锐气，伊妍瑟缩了下脖子，磕磕绊绊地解释道："我……我，你工作已经很忙了，我也是个成年人了，动个手术而已，没必要给你添麻烦。"

"添麻烦"三个字一下就戳中了奚原的心，他低声问她："伊妍，对你来说我是什么，只是一个喜欢了很久的人？"

"不是……不是。"伊妍咬咬唇。

奚原叹口气，说："我觉得你好像不需要我。"

"我需要。"伊妍慌忙应答，抬头时一双发红的眼睛在路灯下湿漉漉的像是沥水的玻璃珠子。

许是被刺激到了，情绪堆积到了一个点就再也绷不住了，伊妍深吸一口气，倒豆子似的把肚子里的话说了出来。

她指着自家的阳台说："以前我经常在阳台上等你，做早操的时候特意跟在你后面，体育课的时候在角落里偷偷看你，我知道你喜欢喝橙汁，喜欢看医书，这么多年每次我遇到什么困难的时候就会想到你，想到你我就不怕了……

"我明天就要住院了，刚才写了好多遍你的名字，我好想见你，可是我不敢，以前不敢现在也不敢……"伊妍说着眼泪顺着眼角淌下。

"伊妍？"

"我怕你会觉得我麻烦，我怕自己不够完美，我怕你会不喜欢我——"

伊妍越哭越凶，也顾不上什么形象了，只想趁着这股劲儿把这么多年存放在心里的想念通通告诉他。

她哭得泪眼蒙眬、上气不接下气地，豆大的眼泪像是砸在奚原的心上，灼烫着他。

"傻瓜。"奚原把她拥进怀里，摸了摸她的脑袋。

伊妍双手环住奚原的腰，在他怀中委屈地哽咽着说："奚原，你不知道我有多喜欢你。"

奚原紧了紧双臂，在她耳边轻声说："你也不知道。"

我多喜欢你。

次日伊妍就住进了妇产科的病房，住院手续是奚原带她办的。伊母在得知他是伊妍的男友后，惊讶了许久，还以为是自家女儿总找人家看病，一来二回就对上眼了。

手上套了一个手环，伊妍成了一个真正的住院病人。

住院第一天没什么特别事项，只是签协议、查过往病史，术前检查安排在了入院的第二天。

伊妍住了院就不能随意地走出住院部，更不能回家。伊母原想陪着伊妍的，可伊妍想着自己还没动手术，身体也没有什么不适的地方，尚且还不需要人照顾，就劝母亲回家去休息。

"奚原在医院呢，你别担心。"

伊妍是用这句话把母亲劝回家的。

早上奚原带伊妍来办住院手续的事在一群护士里引起了轰动，晚上他下班后来找伊妍又引起了另一批护士的侧目。

奚原和护士长知会了声就带着伊妍离开了住院楼。

今天下了雨，温度又低了不少，奚原怕伊妍着凉会影响手术，就不让她在医院里洗澡，他下班后带她去了自己的公寓。

奚原的家伊妍去过了，他的公寓她倒是第一次来。

进了门，伊妍四下打量了一番，入目之处皆井井有条，窗明几净。

"果然是医生住的地方，好干净。"她嘀咕了一句。

奚原微微一笑，脱下外套问她："点的餐还没到，先洗澡？"

伊妍莫名不自在，含糊地应了声。

奚原去浴室给她调了热水温度，又把取暖器开了，还把柜子里干净的毛巾拿出来放在柜子上。

伊妍洗澡的时候就在想，这一切怎么就这么自然了呢？

她吹完头发从浴室里出来，奚原已经把送来的餐点摆上桌了。

"过来吃饭。"

伊妍走过去，扫了眼饭桌上的菜，他点了一份煲汤还有几个硬菜。

"点这么多？我们两个吃不完的。"

奚原先舀了一碗汤："手术起码要饿两天，这两天多吃点补一补。"

说到动手术，伊妍又有些怵了，不由得低低地叹了一口气。

"我问过你的主治医生了，你的'畸胎瘤'有毛发特征，基本可以断定是成熟畸胎瘤，只要切除就没事了，不用太担心。"

"嗯。"

奚原问她："明天做术前检查需要我陪你吗？"

伊妍喝了一口汤，摇摇头，说："有妈妈陪我就行，你专心工作不用担心我……"

她想到什么又补了一句："有什么事我会和你说的。"

奚原会心一笑。

吃完饭，奚原并没有马上送伊妍回医院。时间还早，她这会儿回去也只是在病房里无所事事地待着，倒不如待在他这儿来得自在。

看电影是消磨时间、放松情绪的上乘之选，奚原拿出了投影仪，选了一部电影投映。

伊妍一看电影开头就觉得十分熟悉，等几位主演一出现，她立刻就明白看的是什么电影了。奚原播放的是一部英国古典爱情片，当初引进国内时她还是女主角的 CV。

而奚原选的就是国语版。

这部电影是奚沫推荐的，奚原转头问："介意陪我再看一遍吗？"

伊妍和别人一看自己配音的作品时总有一种羞耻感，更别说对方是奚原。

既然是爱情片，那么男女主角接吻亲热的戏码就不会少，电影高潮片段不仅画面火爆，声音更是暧昧缱绻，引人遐想。

伊妍抱着抱枕，恨不得把脑袋埋进去。

偏偏奚原不耻下问："这个声音也是配的？"

"……嗯。"

奚原回头见伊妍含胸缩肩、眼神飘忽，不由得一笑，突然起了逗弄的心思，故意问道："现在能配得更好吗？"

伊妍终于忍不住把脸埋进抱枕里，不满地小声嘟囔："你不能这样。"

奚原忍不住低笑。

"你的翻译腔很好听。"

伊妍从抱枕里偏过头："真的吗？"

"嗯。"

伊妍坐直了身体，突然来了兴致："我给你即兴表演一段？"

奚原也不看电影了，侧过身看着她。

伊妍盯着奚原的脸清了清嗓子。

"天哪，瞧这精致的脸蛋，上帝一定亲吻过你的脸颊，噢，我猜你一定是伊妍小姐的心上人——奚原先生。"

伊妍第二天一早就被护士抽了五管血，接下来一天她辗转于各个检查科室做术前检查，当天傍晚护士告诉她，她的手术被安排在了后天早上，并叮嘱她一些术前注意事项。

伊母陪着伊妍去做了各项检查，中午的时候奚原抽空和她们一起吃了个饭。伊母听奚原讲了伊妍的情况后也稍稍放心了，她本来就对奚原这样的青年才俊颇有好感，私底下还夸伊妍眼光好，却不知道自家女儿的眼光一直都这么好。

有奚原照顾着，伊母也轻松不少，陪着伊妍做完检查后就回了家。

晚上奚原还是像昨天那样，下班后就去找伊妍，和护士长说了声后就领着她离开了住院楼。

这两天，奚医生有女朋友的事通过口口相传，几乎整个医院都知道了，同事们上前询问，他笑着承认了。盛霆打趣说，一夜之间不知道碎了多少小护士的心。

在外边的餐馆吃过饭后，伊妍想着一中离医院不远，就拉着奚原回了趟学校，想要转一转，算是饭后消食。

入夜后，校园里静悄悄的，风一过，挟带着不知名的花香扑鼻而来。几栋教学楼灯火通明，学生们正在晚自习。

奚原牵着伊妍的手走在校道上，才想起来问她："手术时间通知你了吗？"

伊妍点头："后天早上。"

奚原一愣："后天？"

"嗯，怎么了吗？"

奚原叹一口气，说："我那天早上有一台手术。"

伊妍还以为是什么事儿，她拍拍奚原的肩笑道："奚医生，你还能跨科给我动手术不成？你好好工作，别的病人比我还需要你。"

"害怕吗？"奚原轻声问。

伊妍想了想，老实地回答："有点。"

她挽着奚原的手接着说："不过没关系，你不是说顺利的话，手术只要两个小时就够了吗？"

"嗯。"

"那很快的，估计我能比你更早从手术室里出来。"

奚原见伊妍还有心思开玩笑倒是放心不少，只是心里仍有些愧疚感。

后天他的那台手术是早就定好的，那个病人也一直都是他在跟踪治疗，临时更换主刀医生显然不妥。

奚原牵着伊妍绕着校道走了一周，《秋日私语》响起时，教学楼里顿时喧闹起来，走廊上不多时就冒出了很多学生，或聊天或打闹。

伊妍感叹了一句："上学真好。"

"因为我吗？"奚原顺势问下去，语气还带着笑意。

"也不全是。"尽管不好意思，但伊妍也没否认，反正奚原已经知道她喜欢他很多年了，她也完全把自己的心思剖给他看过了，也就没必要再把感情藏着掖着，"小时候人生里没有乱七八糟的烦心事，环境也很单纯，没有那么多复杂的人际关系，只要好好读书就行了。虽然有时候学习也很累。"

伊妍抬头看向奚原："你肯定没有这个烦恼吧。"

"与其说没有不如说不把它当作烦恼。"奚原说得平静。

人和人的差距就是在这种细节上显现出来的，伊妍佩服地慨叹："以前我可笨了，不像你那么优秀。"

奚原回视她："你现在就很优秀。"

这话换作是别人说的，伊妍肯定会当作是客套，可他是奚原，他从不敷衍。

"要是以前你对我这样说，我肯定会高兴得一晚上都睡不着的。"

"现在呢？"

伊妍眨巴眨巴眼睛，难得俏皮道："这个问题我得明天才能回答你。"

上课铃声悠然奏响，他们对望着同时笑了。

这一刻，伊妍忽然有个念头，永恒或许不是时间的无限而是人的一种感觉，在某个时刻，刹那便成了永恒。

对她来说，此刻正是。

伊妍动手术的那天早上，奚原上班前就去看了她。因为手术需要空腹，从昨晚开始她颗粒未进，整个人看起来有些虚弱。不知是不是为了让他放心去工作，她并没有表现出任何畏惧的情绪，反而笑着催促他赶紧去准备自己即将操刀的手术。

奚原其实是不放心的。

"别怕，不会有事的。"

这是奚原走之前的最后一句话，而伊妍在他离开病房后就敛起了笑容，泫然欲泣的模样和刚才的笑靥满面全然不同。

伊妍的手术原本是定在早上的，她同病房的一个阿姨和她是同一个主刀医生，对方在伊妍之前被推进了手术室，过午都没出来。护士说对方做的是摘除子宫附件的手术，难度较大，所以时间也久。

手术前不能吃东西也不能喝水，伊妍就挂着营养液等着。她躺在病床上的时候就在想，可能她还没进手术室，奚原就从手术室出来了，可一个早上过去，他始终没出现。

等到下午两点，护士终于喊了伊妍的名字，把她往手术室推时，奚原一直都没露脸。

手术室门被关上的那刻，伊妍心里想的是，看来他早上说要操刀的手术有点复杂是真的，持续了这么长时间，他该累坏了。

手术室台上，医生给了伊妍一个氧气罩让她深吸几口，她照着做了，昏迷前她的最后一个念头就是，希望手术顺利，不管是自己的，还是奚原的。

奚原早上的那台手术难度较大，手术花费了足足七个小时，他本以为他从手术室出来后伊妍应该早就结束手术被送回了病房才对，可当他赶到妇产科病房时，护士长却告知他手术还没结束，伊妍还没被送回来。

他一颗心沉了下去。

奚原赶到伊妍的手术室门外时，伊父伊母正焦急不安地等着，奚原立刻去安抚他们，陪着等在了门口。

盛霆喊了奚原两声都没得到回应，只好拍了下他的肩。

盛霆见奚原眉目间罕见地露出凝重的神色，心里不由得诧异。

"担心伊妍？"

"嗯。"

盛霆看他两眼，说："'畸胎瘤'十例里面有九例是良性的，你不会不知道吧？"

奚原缄默。

他知道，但那又怎样？

他盯着手术室的门看着，心里头百感交集。从来都是他在手术室内，别人在外等着，他还是第一次体会到了等候的焦灼。

盛霆看着奚原，在心里啧啧感叹。他以为奚原是理智的代名词，可原来对方也有不冷静的时候。

手术室的门开了，两个护士推着伊妍出来，伊父伊母立刻围了上去。

"小妍，小妍。"

奚原走到床边时，伊妍的眼睛睁开了一条缝，她的麻药效果还没过，意识还不清醒。他见她扯起嘴角，露出了一个虚弱的笑容，就知道她看清自己了。

伊父伊母陪着伊妍一起回了病房，奚原在手术室外等了会儿。

伊妍的主治医生从里面走出来，见奚原等着，开口第一句就说："术中病理的结果显示是良性。"

虽然最终的结果得等病理分析报告出来才能确定，但奚原心里明白，术中病理结果的准确度是很高的。

"谢谢。"

那医生笑着说道："这姑娘有礼貌，醒了第一句话就对着我们说'辛苦了'，太可爱了。"

奚原闻言一笑："是挺可爱的。"

伊妍被送回病房后，只醒了一会儿就昏昏沉沉地睡了过去。奚原去病房时她已经睡着了，等他忙完工作，再去病房看她时，人还没醒。

伊母说她醒过一两次，和他们说了几句话就又睡了过去。

麻醉药药效未过，加上术后身体状态较差，昏睡是正常现象。

伊父伊母一直陪着伊妍没离开，奚原来了后就让他们先去吃饭休息，他来照看伊妍就好。他们对他放心，也就应了。

伊妍合着眼安静地睡着，鼻翼微微翕动，嘴唇没有血色，整个人看上去是极其憔悴的。她的一只手扎着留置针挂着点滴，奚原握了会儿她的另一只手，轻轻地用被子盖上。

他俯身帮她理了理鬓发，低头在她额上落下一吻，起身时看到监护仪上的心率数值一下子就上去了。

奚原微愣，随即低低地笑出声："醒了？"

伊妍睫毛颤了颤，最后还是睁开了眼。

奚原在床边的椅子上坐下，脸上还挂着笑，问："不想见到我？"

"不是。"伊妍的声音微微沙哑，但也难掩玉润的音色，她不好意思地小声说，"我觉得我现在应该不太好看。"

"在医院里我就是医生，医生眼里病人是看不出美丑的。"

伊妍抿唇一笑，从被子里伸出没扎针的那只手，把手腕凑到脑袋上方去看，她的腕上被戴上了一条红绳。

"这是什么？"

"外科结。"

伊妍仔细去看，发现红绳的编法确实奇特，不由得问："你编的？"

"嗯。"

伊妍心里欢喜，总觉得医生的浪漫真是有够让人心动的。

奚原视线投向她的腹部，询问道："刀口痛吗？"

伊妍眨眼："还好。"

"要是觉得不舒服一定要说。"

"我知道的。"

伊妍把手伸向他，奚原立刻握住。

"手术结果怎么样？"她问。

"很好。"

"我问的是你的。"

奚原摩挲着她的手，柔声应道："也很好。"

所有的一切都很好。

手术后第二天伊妍就在医生的要求下起来走动了。她做的是微创手术，腹部四个创口虽然都不大，用创可贴贴着足矣。但毕竟是刀口，还是疼的，尤其是扯动肌肉时，那种皮肉撕扯的痛感她无法忘却。

术后她的第一次起身是在母亲和两个护士的帮助下，忍着痛勉强从床上下来的。伊母搀着她在走廊上走了几趟，她几乎是半弓着腰像个老太太一样缓慢地踱着的。

医生让她要尽量多走，奚原也是这么说的，他中午休息时和晚上下班后都会来看她，陪着她聊天，扶着她走动。

妇产科这一层的阿姨们几乎都眼熟奚原了，伊妍还听到过同病房的阿姨对自己母亲夸她有个好女婿。经过这次手术，奚原是怎么对伊妍的，伊母都看在眼里，她心里对他那是说不出的满意。

住院期间，奚母也带着奚沫来看过伊妍。奚沫在病房里和伊妍聊天说话时，奚母和伊母也聊得很投机，两人握手笑着倒像是达成了什么合作。

伊妍的主治医生是个和蔼亲切的女人，可能因着奚原的关系，对伊妍也是颇为关心。

术后第三天早上，医生来巡房时查看了下伊妍的刀口，过后就说："恢复得不错，你要是想，今天就可以出院了。"

伊妍一喜，撑着身体缓缓地坐起来，由衷道："谢谢医生。"

"还谢？在手术室的时候不是谢过了？"

伊妍摸摸鼻子，瞄了眼医生，张张嘴欲言又止。

"有问题？"医生问。

伊妍左右觑了眼，不自在地干咳两声，放低声音询问道："医生，这个手术会不会……会不会影响……"她话还没说完，脸就先红了，眼神也是左右飘忽不定，不敢看人似的。

那医生见伊妍这模样，一下子就明白了，直接开口说："你想问会不会影响生宝宝？"

"……嗯。"伊妍难为情地低着头。

"这个你可以去问问奚原，他就在外边啊。"

伊妍吓住："什么？"

消化科的病房就在楼上，奚原早上巡完房下来看看伊妍，走到门口正好碰上了她的主治医生，为了避嫌他就等在门外，谁知道听到了这么一段话。

"奚原，还不快进来。"

奚原叹一声，走进病房。

伊妍当时就窘迫得想遁地，暗骂自己问什么不好偏偏问这个，什么时候问不好偏偏这个时候问。

"这事儿你们小情侣之间讨论讨论，我先走了。"主治医生笑着看向奚原，"没问题吧？"

奚原没得反驳。

主治医生走后，病房里静了几秒。

伊妍脸上的温度逐渐升高，她觉得自己像是变成了一块棉花糖，就快要化了。

奚原的低笑声打破了这一室的微妙气氛。他走到床边，摸摸伊妍的脑袋，说："不会影响的，不用担心。"

伊妍这下连耳朵都透着血色。

"我没有多想，你别……别误会。"伊妍磕磕巴巴地解释，说完反而觉得自己是此地无银。

奚原笑着："嗯，是我多想了。"

- 第十七话 -
十年

伊妍当天就办了出院手续。她动手术的事并没有告诉工作室里的人，就是胡燕妮一不小心说漏了嘴让孟哥知道了，次日他们就相携着特地登门探望她。

路雨文也来看了她几次，并且主动承认了是她向奚原告的密。伊妍明白路雨文是为了自己好，自然不会计较，且也亏了路雨文，她和奚原的感情又深了一层。

在家养病的日子实在不是很好过，伊妍在家待了几天就受不住闲，和母亲千磨万磨央母亲放她出门工作。

伊母起先是不答应的，最后还是伊妍让奚原说了句话她才松口。

奚原说，只要不过度劳累，适当工作还是可以的。

他这么对伊母说的，可真当伊妍回归工作了，他却比谁都担心她会累着，不仅时不时发信息提醒她要休息，晚上也是每天来接她下班，送她回家。

"知道了，马上就下来。"

伊妍刚把电话给挂了，就有同事开玩笑说："'王子'来接驾啦。"

以前同事们给伊妍取了个特别中二的昵称，说她是工作室里的"配音公主"，自从他们知道奚原的存在后就戏称他是"王子"，尤其这几天，奚原天天来接她，他们更是不放过任何可以调侃她的机会。

"本官先撤了，你们好生加油。"伊妍拿上自己的包，掐着嗓子用高傲轻慢的语气应和他们的玩笑。

伊母同意伊妍去工作的条件就是要她每天回家，其实家里离工作室更远，奈何伊母就是不放心她住在外面。

伊妍实在受不了在家里被母亲耳提面命了，因此坐上车后，开口第一句话就是可怜巴巴的："今天不想回家。"

奚原应了好，可等到了目的地伊妍就傻眼了。

"怎么来你公寓了？"

奚原停好车，扭头故意反问："你不是不想回家吗？"

伊妍抓着安全带讷讷道："我不是这个意思呀。"

奚原轻笑，探身过去帮她解了安全带："我妈煲了汤送过来，指名给你的。"

"啊，哦。"伊妍摸摸鼻尖，"那……帮我和阿姨说声谢谢。"

到了公寓，奚原又点了餐，还给伊妍热了汤。这段时间他天天送她回家，伊母也次次留他一起吃饭，今天还是手术后他们第一次单独在一起吃饭。

这样相对而坐一起用餐，时而说两句话的场景是伊妍以前想都不敢想的，可现在就是真实地发生了。

如果说幸福是抽象的，那么此刻她似乎感受到了它的质感。

吃完饭，伊妍就坐在沙发上，拿着遥控器胡乱按着，然后挑了一部动漫电影观看。

奚原从房间里提了一个医药箱出来，走到沙发边上站着，低头温声说："让我看看你的刀口。"

"啊？"伊妍下意识地摸向腹部，"不用了吧，已经快长好了。"

"我看看愈合到什么程度了。"

伊妍有点纠结。虽说以前找奚原看胃病的时候也让他摸过肚皮，可那都是肚脐眼以上的部位，而这次手术的刀口有三个是在小腹上，位置比较尴尬，她不太好意思。

奚原一眼就看穿了她的所思所想，轻叹口气说："伊妍，我是医生。"

伊妍抬头："你不是说离开了医院你就不是医生了吗？"

奚原顿了下："男朋友不比医生更亲近？"

话说得也有道理，伊妍蜷了蜷手指，最后红着脸妥协了。

她躺在沙发上，把上衣往上掀开了些，瞄了眼奚原咬咬牙就把裤子往下扯了扯露出了整段腰肢。

她的四个刀口都被创可贴遮着，奚原弯腰要帮她把创可贴撕了，手刚碰上她，她就忍不住打了个哆嗦。

奚原停住，看向她问："凉？"

"……不是。"伊妍含糊道，"有点痒。"

奚原低笑，轻轻地帮她把创可贴揭了。

他指腹上带着薄温，抚在皮肤上让伊妍忍不住战栗，她咬了下唇，闭上了眼睛不敢看他。

她的刀口愈合得不错，不过一个星期手术线就开始脱落了。奚原轻轻地擦着她的刀口，又细心地给她贴上了新的创可贴。

全程伊妍都保持安静，奚原结束手上动作向她看去时，只见她合着眼，脸颊红扑扑的，睫毛在微微地颤动。

他有些恍神，心里有个念头——医生和男朋友还真的有区别。

伊妍不见动静，微微睁眼："可以了吗？"

奚原回神，背过身低咳一声："可以了。"

伊妍如蒙赦令，赶忙扯起裤子拉下上衣坐起身，浑身燥热得不行。

奚原蹲着收拾医药箱，嘴上还叮嘱她："伤口愈合过程中会觉得痒，不要用手去抓，等皮肤长好了就不会了，饮食上也要注意，最近别吃活血化瘀的补品，也别担心会留疤……"

伊妍坐着，盯着他的背影听着他关切的嘱咐，心里头又有一些情感在涌动，像久眠的活火山快要喷薄而出。

"24 歳の阿升、こんにちは、私は 15 歳の美加子です……今でも阿升が大好きですよ。"（注：电影《星之声》，意思是"24 岁的阿升你好！我是 15 岁的美加子，我到现在也非常、非常喜欢你。)

动漫电影这句台词出来的那刻，伊妍忍不住趴上了奚原的背，虚搂着他的脖颈靠在他肩头上，在他耳边动容地说："奚原，能喜欢你真好。"

如果现在有机会让伊妍回到十年前，她会和那时的奚原说什么呢？

大概是——

"十八岁的奚原你好，我是二十七岁的伊妍，我到现在也非常、非常喜欢你。"

高三毕业后，漫长的三个月假期对习惯忙碌的高三生来说是可贵又迷茫的，就像绷紧的皮筋突然松了，让人有些不适应的不知所措。

填报完志愿后，元熹再一次见到言弋是在谢师宴上。

说起来她还要感谢薛忧，她是宴会的组织者，大概是她和言弋关系好的缘故，他们的班级在同一天同一家酒店举办了谢师宴。

几乎所有同学都参加了谢师宴，毕竟这三年，带领着他们不断前进的就是这些不辞辛苦的老师们，师生之间的情感用深厚的革命情谊来形容也不为过。

言弋那天仍是人群中的焦点，理科状元的光环让他无法低调，老师们纷纷表扬他，同学们也是诚挚地祝贺他。

元熹始终默默地坐在人群的外围，静静地注视着他。前几天她还在报纸上看到他，那张图片被她剪下来妥善地收藏了起来。

她觉得他本人比照片上好看多了。

"报了医科大学？"有老师问。

言弋点头。

"好好学，十年后你一定是医学界的一把好手，老师看好你。"

言弋笑了。

十年后？元熹毫不怀疑言弋能取得的成就，可她看不到十年后自己会是怎么样的。

此刻她唯一确定的就是，如果有机会去到十年后，她一定会对他说：

"二十八岁的言弋你好，我是十七岁的元熹，就算是以后我也会非常、非常喜欢你的。"

七月份南方的空调已经进入了繁忙期，外面太阳毫不收敛地释放着能量，屋里边的冷气源源不断地输送，恨不能把夏天变冬天。

这阵子配音工作繁重，录音室就没空着的时候，棚里的空调早在超荷运转了几天后出了故障。空调能罢工可人不能，即使是顶着高温，为了按时完成作品，他们也不得不硬着头皮上。

"伊妍的部分全都结束了，很好。"录音室外，孟哥对着她竖起了大拇指。

伊妍手上拿着录音稿，对着麦说了一下午的话，等全部工作结束，她就像是从桑拿房里捞出来的一样，汗水把她整个人都浸透了。

"辛苦了。"陈墨钦给她递一瓶水。

伊妍接过后灌了半瓶下去："配得还行吗？"

"当然，你可是我们工作室的'配音公主'。"

伊妍的几缕发丝黏在了脖颈上，她拿手扇了扇风："拉倒吧。你见过哪个公主像我这么狼狈的，我在里面差点没中暑。"

"你可好了，都结束了。"陈墨钦晃了晃手上的录音稿，苦着一张脸，"我才开始。"

话才说罢，那边孟哥就喊："墨钦，准备。"

伊妍冲陈墨钦笑："加油，墨公子。"

伊妍结束了一阶段的工作，获准休息几天。她收拾了东西，马不停蹄地去了医院。

这段时间奚原也忙，一到夏季消化内科的病人就会增多，光是门诊就累得他够呛。不过对他来说，最棘手的病人还是伊妍，因为她不听话。说起来他们俩还因为胃病这个问题闹过一点小矛盾。

前阵子天气郁热，伊妍没管住嘴，贪凉和同事去吃了冰沙，当天晚上她就觉得胃不舒服了，第二天肚子就阵阵发痛，她不得已只能悄悄地去医院看病。

为什么说是悄悄，因为她没敢挂奚原的号。可医院是谁的地盘，伊妍又是看的消化内科，能瞒得住？

那天伊妍就被奚原严厉批评了，不仅是被医生奚原，更是被男朋友奚原。他在医院里数落了她一番，说她不遵医嘱，回去后又轻训了她一顿，说她不听他的话。

"真可怜，还要被骂两遍。"伊妍那会儿委屈巴巴地嘟囔道。

奚原是又气又无奈，之后就是天天盯着她按时吃药，不允许她再碰刺激性的食物。

伊妍到达医院时正值下班时间，她不知道奚原今晚需不需要值班，但她本着能和他一起吃个晚饭也好的念头就来了。

只是她没想到看到了这样的一个场景——奚原和陈雪站在一起。

伊妍一眼就认出了陈雪，她的样貌出落得比当年更出众了，和那时一样，她往人群中一站就是焦点，和奚原两人相对而立时在陌生人眼里就是一对璧人。

伊妍躲在转角处，扯起自己的衣领低头嗅了嗅，然后嫌弃地皱皱鼻子。

全是汗味，哪里能见人。

有段时间伊妍休息，时常来找奚原，但他一年到头就没个闲暇的时候，所以没办法陪她一整天，他要工作又担心她在医院附近没处逛，就把公寓的钥匙给了她。

这还是伊妍第一次在奚原不在的情况下去他的公寓，她关上门做的第一件事就是把空调给开了。

外面没有太阳，天气却很闷热，天边处滚滚黑云袭来，看样子要下暴雨。

伊妍把自己的头发绾了，去浴室打开了热水器想洗个澡，然后她遇到了个难题——没有换洗衣物。她想出门买一套，外面云层闪电骤然一闪，紧接着雷声轰轰，她只好打消了这个念头。

奚原的卧室伊妍进去过，还在他的床上睡过觉，不过是在大白天。

那次是因为她生病发烧，路雨文又正好出差，奚原不放心她一个人，就把她接来了公寓好就近照顾，她吃了药脑袋昏沉沉的，莫名其妙地被他哄进去睡了。

伊妍小心翼翼地推开房门，明明没人在家，她还是蹑手蹑脚地走进去。

奚原衣柜里的衣服都叠得整整齐齐的，一个衣柜放冬装，一个衣柜放夏装。伊妍取了他的一件衬衫在身上比了比，很大，基本可以和她的睡裙相当了。

她犹豫了下，不知道奚原这个医生有没有洁癖。

窗玻璃被噼里啪啦的雨珠敲打着，伊妍拿着那件衬衫去了浴室。她想，如果他有洁癖，那就更不会想见到臭烘烘的她，所以穿他一件衬衫应该没什么吧？

伊妍洗完澡换了衣服，看着时间已过七点，可公寓主人还没回来，也没提醒她要按时吃晚饭。她暗自发了会儿呆，然后自觉地打电话点了份外卖。

伊妍喝了一份粥，之后就百无聊赖地斜躺在沙发上看电影。她的眼睛虽盯着屏幕，可一点剧情都没看进去，总觉得心里慌慌的，有点不得劲。

这段时间为了尽早完成作品，她连着熬了好几个晚上，此时闲下来，又兼之外面风声雨声的伴奏，疲倦困顿就袭了上来。

奚原回到公寓看到播放着的电视屏幕，先是有些诧异，走近后就看到了缩在沙发上的人，他的目光落在她身上穿着的衣服上，眼神微动。

深夜下班回来，公寓里有个穿着他衬衫的美女睡在沙发上等他，这简直是《聊斋志异》里才会出现的场景。

奚原发现桌上放着没收拾的外卖盒子，无声地一笑。今天晚上临时安排了一台紧急手术，他忙了一晚上都没时间和伊妍联系，没想到她会在他这儿。

外面还在下雨，白日里的燠热去了七八分，只剩下薄凉了。

奚原把空调关了，弯腰轻轻拍了拍伊妍的肩，喊她："伊妍？"

伊妍其实睡得并不踏实，奚原一拍她就惺忪地睁开了眼，她盯着他的脸看了好一会儿才反应过来。

"醒了？"

伊妍撑着身体坐起来。

"怎么睡在这儿了？"

伊妍怔怔地看着奚原，心里有气似的硬巴巴地说："不好意思，没经过你同意就进来了。"

奚原一愣，他本意是想问她怎么直接睡在了客厅，但显然她以为他是在问她怎么睡在了他的公寓里。

以前他也没发现她有起床气啊。

"我怕你着凉。"奚原温声解释了句。

伊妍看着他的脸，咬咬唇反觉得自己实在无理取闹。

"今天值班了吗？"

奚原摇头："临时有个手术。"

"我还以为……"

"嗯？"

"我还以为你和陈雪叙旧去了。"伊妍低声说。

奚原这下是实打实地愣住了："你去医院了？"

伊妍点点头。

"怎么没来找我？"

"我出了一身的汗，怕你嫌弃。"

奚原失笑，摸了摸伊妍脸上压出的印子，说"不嫌弃"，又说："陈雪她来看病，正好碰上了，就打了个招呼。"

伊妍闻言眨眼，看着他诚挚地说："我没怀疑你们，我就是……想起了以前的一些事。"

"那些都是过去的事了。"奚原直视着伊妍的眼睛，缓声说，"现在我在这里，在你身边。"

伊妍心旌一动，偏头飞快地在奚原脸上吻了一下，之后小声说："确实不是梦。"

奚原一时想起奚沫说的话——伊妍大大是最可爱的人。

谁说不是呢。

他的视线下移，眸间微动，微哑道："伊妍，你在诱惑我？"

伊妍低头一看，发现不知何时衬衫的领子开了，露出了她一片白皙的肌肤。她立刻羞赧地抓紧领口，随后突然叹口气，松开了手。

"我就是想诱惑你也做不到啊。"

"嗯？"

"你们学医的不是早就对人体不感兴趣了。"伊妍理所当然地说。

奚原不知道自己是第几次笑了，他正色道："我觉得我有必要摆正下你的偏见，伊妍，我是医生，不是性冷淡。"

他说着就凑过去吻上了她的唇。

第一次双唇相触时伊妍还往后躲了躲，奚原和她对视了几秒，再次靠近时她就轻轻闭上了眼，亲密地和他厮磨着。

雨声渐远。

"我要在你身上去做　春天在樱桃树上做的事情。"（注：聂鲁达诗集《二十首情诗与绝望的歌》）

春天对樱桃树做了什么？十七岁的元熹读到这句诗时还不知道它的意思，只觉得意境很美。

一中毕业生的录取通知书都是直接寄到学校的，那天元熹和陆雯约着一起去学校领取通知书，却不想碰到了薛忱向言弋告白的场面。

回校拿通知书的同学很多，薛忱就是在众目睽睽下向言弋表白的，说是表白倒不如说是宣言。

"言弋，我喜欢你你知道吧，我想做你的女朋友。"

薛忱是这样说的。她是自信的，是骄傲的，是盛气凌人的，就像一只美丽的孔雀。

大家都知道这次高考言弋是省状元，而薛忱虽然不是全省文科第一，但也是校内状元，且她报的也是北京的大学，在旁人看来他们就是天造地设的一对儿。

但言弋拒绝了薛忱的表白。

尽管如此，元熹并不觉得欢喜，甚至还觉得难过。

她宁愿他此时接受了薛忱，好让她彻底死心，断了念头也好过心存妄想。

可他拒绝了，连薛忱这样优秀的女孩都没能追上他，元熹觉得自己连告白的号码牌都拿不到。

如果说过去的这十年，伊妍都在往爱情的杯子里挤柠檬汁，那么最近这一年，她则是在往里加蜂蜜。

伊妍刚喜欢上奚原那会儿，只要每天早上能在阳台上看他一眼就心满意足了，她怎么敢也怎么会想到有一天早上他会在床边叫她起床呢？

"伊妍。"奚原坐在床边，帮伊妍把脸上散乱着的头发撩开，"起床了。"

伊妍早在他起床时就醒了，她睁开眼侧了个身仍是躺着，因为刚睡醒语气还带些散漫："我下午才去工作室。"

她的意思很明显，但奚原不为所动："早饭不能不吃。"

"你还要去医院，先吃吧，我一会儿就起来，我保证！"伊妍一只手伸出被窝，朝天竖起了三个手指。

奚原笑着抓住她的手，温声道："我想和你一起吃早饭，可以吗？"

伊妍有个死穴叫奚原，她至今还没找到应对的办法。

"你不能仗着我喜欢你就这么欺负我。"

奚原俯身，用带笑的声音在她耳畔低声说："我怎么就欺负你了。"

他的气息拂在耳郭上，伊妍从耳根到脖颈都红成了一片。

奚原摸摸她的头："起来吧，有点冷，披件衣服。"

伊妍洗漱完出来，奚原已经把早饭摆好了。

他的作息很健康，如果前一天不用值班熬大夜，他就会早起出门晨跑，顺道把早餐带回来。

奚原把一份粥推到伊妍面前，问："最近会很忙吗？"

伊妍点点头："年前会比较忙，有一些作品不能拖。"

奚原拿了两盒护嗓含片给她："别累坏了。"

作为医生，奚原总能注意到这些细节。伊妍觉得自从和他在一起后，她生活的各方面都被照顾得很好。

她喝着粥看向他，说："太忙了我就不过来了。"

奚原只是笑着应"好"，倒是伊妍自己闹了个大红脸。

该怎么形容他们现在的状态呢？

这半年来，只要伊妍不太忙时，她就会来奚原这小住。一院离她的工作室其实不近，但平时她下午才开工，倒也不用担心上班赶不及的问题。而晚上下班，只要奚原有空就会去接她，他们俩倒是有了默契，能尽可能地把彼此的闲暇时间叠合起来。

伊妍觉得和奚原在一起的时间过得很快，快得让她恨不得能把一秒钟也划分成二十四等分来过；她又觉得时间过得很慢，慢得她想要和他一起瞬间白头。

路雨文感叹伊妍前十年被奚原迷得死死的，往后又不知道多少个十年会被他套得牢牢的，简直毫无新意。

就算在别人眼里是一条筋的刻板，但伊妍自己甘之如饴。

暗恋就像是风险投资，有人中途撤股，有人血本无归，而有人一本万利。高风险高回报，伊妍觉得自己已经开始收益了，而且是血赚。

年前那阵子，奚原忙伊妍也忙，他们很少有时间能见面，只能是在电话里说上一两句话。

伊妍比奚原还早放年假，工作室年会结束的当天晚上，她就收拾了东西去找奚原，为此还被路雨文好一阵调侃。

那天晚上也闹了个小意外。

伊妍在年会上玩游戏输了，惩罚就是要开直播和粉丝们互动，大家都知道她不爱露脸，最后就退了一步，让她回去后开个聊天室和粉丝们说说话、拜拜年。

所以那天她到了奚原的公寓后，趁着他还在加班，就抱着笔记本电脑坐在沙发上，开了个聊天室和粉丝们聊天。

粉丝都很热情，问的问题一个接一个，伊妍忙着回答也就没注意到其他动静。

"什么时候来的？"

直到奚原出声问了一句，伊妍被吓了一跳，然后就看到屏幕上好多人在刷"我好像听到了男人的声音"。

她立刻回头冲他比了个"嘘"的手势，奈何奚原那时正背着她在脱外套，也没看到她的暗示，接着往下说了一句："明天你休息，跟我一起回家吃个饭？"

之后聊天室就炸了，所有在线的粉丝都知道了伊妍和男朋友住在一起，明天还要一起回家吃饭。

伊妍的恋情就此曝光，在圈里引起了不小的轰动。

第二天回家，奚沫和奚原提起这件事，说好多伊妍大大的粉丝都很好奇他的身份，可伊妍大大藏得很严实，一点口风都不漏，说是不想因为她而影响到他的工作生活。

彼时奚原看着正和母亲在说话的伊妍只是微微笑着，伊妍总觉得他对她事事妥帖，可她自己不知道，对于他，她从来是有过之而无不及的。

奚原家请了伊妍一起吃饭，伊妍那边自然也少不了让奚原来一趟。

年初二那晚，奚原就去了伊妍的家。

那晚市里广场放烟花，伊妍拉着奚原去楼上阳台看，她仰头看烟花璀璨，他低头听溪水叮咚。

他们的初见，其实他并没有印象，但她记得很清楚，所以奚原似乎也对这个阳台有感情似的。

"高中的时候只要不下雨不生病，我每天早上都会在这儿读书。"伊妍摸着护栏，嘀咕了一句，"高中的时候到腰高，现在也没低多少，怎么就没长个儿呢。"

她看向奚原，比了比他的身高，说："你就比高中的时候高了。"

奚原笑了，轻轻拍拍她的脑袋："也不矮，刚刚好。"

"高中开学第一天你就夸我声音好听，以前从来没有人这么说过。"伊妍的眼睛在路灯的映照下熠熠生辉，有涓涓情感在里面流动，"就是因为这样，我才去学了播音，成为配音演员。"

奚原问她："喜欢配音吗？"

伊妍狠狠地点头。

"幸好。"

幸好没有因为他去做她不喜欢的事。

"从大学到现在我已经是作品等身的人了，那些配过音的剧本我都没丢掉，好好收藏着呢。"伊妍拉上奚原的手，带着他去了她的房间，然后搬出一个大箱子，如数家珍般地给他介绍，"这些是我大学时接的广播剧的剧本，这些是电视剧剧本，那时候配的还都是小角色，有时候一个人要给好几个角色配音……啊，这一本是我配的第一部女主角剧本，知道能给女主角配音的时候我可高兴了。"

奚原接过翻了翻，薄薄的一个剧本被她记满了笔记，可见其用心和重视。

"小妍，下来拿一盘水果。"伊母在楼下喊。

伊妍应了声就下了楼，奚原一个人在房内翻看着她的私藏，无意中翻到了一个厚厚的笔记本。

他随意翻开一页去看，看到本子上写的内容时先是一愣后是意外，他于是多翻看了几页。

【十月一日，晴。今天早上在阳台上见到奚原了，真好。国庆放假，他还去学校吗？果然聪明的人也努力……】

【十一月九日，多云。这次月考奚原还是年级第一，他真的好厉害，可是我考砸了……】

【二月五日，阴。今天除夕，和雨文在外面逛街的时候看到了奚原，真想上去和他说一声"新年快乐"……】

【七月二日，晴。暑假要开始了，一点都不开心，要有两个月的时间见不到奚原，真讨厌，学校为什么不补习……】

【九月一日，晴。开学了，以后就和奚原不在一个班上了，有点难过，

希望他在新班级一切顺利……】

【十月十一日，雨。为什么会有下雨天，真烦人，好好的体育课没了，又不能看奚原打球了……】

【一月二十八日，阴。奚原期末考考了第一，陈雪也是第一。天气好冷啊……】

【二月十四日，晴。奚原奚原奚原……】

【五月四日，晴。奚原好厉害，参加高三的省模拟考居然拿了全校第一，我应该永远都赶不上他了……】

【六月八日，雨。下雨天真讨厌，奚原搬家了……】

【九月一日，晴。高三了，一定要好好加油，希望有一天我能优秀到让他看见我……】

【十二月二十五日，阴。偷偷跟着奚原去了市图书馆，原来他想学医，他一定可以成为一个出色的医生……】

【二月二十八日，晴。奚原放弃保送了，我相信他一定有自己的打算……】

【三月二十日，阴。这次考试又考砸了，好像离奚原越来越远了……】

【六月六日，晴。明天就是高考了，奚原，我好想和你在一个城市里读书……】

【九月八日，晴。大学开学了……】

……

奚原翻看着笔记本，越看心情越复杂微妙。

他这才明白，世界上最动人的告白不是我喜欢你、我想和你在一起，甚至不是我爱你，而是我的日记里全是你。

他是有多狂妄自大，才会以为他给她的爱能与她给他的相提并论？

伊妍端着果盘上来时，脸上还笑盈盈地："你猜我妈刚才和我说什么了，她说我不知道走的什么运才能交到你这样的男朋友。"

伊妍把果盘放在一旁，回头对上奚原略微深沉的眼睛时微微一愣："怎么了？"

奚原轻叹一声，道："阿姨说错了。"

"啊？"

"是我更走运。"

奚原伸手把一脸懵然的伊妍拥进怀里，在她耳边低唤："伊妍。"

"嗯？"

"我想让你嫁给我，这个请求会不会太过分了？"

怀中人静了片刻。

突然，她挣开他的怀抱，看着他的表情又是不敢置信又是慌乱无措。

"是有点……"伊妍哽住，眼眶霎时就盈满了水光，她吸吸鼻子，"过分让人高兴了。"

这是新的一年，是伊妍喜欢上奚原的第十一个年头。

"元熹大学时也常回高中，别人以为她是恋旧，可她只是思念一个人。绕着母校走一圈，每个角落里她都能看见言弋曾经的身影，还有在他身后不远处的她的身影。其实看不到他的日子也不见得有多难过，日子还是照样流水似的一天天地逝去。春去秋来，寒来暑往。

"元熹把这段感情藏在了心里，就像是种下了一颗注定不会生根发芽开花的花种。她把一切都交给时间，她觉得或许有一天这颗种子就会被分解，可她没想到十年过去了，它还在那儿，还在她的心底。只是言弋永远不会知道。"

伊妍叹也似的读完了小说最后的内容。合上书后，她心底情绪翻涌，百感交集。

《你不知道的事》是她借用路雨文的名字写的，起先她不过是想把这段感情书写下来好留下些痕迹，却没想到这段感情阴错阳差地让奚原知道了。

念念不忘，未必都有回响。

暗恋是一颗花种，不是每颗花种都能开花，但她这朵开了，她就希望世界上所有的花种都能开出娇妍的花来，每一段暗恋都会有好的结果。

伊妍微微启唇："《你不知道的事》正文就读完啦，听说作者写了新的续集，大家可以去追更新呀。"

－ 正文完 －

- 番 外 一 -
回声

交往后的一天，奚原正好轮休，就买了吃的喝的去了伊妍的工作室探班。

工作室的人基本上都知道伊妍在谈恋爱，但是很少人见过她男朋友，所以当他们看到奚原时，眼神里的好奇是难以掩饰的。

陈墨钦看到奚原更是意外。这不是他们第一回碰面，早在之前的漫展中，他们就见过了。

孟哥显然也觉得奚原眼熟，打量了他两眼，试探地问伊妍："你男朋友是不是上回在漫展上，被邀请上来和你一起配音的那位观众？"

伊妍笑着点了下头。

孟哥恍然："所以你们是那回结下的缘分？"

伊妍摇了摇头，说："我们以前是同学。"

这下不止孟哥，工作室里的其他人都意外了。

"这么巧啊。"孟哥看向奚原，玩笑似的打趣道，"所以你那回去参加漫展，就是冲着伊妍去的吧？"

上次去漫展，奚原是被奚沫拉着一起去的，而奚沫又是冲着伊妍去的，换言之，说奚原是冲着伊妍去的也并没什么问题，而且那一回，他也的确是存了别的心思。

奚原看了眼伊妍，坦然地点了下头，淡笑着承认道："对。"

"我就说嘛，你看着一点都不像是宅男，怎么会去看漫展。"孟哥谑笑着问，"所以说……你早就喜欢我们伊妍了？"

孟哥正好说反了，伊妍略有些难为情，但还是开口说："是我先喜欢他。"

她这句话说出来，工作室里的人统统燃烧起了八卦之魂。

孟哥作为代表，好奇地问伊妍："是你追的你男朋友？"

奚原适时说："是我追的伊妍。"

工作室的人有些糊涂了，与此同时对伊妍和奚原的故事更加感兴趣。他们对这对小情侣发起了围攻，左一句右一句，很快就把话套得差不多了。

奚原本就是好相与的人，不过是和伊妍的同事们聊了会儿就和他们熟稔了许多。孟哥对奚原很是满意，伊妍去录音室配音的时候，他还邀奚原进了录音棚。

奚原不是第一回看到伊妍配音，但以往几回她都是娱乐性质地配上几句，这还是他第一回看到她认真工作的样子。她常说他在医院工作的时候非常专业，会让人觉得安心，她又何尝不是呢？

伊妍在棚内配音的时候，陈墨钦就在外面备稿，见奚原看着伊妍失神，不由得笑着说："伊妍工作的时候很迷人吧？"

奚原回神，微微颔首。

陈墨钦看着他说："伊妍以前就说自己有个男神，她是因为这个男神才会想要当声优的，她每次提起他，就会忍不住笑。那个人就是你吧？"

奚原淡然一笑，没有否认。

"你对她来说很重要，所以不要辜负她，否则……"陈墨钦眼尾一挑，笑着说，"我这个'二次元男友'可是会破次元出来的。"

奚原听陈墨钦这么说并不觉不悦，而是笑了笑，用平缓的语气说着笃定的话："放心吧，这堵次元壁，你是破不了的。"

伊妍圆满完成配音任务，孟哥没多留她，好心地让她提早下班去约会。

从录音楼出来，伊妍跟着奚原下了楼，到了地下车库，坐上车后说："我的同事们比较热情，没吓着你吧？"

奚原摇了下头，忽问："陈墨钦是你的'二次元男友'？"

伊妍愣了下，很快笑了，说："我和墨钦经常合作，粉丝们就给我们组了个 CP，不当真的。"

她往奚原眼前凑近了些，眼底含笑问："你吃醋？"

"有点。"奚原低头说，"看来我得向奚沫学习一些二次元的文化，深入了解下二次元世界里的你。"

伊妍看他神态认真，不由得说："其实你不需要勉强自己，二次元世界是虚拟的，你只要了解三次元世界里真实的我就够了。"

"不勉强。"奚原说，"无论是三次元还是二次元，真实的还是虚拟的，生活中还是工作中的你，我都想了解。"

奚原望进伊妍的眼里，一字一句郑重地说："我错过了年少时的你，以后，任何世界、任何模样的你，我都不想再错过。"

伊妍忽想起了那些曾经默默注视着他的岁月，本以为那些过往的情感不会得到回应，可现在，她听到了回声。

她眼眶微热，动容道："那……欢迎你来到我的世界。"

奚原眼波微澜，淡淡一笑道："以后还请你多多指教。"

- 番 外 二 -
《你不知道的事》续集

少女时期的元熹和很多女孩一样，都幻想过自己的婚礼。在她的想象中，她的婚礼会在海边举办，到时候会邀请上自己的好友，在父母的祝福中走向新郎。而在她美好的想象里，言弋是她新郎的唯一人选。

这本是一个遥不可及的美好梦境，元熹从没想过有一天，它竟然成真了。

元熹和言弋的婚礼是在海边举办的，那天风和日丽、阳光明媚，元熹和言弋的好友们都出席了，有些同学和老师也参加了他们的婚礼，共同见证他们步入婚姻的殿堂。

在婚礼交换戒指的环节，元熹看着言弋清俊的脸，蓦地像是回到了很久以前，回到了少女时代。那时的她还是个只会在言弋身后，默默地注视着他的女孩，而现在，她和他面对着面，听他许下了一生的诺言。

牧师问元熹："你愿意吗？"

元熹在言弋的目光中，忍不住哭成了个泪人，那一句"我愿意"承载了她过去珍贵的少女时光，更承载了她对未来岁月的美好期盼。

元熹和言弋为彼此戴上了戒指，他们拥抱、亲吻，在亲朋好友的祝福下，成为一对夫妻。

新婚第一天，元熹是在美梦中醒来的。醒来的那一刻，她看到了言弋，他正抱着一个本子在写着什么。她望着他，总觉得还在梦中，一切都是那么安宁、美好。

言弋察觉到元熹醒了，抬起手摸了下她的脑袋，轻声说："醒了？"

元熹感受到了言弋的体温，这才有了实感，心里头不由得一阵感动。她蹭了蹭他的手，迷糊着问："你怎么这么早就醒了？"

"习惯了。"言弋说。

元熹伸手搂着言弋的腰，靠进他怀里，去看他手里的本子，问："在写什么？医嘱吗？"

言弋摇头，把本子摊开给她看。

元熹凑近一看，就见本子上记着她的喜好，比如她喜欢吃的东西、喜欢的颜色、喜欢看的电影……这一页的最后一条，是喜欢睡懒觉。

元熹难为情，嗔一句："你怎么都写下来了？"

"你是我的新课题，我要好好研究一番。"言弋笑道。

元熹忍俊不禁。她翻看着言弋的本子，发现他不仅记下了她的喜好，还写日记似的，把他们生活中的一些小事都给写了下来。

比如昨天的婚礼，比如他们第一次一起出门旅游，比如她失眠时他给她讲的故事……元熹翻看着，不由得想起了他们交往时的点点滴滴，眼眶忍不住就红了。

"你怎么……"元熹哽咽了下，"记了这么多。"

"要有学术精神，不记详细点怎么能把你研究透彻？"言弋轻轻拍了拍元熹的后背，安抚了下她的情绪。

他见时间不早了，掀开被子，说："你的胃不能饿着，我去给你做早饭。"

言弋让元熹起来洗漱，元熹应了好后又抱着那个本子看了好久。她看着看着，忽地就想起了自己以前的日记本，在那个日记本里，她记叙了有关言弋的一切。

现在，换言弋来记录她，他一直在用行动来兑现在婚礼上的诺言——他会用余生来给她一份同等质量的爱。

元熹起床，洗漱完后就从卧室里出来。她走向厨房，在门口看到言弋忙碌的背影，觉得心口处满满当当的，幸福感填满了她的身体。

或许这就是得偿所愿的感觉。

元熹走上前，从背后抱着言弋，探出脑袋问："煮的什么？"

"米线。"言弋微微低下头，"你胃不好，早上要吃点容易消化的。"

"好的，言医生。"

言弋被元熹逗笑，忍不住低头在她额上落下一个吻。

元熹抱着他，忽然说："我们养一只猫吧。"

"嗯？"

"你不是喜欢猫吗？有我在，你就不用担心工作忙，没时间照顾了。"

言弋没想到元熹还记得自己之前说过喜欢猫的话，他眸光一动，淡笑着说："我们家你说了算，你想养就养。"

"我们家"这个代称似乎天然的就带有一种脉脉的温情。

元熹想到自己和言弋有了个家，胸口处就忍不住怦然，那里好像有什么东西急于破土而出。

她拥着言弋，嫣然笑道："那一会儿我们一起出去逛逛，为我们家挑一只新成员？"

"好。"言弋应道。

他把锅里煮好的米线倒进碗里，回头说："你先听医生的话，好好吃饭。"

"遵命！"元熹故意用另一种声线回答他。

言弋失笑。

　　元熹看着言弋的笑脸，一如看到了初见时的他，如清风，如明月。

　　这么多年过去了，她心底里的那颗种子不仅生了根发了芽，还开出了花。